陈祖君 著

汉语文学期刊影响下的中国当代少数民族文学

中国社会科学出版社

图书在版编目（CIP）数据

汉语文学期刊影响下的中国当代少数民族文学/陈祖
君著．—北京：中国社会科学出版社，2009.8
ISBN 978-7-5004-8005-1

Ⅰ. 汉… Ⅱ. 陈… Ⅲ. 少数民族文学—文学研究—中国—
当代 Ⅳ. I207.9

中国版本图书馆 CIP 数据核字（2009）第 117893 号

责任编辑 刘志兵
责任校对 修广平
封面设计 回归线视觉传达
技术编辑 李 建

出版发行 中国社会科学出版社
社 址 北京鼓楼西大街甲 158 号 邮 编 100720
电 话 010—84029450（邮购）
网 址 http://www.csspw.cn
经 销 新华书店
印 刷 北京新魏印刷厂 装 订 广增装订厂
版 次 2009 年 8 月第 1 版 印 次 2009 年 8 月第 1 次印刷
开 本 880×1230 1/32
印 张 8.75 插 页 2
字 数 212 千字
定 价 23.00 元

目　录

导　言

一　中国当代少数民族文学研究述评

中国当代少数民族文学，可以认为是中华人民共和国成立以来具有少数民族族属的作者创作的文学，或者是用少数民族语言文字，或者以少数民族生活内容为题材创作的文学。对于中国当代少数民族文学的研究，是从 20 世纪五六十年代中国当代少数民族文学产生的时候起就开始了。它和中国当代少数民族文学的发生发展具有某种同步性。五六十年代对于当代少数民族文学的研究主要有两类，且多以单篇文章的形式出现。一是对于少数民族作家作品的评论。如臧克家的《可喜的收获——〈蟾江水波〉、〈科尔沁草原的人们〉读后》（《新观察》1952 年 4 月号）、叶圣陶的《读〈草原烽火〉》（《人民文学》1959 年 1 月号）等。这是一些即时性很强的批评文章。它们的价值在于对当前的文学作品作出迅捷的反应，对文学作品作出或褒或贬的评价。二是一些带总结性质的文章。典型的如老舍的两个报告：《关于兄弟民族文学工作的报告——在中国作家协会第二次理事会议（扩大）上的报告》（《文艺报》1956 年第 5—6 期合刊）和《关于少数民族文学工作的报告——在中国作家协会第三次理事会（扩大）会议上的报告》（《文艺报》1960 年第 15—16 期合刊）。这类文章，对既往的文学现象或文学走过的历程作出描述性的总结。

20 世纪 70 年代末 80 年代初，当代少数民族文学作为一门学科逐渐建立起来。专门研究少数民族文学的机构如中国社会科学院少数民族文学研究所也建立起来。发表有关少数民族文学研究成果的园地也在空前增多：创刊于 80 年代初的《民族文学》从创刊起就发表研究少数民族文学特别是当代少数民族文学的文章；创刊于 1983 年的《民族文学研究》作为少数民族文学研究的理论刊物，更是专门展示少数民族文学研究成果的舞台；为数众多的各民族学院学报也很自然地把展示少数民族文学研究成果视为己任；此外，各种文学评论和研究刊物也不会拒绝刊登有关的研究文章。在这样的环境中，一批研究少数民族文学的学者成长起来。在良好的媒介环境中，在众多研究者的大力经营下，当代少数民族文学研究获得了长足的发展。

80 年代对于当代少数民族文学的研究，除仍旧延续五六十年代的惯例——或者对当前作家作品作即时性的评论，或者用总结性质的文章报告少数民族文学领域取得的巨大成绩之外，还就少数民族文学领域涉及的一些重要理论问题作了广泛而深入的探讨。在超越五六十年代单一的政治性分析的基础上，继续保留了对于社会主义的理想和激情，但是在这种理想和激情中贯穿了个体生命的自由呼喊，贯穿了对于人性、人道主义的热切求索；在时代性和当代性的追求中，增加了对少数民族文学的文学性与民族性的寻求。少数民族文学在中国文学中的地位、少数民族文学的归属、少数民族文学的民族性、少数民族文学的审美意识、当前少数民族文学创作如何取得突破等是其中一些具有学术生长能力的问题。新中国成立后长达三十来年的时间里对这些问题的认识和讨论一直付之阙如，80 年代开始了对这些问题的多角度、多层次的较为深入的探讨。学者们站在不同的角度，发出了不同的声音。多种声音混合在一起，形成了多重的交响。这里没有花哨的舶来品的装饰，所有的理论探讨都是从本土产生的，都是针对少数民族文学发展的内在现实发出的实实在在的声音，多是从理想与信念出发发出的异常认真的声音。这时期的好些文章，如刘俊田、白崇人和禹克坤的《少数民族文学在中国文学发展中的地位》（《文学评论》1980 年第 5 期）、莫福山和刘万庆的《关于少数民族文学的标准和特点的讨论综述》（《文艺研究》1985 年第 6 期）、《民族文学》和《民族文学研究》特约评论员的《民族特质·时代观念·艺术追求——对少数民族文学创作理论的几点理解》（《民族文学》1986 年第 8 期）等都是颇具理论延展性的。

在理论探讨向前伸延的过程中，80 年代还出版了一些专门研究中国当代少数民族文学的专著。少数民族文学研究一般认为由民间文学研究和作家文学研究两大块组成，过去几乎一直等同于民族民间文学研究，出版的专著都是关于民族民间文学的，作家文学研究即使有，也是针对古代的。对于当代作家文学的研究一般只限于单篇论文。80 年代这样的研究格局破天荒地出现了裂缝，出现了专门研究少数民族作家文学的著作。如凌宇的《从边城走向世界》（三联书店 1985 年版）、建磊和特·莫尔根毕力格著的《纳·赛音超克图评传》（内蒙古人民出版社 1989 年版）等。更具有代表性的还是当代少数民族文学史的编写，如吴重阳著的《中国当代民族文学概观》（中央民族学院出版社 1986 年版）①和中南民族学院编写的《中国当代少数民族文学史稿》（长江文艺出版社 1986 年版）。前者分六章，分别论述诗歌创作，短篇小说创作，中、长篇小说创作，戏剧和电影文学，

---

① 他 1984 年就出版了《中国当代少数民族文学简史》，此书是该书的修订本。

散文创作，少数民族民间文学的搜集与整理。每章若干节，概述占一节，然后分述作家作品。前面冠以绪论，探讨当代少数民族文学的界定标准、范畴、发展历程、成就等问题。后者是集体编写的著作，由玛拉沁夫担任顾问，全书分五章，前面冠以绪论，论及中国少数民族文学从 1949 年到 1984 年的发展概况，正文五章分别是：当代少数民族小说；当代少数民族诗歌；当代少数民族戏剧和电影文学；当代少数民族散文和报告文学；当代少数民族的民间文学及民间文学的搜集整理。此外还有特·赛音巴雅尔的《中国蒙古族当代文学史》（内蒙古教育出版社 1989 年版），这应该是中国第一部关于个别族别的当代文学史。全书分十编，前面冠以导言，述及当代中国蒙古族文学发展概况，正文十编前五编分别介绍十七年诗歌、小说、散文、戏剧和电影文学，第六编介绍"文化大革命"时期蒙古族文学情况，其余四编分别介绍新时期的小说、诗歌、散文以及电影文学和电视剧。

在激情和理想燃烧的 80 年代，文学天然地具有一种旺盛的生命力来发展自己。当代少数民族文学和汉族文学一样获得了宝贵的机会而壮大起来。当历史推进到 90 年代，汉族文学在政治意识形态和消费文化观念的双重挤压下变得猥琐不堪的时候，少数民族文学在稳健中反而得到逐步发展。关于当代少数民族文学的研究也在不经意间逐渐铺展和深入。90 年代的当代少数民族文学研究在 80 年代已经建立起来的基础——良好的媒介环境和众多研究者的大力经营——之上继续得到巩固和发展，一个主要的表现当然是出现了大量的有关论著。这些研究文章或著作中对作家作品的评论和研究，已不是五六十年代那种对于政治的印证和附和，也不单单是 80 年代那种打上了时代烙印、呼唤理想和激情的将个体融合在整体中的代言人式的呐喊。90 年代的作家作品评论更多地变成一种对作家个体生命独特感受的触摸和作家文化心态的分析。关纪新的《老舍评传》（重庆出版社 1998 年版）可以说是其中的一个代表。这是一本较全面、系统地评价和研究老舍的学术专著。该书的特殊价值在于，它选择了民族历史文化视角，充分注意到老舍的满族出身、满族历史文化背景、满族的生活和思维特点，对作家的创作思想、作品进行了系统深入的剖析和论述，比较准确、科学地揭示了老舍文学创作中深厚的民族文化底蕴，从独特角度还原了老舍思想和创作的实际。该书对老舍本人及其作品的满族意识内涵的出色开掘论证，为作家和民族意识关系的探索提供了一个科学范例，给当代少数民族文学研究指示了新的方法。另有一些理论探讨论著如关纪新的《当代少数民族文学的历史性嬗变》（《民族文学研究》1991 年第 2 期），邓敏文的《论多民族共同语文学》（《民族文学研究》1996 年第 4 期），关纪新、朝戈金的《多重选择的世界——当代少数民族作家文学的理论描述》（中央民族大学出版社 1995 年版），丁守璞的《历史的足迹——论民族文学与文化》（四川民族出版社 1995 年版）等，无论是追寻当代少数民族文学的历史性嬗变，从这嬗变中绅绎出带根本意义的理论问题的探讨，还是以当代少数民族文学创作为中心，寻索少数民族文学的本体性，或者是把少数民族文学的现状放入当代时代语境中探索现象背后的本质，寻求当代少数民族文学发展和繁荣的契机，都达到了一定的深度。

　　如果说，在 80 年代，中国当代少数民族文学的研究还附丽于民族民间文学，以致一提到少数民族文学研究，人们一般都会想到民族民间文学研究，而当代少数民族文学的研究却被极大地忽略；那么，到了 90 年代，随着少数民族作家队伍的不断成长壮大和有分量的作品的不断产生，随着当代少数民族文学研究成果的大批量涌现和理论探索的不断深入，当代少数民族文学研究的砝码在逐渐加重，在整个少数民族文学的研究格局中，已显露出某种和民族民间文学研究分庭抗礼的趋势，显示出当代少数民族文学研究作为一门学科的独立品格的加强。

进入新世纪，在以往特别是 20 世纪 80 年代和 90 年代积累起来的基础上，中国当代少数民族文学的研究更加全面和深入。新世纪关于当代少数民族文学的研究至少有三个方面值得注意。

其一，当代少数民族文学研究的队伍在不断扩大，将许多精力甚至主要精力投入到当代少数民族文学研究的学者越来越多，使这支队伍的专业化趋势越来越浓厚，同时新的力量不断加入到这支队伍里来。八九十年代就很活跃的玛拉沁夫、晓雪、吴重阳、李鸿然、特·赛音巴雅尔、白崇人、梁庭望、徐其超、徐新建、过伟、安尚育等进入新世纪仍在发挥他们的作用，一批用新的理论武器武装起来的研究者如姚新勇、黄伟林、龙潜、李晓峰、罗庆春、刘大先、杨春等用他们新锐的研究或批评给这支队伍注入了活力。

其二，以前我们注意到的关于当代少数民族文学研究三方面的文章或著作都在不断地出现并尽可能向纵深开掘，显出当代少数民族文学研究作为一门学科的不断成长壮大和成熟。其中引人注目的是一些文章引发了富有学术生长意义的话题并进行了较为深入的探讨。如刘俐俐的《后殖民主义语境中的当代民族文学问题思考》（《南开学报》2000 年第 1 期）、吉狄马加的《寻找另一种声音》（《民族文学》2001 年第 5 期）、阿来的《文学表达的民间资源》（《民族文学》2001 年第 9 期）、罗庆春的《穿越母语：论彝族口头传统对当代彝族文学的深层影响》（《民族文学研究》2004 年第 4 期）等。学者们探讨的一些问题如在后殖民语境中当代民族文学面临的困境以及可能采取的批评策略问题、当代少数民族文学的审美价值问题、当代少数民族作家的角色定位和身份认同问题、少数民族文学在新的时代语境中的发展机遇问题、当代少数民族文学中的文化意蕴问题、当代少数民族文学的民间资源问题、当代少数民族文学的母语写作问题等都是具有极大延展空间的。特别是少数民族文学能否以及如何汇入整体，构建多民族的文学的问题引起关注尤多。著名学者杨义在这方面的努力可谓显著，他的文章《多民族文学的碰撞融合及其文化哲学》（《民族文学研究》2003 年第 4 期）及著作《重绘中国文学地图》（中国社会科学出版社 2003 年版）、《重绘中国文学地图通释》（当代中国出版社 2007 年版）等都谈及构建多民族文学的问题。关纪新、周惠泉、姚新勇、李晓峰等也发表了自己的看法。权威的《民族文学研究》杂志还在 2007 年第 2 期推出"创建'中华多民族文学史观'"专栏，邀请学界赐稿；并于该期刊出研究专辑，发表关纪新、徐新建、姚新勇的文章，专门对多民族文学史相关问题进行研讨。这些问题的提出及其探索是些意味深长甚至意义重大的事件，不仅意味着当代少数民族文学获得了新的更高的起点，而且它本身即推动着中国当代少数民族文学向更高的起点迈进。与此同时，关于当代少数民族文学的理论专著也在不断涌现。其中《族群记忆与多元创造——新时期四川少数民族文学》（四川民族出版社 2001 年版）和《中国当代少数民族文学史论》（云南教育出版社 2004 年版）是进入新世纪中国当代少数民族文学研究取得的实际成果的两部标志性著作。前者是一部多方面系统地研究四川省（包括未直辖之前的重庆）少数民族作家文学的学术专著。该书分七章，第一章是绪论，探析新时期四川少数民族文学发展的历程、成就、动因，同时也尝试回答其与各少数民族文化、与汉文化、与外国文化的关系问题，还回到作家主体探讨四川新时期少数民族作家的素质问题，接下来六章分别由诗歌、小说、散文、影视文学、双语文

学和四川籍少数民族作家文学组成。除第七章从文化的深层意义
或美学指向的角度讨论绛边嘉措、益西单增、巴莫曲布嫫的创作
外，其余各章都由一个概论和若干个对具体的作家作品的分析构
成。这样，"在统一的学术设计下，对四川少数民族当代文学的
历史脉络、重点作家及作品文本、族别文学的基本特性等，做了
十分确切的梳理。本文的作者对诸如少数民族文学与本民族文
化、汉族文学、外国文学的关系，当代少数民族作家的基本素质
修养，双语文学历史文化内涵，民族作家在社会剧烈变革时代的
文化抉择等问题，均提供了堪称深刻、新颖和严肃的思考。可以
认为，由于这部著作的出现，四川（含重庆）地区的当代少数民
族文学总体研究势头，已经明显地领先于国内其他地区，也为各
地针对少数民族作家作品，特别是针对族别的、地域的民族文学
宏观现象的学理性探讨，做出了可贵的示范。"[1] 后者是一部系
统介绍和全面梳理 20 世纪 50 年代以来我国少数民族文学发展轨
迹和整体态势的著作，约 130 万字，分上、下两卷出版。全书分
通论和作家作品论两大部分。通论部分有"民族文学"的概念
与划分标准、民族文学与当代政治变革、民族文学与当代经济变
革、民族文学与当代文化变革、民族文学的写作资源和文学关
系、民族文学的导师和朋友、民族作家的创作心态和艺术追求、
民族文学的辉煌成就与价值评估等八章，阐述了与当代民族文
学发展密切联系的各种理论课题，对怎样认识民族文学与当代
政治、经济、文化的变革的关系，怎样发掘民族文学的写作资
源和理解民族作家的创作心态及艺术追求，怎样看待民族文学

---

[1] 吴重阳、关纪新：《新阶段 新拓展——第五届全国当代少数民族文学研究
奖评奖综述》，《昭乌达蒙族师专学报》（汉文哲学社会科学版）第 25 卷第 2 期，
2004 年 2 月。

的双语创作势头，怎样体会民族文学创作中有关宗教信仰的描写等方面，提出了作者个人的看法；作家作品论部分则对各个少数民族中最具代表性的 200 余位老、中、青三代作家及其作品进行了评论，分诗歌、小说、散文、报告文学和戏剧及族影视文学等逐项进行。整部著作雄辩地证明了中国当代少数民族中蕴藏的巨大的文学创造的能量和中国当代少数民族文学繁花似锦的丰富存在。

其三，新世纪对当代少数民族文学的研究值得注意的不容忽视的特征是，出现了一批对以往研究自觉地回顾和批判地反思的成果。对少数民族文学研究的回顾和反思进入新时期以来就已存在，如赵志忠的《中国少数民族文学研究的回顾与展望》（《内蒙古民族师院学报》（哲学社会科学版）1998 年第 1 期）。这类研究甚至一直持续到新世纪，如梁庭望的《新中国少数民族文学研究之发展》（《民族文学研究》2000 年第 4 期）和《20 世纪的中国少数民族文学研究》（《中南民族学院学报》（人文社会科学版）2001 年 1 月）、吕微的《中国少数民族文学史研究：国家学术与现代民族国家方案》（《民族文学研究》2000 年第 4 期）和《中国少数民族文学史编写中的学科问题与现代性意识形态》（《民族文学研究》2001 年第 1 期）、曹顺庆的《三重话语霸权下的少数民族文学研究》（《民族文学研究》2005 年第 3 期）。这些研究，对中国少数民族文学研究整个学科的发展作了回溯，有的甚至深入到学科后面的现代民族国家方案和现代性意识形态的分析（如吕微的文章），有的还对少数民族文学研究后面的话语霸权以及面临的危机作了深层的揭示（如曹顺庆的文章）。其中固然涉及当代少数民族文学的研究，对当代少数民族文学的研究当然不无启发，但还不是专门的当代少数民族文学研究的文章。进入新世纪以来，对于中国当代少数民族文学的研究始趋自觉，出现了一批总揽全局又锋芒毕露的批判性研究文章，如李晓峰的《中国当代少数民族文学创作与批评现状的思考》（《民族文学研究》2003 年第 1 期）、姚新勇的《追求的轨迹与困惑——"少数民族文学性" 建构的反思》（《民族文学研究》2004 年第 1 期）和《萎靡的当代民族文学批评》〔《西南民族大学学报》（人文社科版）第 25 卷第 8 期，2004 年 8 月〕、刘大先的《当代少数民族文学批评：反思与重建》（《文艺理论研究》2005 年第 2 期）和《边缘的崛起——族裔批评、生态女性主义、口头诗学对于少数民族文学研究的意义》（《民族文学》2006 年第 4 期），等等。这些文章的作者，有着新颖的理论视野和批判性的眼光，在面临研究对象时，能够跳出来对对象作更具超越性的打量和理解，这样他们的回顾和反思就具备了某种冲击力。李晓峰把中国少数民族文学投放到整个中国文学和文化全球性的语境中，发现中国少数民族文学依然边缘化的现实，看到中国当代少数民族文学批评在当代文学批评中的缺席①。姚新勇的《追求的轨迹与困惑——"少数民族文学性" 建构的反思》是一篇对少数民族文学学科存在的一些基本理论问题进行深度把握的长文。该文从"少数民族文学性" 建构反思的角度出发，梳理少数民族文学从"社会主义性" 到"民族性" 演变的话语轨迹，并分析此一演变的感性性、非反思性和过渡性给少数民族文学理论研究造成的制约；在此基础上，进一步反思了少数民族文学"民族性" 追求之于少数民族文化身份建构与多元一体中国文化建构的逻辑悖论。作者将历史的、现实的、学科的与理论的分析相联系，不仅显示出少有的理论勇气，也展现了深广的理论视野。姚新勇在考

---

① 李晓峰：《中国当代少数民族文学创作与批评现状的思考》，《民族文学研究》2003 年第 1 期。

察了当代民族文学批评和研究现状之后，对既往的批评和研究提出了尖锐的质问，认为整个当代民族文学批评都是委靡的，他试图"全面地揭示存在于当代民族文学批评中的主要问题"，这些问题包括：宏观研究方面体系性、理论性学科意识的严重匮乏；"报告体"对宏观性研究的束缚；微观批评方面批评意识的缺乏和对文本的结构性把握的缺失①。他对以往的研究有一种全面否定的倾向，虽不免偏激，却不无道理，中国当代少数民族文学研究确实或多或少存在他所指出的这些问题。刘大先也对当代少数民族文学的批评现状作出否定判断，"少数民族文学批评的捉襟见肘不光表现在少数民族文学批评著作的影响范围局限于民族地区和专门研究机构，更主要在于其研究水准的普遍低下。造成这种状况的原因，一方面是由于少数民族作家文学的边缘性地位并没有得到解决相反有日趋严重的倾向，另一方面也是由于批评者话语系统的陈旧有关"。他在反思的基础上提出了重建的可能，认为"当务之急，是摆脱汉语/主流文学批评影响的焦虑，树立自己独特的批评品格。这需要批评家批评范式的转型，有效吸收民俗学、人类学、文化研究等跨学科批评理论，明确自己的批评态度，建立自己独特的批评理论体系"②。在另一篇文章《边缘的崛起——族裔批评、生态女性主义、口头诗学对于少数民族文学研究的意义》中，他进一步提出用族裔批评、生态女性主义、口头诗学等新起的边缘性理论方法介入中国少数民族文学研究，以谋求批评范式的转型。

　　当代少数民族文学研究在取得巨大成就的同时，正如一些

---

　　①　姚新勇：《萎靡的当代民族文学批评》，《西南民族大学学报》（人文社会科学版）第25卷第8期，2004年8月。

　　②　刘大先：《当代少数民族文学批评：反思与重建》，《文艺理论研究》2005年第2期。

新锐的研究者批评的那样，也存在着某种整体性的缺失，致使当代少数民族文学研究停留在一个较低的水准，被拘囿在狭小的范围之内。追究这种缺失的原因，会发现，其中的一个关键是研究者理论方法准备的不足，也即刘大先所指出的批评者话语系统的陈旧，所以不少研究者的批评，仅止于一种印象式的扫描，缺乏更深入的开掘，使中国当代少数民族文学无论在宏观研究方面还是在微观批评方面，都缺乏应有的深度。接下来的研究要取得突破，一个有效的途径也正是在理论方法的选取上。

二 关于本书的选题

任何一个中国当代文学或文化的关注者都不会忽视作为它的重要组成部分的中国当代少数民族文学的巨大存在，也不会忽视这一巨大存在是在当代产生和发展起来的。但是，很多关注者没有注意到，汉语文学期刊对于这一巨大存在的生成和演变发挥了不可小视的重要作用。汉语文学期刊对于中国当代少数民族文学的发展产生了怎样的作用？这些作用是如何表现出来的？如何看待这些作用？这些问题，涉及中国当代少数民族文学生成和演变背后的深厚的社会文化内涵，涉及中国当代少数民族文学的外部生存条件特别是它的传播媒介的作用的研究。我认为，新的理论方法选取的一个重要方面正在于此。

把文学和它的外部生存条件特别是传播媒介结合起来，是国内外研究界近些年开拓的一个新的学术生长点。在中国现当代文学研究领域，较早有陈平原的《中国小说叙事模式的转变》涉及这个问题。后来关注这一问题的学者日多，李欧梵、王富仁、陈思和、洪子诚等著名学者都有相关论述。专门的著作则有陈霖的《文学空间的裂变与转型——大众传播与 20 世纪 90 年代中国大陆文学》、马永强的《文化传播与现代中国文学》、王本朝的《中国现代文学制度研究》、邵燕君的《倾斜的文学场——当代文学生产机制的市场化转型》、周海波和杨庆东的《传媒与现代文学之间》、姜涛的《"新诗集"与中国新诗的发生》、蒋晓丽的《中国近代大众传媒与中国近代文学》等多种。这些研究，对于我了解中国现当代文学发生发展的各种条件和各道环节，以及它们和中国现当代文学内部诸因素的交流碰撞，具有极大作用，可以说开辟了新的研究方向和学术视野。这一学术视野多从传播媒介的视角出发观照中国现当代文学的各个层面和各个组成部分，但将其引入中国当代少数民族文学者则寥寥无几，其中较为显著的成果是郑靖茹的博士论文《汉文版〈西藏文学〉与西藏文学》。论文独具慧眼地选取汉文版《西藏文学》作为入口研究作为中国少数民族文学之一种的西藏文学，清理二者之间关系的方方面面，有许多精到的发现和论断。但这篇论文只研究了一种期刊和一个少数民族的文学（确切地说，作者探讨的是作为区域文学的西藏当代文学，这还不是严格的当代少数民族文学），对作为整体的中国当代少数民族文学关注不够，其传播学视野也不太明显，关于中国当代少数民族文学的一些话题还有待发掘。随着这方面工作的进一步开展，将传播学视野引入中国当代少数民族文学的整体观照，同时又从各个路向把研究引向深入将是今后一个重要的发展趋势。

在传播学视野中研究中国当代少数民族文学其实也基于事实本身。从新中国诞生起，"兄弟民族文学"就在人们关于社会主义伟大事业的规划中被加以建设。作为社会主义文学的重要组成部分，"兄弟民族文学"或者"少数民族文学"在各种文学场域中出现。在文艺界权威人物周扬、茅盾、老舍、冯牧等的报告或文章中，我们或者看到对于"兄弟民族文学"取得的光荣成绩的不无自豪的回顾，或者看到对于建设它的认真的承诺。他们是一批代表国家说话的人。他们的话语会有多种含意，其中重要的含意是对少数民族文学作为一种巨大存在的认可和重视。当作家的少数民族身份受到彰显甚至特别重视时，一大群具有少数民族身份的作家的名字出现在各种文字媒体特别是文学媒介中。中国当代的各种报刊杂志和各类出版物都有可能看到他们的名字和冠以他们的名字发表和出版的文字。拿文学期刊来说，从权威的《人民文学》、《文艺报》，到北京、上海等一些大城市的著名期刊《诗刊》、《萌芽》、《新港》，再到少数民族聚居地区的《草原》、《山花》、《边疆文学》、《青海湖》等文学期刊都活跃着少数民族作家的身影。这些文学期刊在发表少数民族作家的作品时，通常会注明作家的少数民族族别；也会通过各种手段或策略如加"编者按"、发表《编者的话》、开辟专栏专辑等对少数民族文学加以彰显；还以刊物的名义举办专门的笔会、组稿会、读书会、研讨会等各类活动培养和凝聚各族作家，促进少数民族作家的写作。现在，中国拥有专门发表少数民族作家作品的国家级期刊《民族文学》，另在民族聚居省区拥有上百家文学期刊（绝大多数以汉语文字出版）着意甚至专门发表中国当代少数民族作家作品。谁如果无视它们构造的中国"少数民族文学"的场域，应该说就是无视中国当代文学和文化中的一个重要现象。按照我对媒介的认识，这些文学期刊对中国当代少数民族文学的作用绝不仅仅是被动的发表和承载，它们会发挥主体能动作用对中国当代少数民族文学从形态到内在构成等诸方面施加影响，这种影响某种程度上可以放到它们促使中国当代少数民族文学生成和演变的层面上来认识。据此我认为，作为文学重要的外部生存条件之一的汉语文学期刊是观察中国当代少数民族文学的重要窗口，也是进入中国当代少数民族文学研究的重要入口。

如果把从 20 世纪初开始的中国新文学作一个整体的考察，这种考察在某些我们熟知的框架，比如现代文学的框架中，可能一直都会比较顺畅地进行。到了 1949 年以来我们称为当代的时期，则出现了按我们熟知的框架无法顺畅地考察的现象，其中之一就是出现了我们称之为"少数民族文学"的知识领域。人们何以把一些人区别开来，以"少数民族"名之？何以在文学中划分出一块，呼之曰"少数民族文学"？在少数民族文学领域中，显然又有一块独立出来，被我们称之为"当代少数民族文学"，这样的事何以会发生？这些在笔者看来，是耐人寻味的事件。作为一名中国现当代文学的学习者和准研究者，笔者感兴趣的是，中国当代少数民族文学如何产生出来，又如何在几十年的时间里不断发展，建立起它的知识谱系，又如何作为中国当代文学的重要组成部分被整合进中国当代文学这一更大的知识谱系中。显然地，这里有各种各样的力量在起作用。但是笔者在这里只能做到分析其中的传播媒介——具体而言就是汉语文学期刊的作用。从文学期刊的角度研究作为中国当代文学一部分的当代少数民族文学，讨论它生成和演变的历程以及其后隐藏的社会文化内涵，对它是如何产生、如何演变成庞大的知识谱系的过程加以追溯和还原，是本书的选题缘由，也是本书想要解决的主要问题。作者试图以和中国当代少数民族文学发生关联的汉语文学期刊为研究对象，在传媒文化的视野中，综合运用媒介学、传播学、社会学、民族学和文学分析等方法，考察当代少数民族文学的生成和演变，考察文学期刊在当代少数民族文学发展过程中的作用。在此之前的中国当代少数民族文学研究，多集中于单纯的作家作品研究上面，或者是作家作品的总体概览，本书尝试由此拓展开去，考察它的发表、传播、自我定位、评价、接受等诸多环节，注重研究汉语文学期刊在中国当代少数民族文学生成和演变过程中的影响和作用，达到对其丰富和复杂表象的进一步把握。作者力图证明，汉语文学期刊不仅发表、显现、承载了中国当代少数民族文学，同时也充分发挥其作为文化传播媒介的主体能动作用，孕育并参与建构了中国当代少数民族文学；它是促使中国少数民族文学发生现代转型的重要力量，转型的结果是中国当代少数民族文学的产生；它重建了中国少数民族文学的传播空间，从族群体验、表意策略、作家身份认同诸多方面影响到文学自身，从而对中国当代少数民族文学内在地包含的少数民族性、当代性和文学性的诉求起到了推波助澜的作用，一定程度上甚至可以说，帮助打造了当代少数民族文学的少数民族性、当代性和文学性诉求，使中国当代少数民族文学成为一种在汉语文学期刊中生存并被汉语文学期刊渗透的中国当代文学和文化的一部分，成为一种传媒化的生存。

　　本书选题的基础，研究对象和方法选取的缘由，必要性和重要性的论证，一些大致的设想，以及要达到的目的等已如上述。但是，笔者有些什么具体做法来落实自己的意图？这些做法可能产生什么创新意义或者价值呢？作者的做法会带来什么样的问题？问题又怎样加以克服？这些问题，也需要作简要的说明。

　　第一，在中国当代，文学期刊是传播文学的重要媒介，甚至是最重要的媒介。从文学期刊中，我们不仅可以捕捉到时代的风云，那是萦绕在文学周围，文学须臾不可分离的像大气一样的东西，更重要的是可以感受原生态的文学，感受到它最初的形态、内蕴、风格之类。中国当代少数民族文学是一个抽象的话语系统，同时又是发展变化的生命体。从作为少数民族文学传播媒介的文学期刊着手切入对对象的研究，这就把对抽象的话语系统的言说转换成了对具体事象的把捉。

　　第二，对文学期刊的研究其实是一种对文学的外部机制的研究。本书从文学期刊的角度进入当代少数民族文学的研究，实际上是注重中国当代少数民族文学在发表、传播、阅读和批评等环节中形成的外部机制的研究，看到其对当代少数民族文学的促发作用，从中凸显文学期刊作为一种传播媒介对当代少数民族文学的重要影响。作者选取发表少数民族文学作品的重要载体——汉语文学期刊为研究对象，目的是把当代少数民族文学放回它所生长的土壤中，放回它发展变化的具体的情境中，回到它发生的原初现场，切实地清理它每一个阶段发展的过程，从而对它产生和演变的来龙去脉作历史的还原。

　　第三，中国当代少数民族文学虽然是中国当代文学的组成部分，也可视为中国少数民族文学的分支，但是由于自身的发展，它同时也把自己从以上两种知识体系中独立出来，成为一个有机的整体。作为整体的中国当代少数民族文学需要从一种整体的角度来研究。本书作者即是从汉语文学期刊的整体角度出发来研究中国当代少数民族文学的，希望在历史的演变中考察二者的联系。

　　第四，既注意从整体上研究汉语文学期刊和中国当代少数民族文学的联系，又力图将研究落到实处。具体做法是，选取几种文学期刊作为个案，将中国当代少数民族文学放到具体的个案中考察，从中探寻中国当代少数民族文学的发生、发展和演变的轨迹。这样做，企图把总体研究和个案研究结合起来，使论述的过程更加严密。

　　第五，从文学期刊的角度进入研究会带来的一个问题是：对文学期刊的研究既然是一种外部机制的研究，就有可能忽视甚至遗弃文学之为文学的本性。对此，作者相信，汉语文学期刊作为文化传播媒介，不仅承载、显现了中国当代少数民族文学，还在承载、显现的过程中孕育、塑造、建构了中国当代少数民族文学，而中国当代少数民族文学在它被传播的过程中也会以其对少数民族文学本性的追求发挥自己的主体作用；汉语文学期刊和当代少数民族文学必然在深层的意义上发生联系。作者力图既重视和汉语文学期刊相连的当代少数民族文学外部机制的研究，也重视将这种机制和当代少数民族文学作品中表现出来的族群体验、作家身份认同等属于文学自身的因素结合起来；力图把期刊考察和文本分析结合起来，在这种结合中探索当代少数民族文学内部和外部的复杂关系。

最后，可能也是最重要的问题是，当我们把传播学的视野引入当代少数民族文学研究，从而把研究的基点落脚在文学传播媒介上时，我们如何处理媒介研究和文学研究之间的关系？传播学研究自然要以文学传播媒介的创建和发展为主要考察对象，以文学传播媒介的生存和发展为旨归，分析其所涉及的传播的模式、功能、原则，传播者、传播信息、受众以及传播技巧、传播环境、传播效果等方方面面。可是，在我看来，这样的研究却不能代替对文学自身的研究。王富仁在谈到把传播学的理论引入中国现代文学研究时指出："到了我们现代文学研究界，到了把传播学的理论运用于中国现代文学研究，其基点就必须有一个根本的转移：它不是以媒体自身的生存和发展为基本前提，而是以中国现代文学的生存和发展为基本前提。就其媒体自身，《新青年》不是中国现代出版史上最为成功的杂志；就其编辑学意义上的杂志编辑，陈独秀不是中国出版史上最优秀的杂志编辑，但从中国现代文学的角度，《新青年》不但是一个优秀的杂志，同时也是伟大的杂志；陈独秀不但是一个优秀的编辑，同时也是一个伟大的编辑。我认为，意识到中国现代文学研究与一般传播理论的这种根本区别，是更成功地运用传播学理论研究中国现代文学的一个基本前提。"① 显然地，王富仁所表述的观点也适合于把传播学的理论视野运用到中国当代少数民族文学研究的情况。在这里，我对于发表少数民族文学作品的汉语文学期刊的研究，也有一个基点的根本转移，它不是以汉语文学期刊自身的生存和发展为基本前提，而是以中国当代少数民族文学的生存和发展为基本前提。在对汉语文学期刊的分析中，力图揭示的是中国当代少数民族文学生存和发展中的重要问题。

三　篇章安排

全书分六章，前面冠以导言，后面缀以结语。

导言梳理中国当代少数民族文学研究，对其作一个简要的回顾，同时评判其成就和不足，在此基础上提出自己的研究对象和方法——引进汉语文学期刊作为研究对象，在传媒文化的视野中，综合运用媒介学、传播学、民族学、社会学和文学分析等方法，考察汉语文学期刊在当代少数民族文学发展过程中的作用。

第一章对什么是中国当代少数民族文学作具体解释。先解释一些基本概念，如民族、少数民族、族群、中国当代文学，从清理已有的研究着手，尝试着回答什么是中国当代少数民族文学。作者赞成一种比较宽泛的理解，把中国当代少数民族文学大体确定为：中国当代少数民族文学，可以认为是中华人民共和国成立以来具有少数民族族属的人们创作的文学，是或者用少数民族语言文字或者以少数民族生活内容为题材创作的文学。希望这样的理解没有和下面一种理解矛盾，即中国当代少数民族文学不是具有固定本质的概念，而是一个在当代建构起来，在实践中使用并

---

① 　王富仁：《传播学与中国现代文学研究》，《读书》2004 年第 5 期。

不断变迁、不断获得新的阐释意义的概念；我们对它的界定，一定程度上是一种权宜之计，以便在以后的言说中有一个可以凭借的着力点。

第二章探讨中国少数民族文学的现代转型以及汉语文学期刊在这种转型中所起的作用。在中国当代，少数民族文学和整体性的中国文学一样，经历了一个极大的转变。在这种转变中，中国当代少数民族文学产生和发展起来。这种转变，可称为中国少数民族文学的现代转型。文学期刊对于中国少数民族文学的现代转型发挥了重要的作用，这种作用可以放在它作为一种重要力量促使中国少数民族文学发生现代转型从而使中国当代少数民族文学产生这样的意义上来看。本章有一种重要观点认为，汉语文学期刊提供了一种中国各民族文学都可以展现自身的媒介，在这种媒介中，以汉语为通用语，实现了一种超越各民族文化而带有跨文化传播色彩的多元文化传播，我们可以试将其称之为跨越各民族文化的多元文化传播，简称为跨民族的多元文化传播；在这片场域或语境中，各少数民族文学都得到展现，获得共同的认同，从而建立起一整套关于少数民族文学尤其是少数民族当代文学的话语体系和知识谱系。本章表达的重要观点还有，汉语文学期刊提供了媒介，使中国各少数民族的文学总体上由口头文学向书面文学转变；汉语文学期刊提供了一片场地或一种保证，使少数民族作家获得职业和身份的认同。从这些表述中，我们可以看到，作为一种重要力量的汉语文学期刊促发了中国当代少数民族文学的产生和发展。我们知道经典在形成文学史知识谱系中的重要，《中国新文艺大系·少数民族文学集》在中国当代少数民族文学经典形成中的地位举足轻重，为此本章还列《〈中国新文艺大系1949—1966少数民族文学集〉所选篇目及其所出媒介统计表》和《〈中国新文艺大系1976—1982少数民族文学集〉所选篇目及其所出媒介统计表》，对其中隐藏的汉语文学期刊的影响作了分析。

第三章考察汉语文学期刊如何促发中国当代少数民族文学传播空间的生成和演变。在一定意义上，中国当代少数民族文学从产生的时候起，围绕着它，就建构起一个独特的传播空间、一个文学的场域。文学期刊作为大众传播媒介是构建这一空间或场域不可忽视的因素。而且，这一空间也在随着时代的发展、社会的变迁而不断演变。本章发掘、发现和分析了一些事件或现象如《人民文学》"发刊词"的"任务"和"要求"的规定中对少数民族文学的涵纳，《新华月报》的"兄弟民族文艺"专栏，50年代末期包括《人民文学》、《文艺报》、《延河》等各家文学期刊的"兄弟民族文学"或"少数民族文学"专辑、专号，1981年《民族文学》的创刊以及《草原》、《山花》、《边疆文学》等九家文学期刊联合发布关于少数民族文学的广告，等等；这些事件或现象，是以往研究中国当代少数民族文学的学者注意不够或根本没有注意的，而恰恰是这些事件或现象，标志了中国当代少数民族文学发生发展过程中的重要环节。

第四章进一步论述汉语文学期刊与中国当代少数民族文学中族群体验及作家身份认同之间的联系，考察汉语文学期刊对中国少数民族族群体验和作家身份的影响和作用。我们知道，在大多数情况下，中国当代少数民族文学是指以中国当代少数民族作家为创作主体的、反映当代少数民族生活的文学。这里面，少数民族族群体验的表达和少数民族作家身份认同是更趋向当代少数民族文学创作、涉及当代少数民族文学本体的重要问题。如果说以上几章是一种偏向于总体的、外部的社会文化考察，那么，这一章可以说是从当代少数民族文学内部结合文本进行的细致辨析。作者想证明在汉语文学期刊构造的传播空间里，它对当代少数民族文学的影响是一种及于本质、造成少数民族文学发生根本转变的影响。通过这样一种辨析，试图把对汉语文学期刊对中国当代少数民族文学的作用的考察进一步引向深入。

第五、六两章以民族自治区的文学期刊《草原》、多民族省份的文学期刊《山花》和全国性文学期刊《民族文学》为例，考察文学期刊和中国当代少数民族文学的具体联系。① 这两章属于具体的媒介分析，从办刊方针、编辑策略、栏目设置等多方面考察三种刊物的沿革及其和当代少数民族文学的联系，希望从这种个案的考察中，能看到中国当代少数民族文学的具体呈现，看到汉语文学期刊在呈现中国当代少数民族文学中的具体作用。

结语总结全部论述得出结论，也对相关问题作简要说明。

---

① 本书对文学期刊的考察，按照类似考察的惯例，截止于 2000 年新世纪开始的时候。

第 一 章

何谓中国当代少数民族文学[①]

我们从探讨中国当代少数民族文学的概念开始，以便在展开的论述中有一个言说的凭据。在概念的探讨中要高度注意到，它是不断演变的实体。而它的不断演变，正是在以汉语文学期刊为主构造的媒介环境中发生的。

一　什么是民族和少数民族

在回答何谓中国当代少数民族文学之前，首先得对民族和少数民族的基本概念有一个大致了解。

"民族"这个词在中国古代用得非常少，它在中文里最早出现的时间，据学者邸永君考证是在公元 8 世纪，见于《南齐书》，用以表示中原的汉人（"诸华士女，民族弗革，而露首偏踞，滥用夷礼"），与"夷"相对[②]。这里的"民族"还看不出

---

① 特·赛音巴雅尔等学者把中国当代少数民族文学称为中国少数民族当代文学，两个概念并无本质的不同，后一个概念可能更准确，但前一个概念用得更多一些。本书一般情况下按惯例称中国当代少数民族文学，但有时出于行文需要也称为中国少数民族当代文学。

② 邸永君：《"民族"一词见于〈南齐书〉》，《民族研究》2004 年第 3 期。

来今天用以指谓某共同体的"民族"的意义。"民族"概念在中国的广泛使用是 19 世纪末期以来中国社会进入现代之后的事情,《中国大百科全书》介绍"民族"一词的使用时道:"1903年中国近代资产阶级学者梁启超把瑞士—德国的政治理论家、法学家 J. K. 布伦奇利的民族概念介绍到中国来以后,民族一词便在中国普遍使用起来,其含义常与种族或国家概念相混淆,这与西欧的民族概念的影响有密切关系。"① 至于"少数民族"概念的广泛使用则是中华人民共和国成立之后的事情,特指中国疆域内除汉族之外的人们的共同体,因为他们人口较少,只占中国总人口数的 6% —7% ,所以称为"少数民族"。对于什么是民族,斯大林曾做过如下论述:"民族是人们在历史上形成的有共同语言、共同地域、共同经济生活以及表现于共同的民族文化特点上的共同心理素质这四个基本特征的稳定的共同体。"② 这是新中国成立后长期为我国学界所采用的关于民族的定义,我国学者普遍是在斯大林定义的基础上展开对民族问题的研究的。但是他们也没有刻板地运用这一定义,他们意识到斯大林定义里提到的四个特征只适用于历史上一定时期的民族,并不一定适合中国的实际,所以将这一定义灵活运用于我国的民族研究和民族识别工作中,从 20 世纪 50 年代到 80 年代先后确认了 55 个少数民族。随着研究的深入,中国学者费孝通在国际最著名的学术讲演活动之一——"泰纳讲演"(Tanner Lecture)会上提出了"中华民族多元一体格局"的命题。他用"中华民族"这个词指称中国疆域里具有民族认同的所有民众,

---

① 《中国大百科全书》(民族卷),中国大百科全书出版社 1986 年版,第 302页。

② 斯大林:《民族问题和列宁主义》,《斯大林全集》第 11 卷,人民出版社1955 年版,第 286 页。

这是"一体",它所包括的以汉族为核心的五十多个民族单位是"多元",中国的五十多个民族单位共同构成了多元一体的中华民族。中华民族多元一体格局是在几千年的历史演进中形成的。"它的主流是由许许多多分散存在的民族单位,经过接触、混杂、联结和融合,同时也有分裂和消亡,形成一个你来我去、我来你去,我中有你、你中有我,而又各具个性的多元统一体。"他考察这一多元一体格局在形成中的特色:"在相当早的时期,距今三千年前,在黄河中游出现了一个若干民族集团汇集和逐步融合的核心,被称为华夏,它像滚雪球一般地越滚越大,把周围的异族吸收进了这个核心。它在拥有黄河和长江中下游的东亚平原之后,被其他民族称为汉族。汉族继续不断吸收其他民族的成分日益壮大,而且渗入其他民族的聚居区,构成起着凝聚和联系作用的网络,奠定了以这疆域内部多民族联合成的不可分割的统一体的基础,形成为一个自在的民族实体,经过民族自觉而成为中华民族。"① 他指出这一格局里几个应注意的特点,如:这一格局存在一个凝聚的核心即汉族;同时少数民族聚居地区却占全国面积一半以上;少数民族一般都有自己的语言,但汉语已逐渐成为共同的通用语言;导致民族融合的条件是具体的;组成中华民族的成员是众多的,等等。费孝通先生关于中华民族一体多元格局的论述是在中国的具体语境中把握民族概念时应该注意到的。

在把握民族概念时,也应该注意,所谓民族,实际上更多的是一种认同。爱尔兰裔美籍学者本尼迪克特·安德森指出,民族"是一种想象的政治共同体","是被想象为本质上有限的,同时也

① 费孝通:《中华民族的多元一体格局》,《北京大学学报》(哲学社会科学版)1989年第4期。

享有主权的共同体"①。这样说表明民族更多是一种在人类的想象
和创造之物中的认同，中国各少数民族也不例外；我们当然尊重
各个民族共同体的认同，却也应该明白，没有本质固定的民族。

此外，在把握"民族"概念时还应该注意到"民族"与
"族群"的区别和联系。"民族"是最常用的中文词汇之一，对
应的英文一般是"Nation"或"Nationality"；"族群"是近年来
才出现的一个词，对应的英文则是"Ethnic group"（或 Ethnici-
ty），用于表示一个国家内部具有不同发展历史和不同文化传统
（包括语言、宗教等）甚至不同体质特征但保持内部认同的群
体。前者更多是基于国家意义上的政治认同，后者更多是基于种
族意义上的文化认同。北京大学研究民族学的马戎先生认为：
"'族群'（Ethnic group）作为具有一定文化传统与历史的群体，
和作为与固定领土相联系的政治实体的'民族'（Nation）之间，
存在重要的区别。但两者之间并没有一道不可逾越的鸿沟。"基
于此，"中华民族"和中国的 56 个"民族"的提法中，前者实
际上是民族意义上的，后者实际是族群意义上的。他指出："当
我们同时使用'中华民族'与 56 个'民族'的提法时，因为前
者包含了后者，实际上是把两个层面上的东西用同一个词汇来表
述，混淆了两者之间在概念层次上的差别。"② 为此他曾建议保
留"中华民族"的提法，同时把 56 个"民族"在统称时改为
"族群"或"少数族群"，在具体称呼时称作"某族"（如"汉
族"、"蒙古族"）而不是"某某民族"（如"汉民族"、"蒙古民

① ［美］本尼迪克特·安德森：《想象的共同体：民族主义的起源与散布》，吴
叡人译，上海人民出版社 2003 年版，第 5 页。
② 马戎：《理解民族关系的新思路——少数族群问题的"去政治化"》，《北京
大学学报》（哲学社会科学版）2004 年第 6 期。

族")①。这样的建议还可见纳日碧力戈等学者的相关论述。我认为，这样的建议有一定道理，依据他们的建议，这里所说的"少数民族文学"，其实应该叫做"少数族群文学"。不过，由于我们长期使用"少数民族文学"的概念，它已经成了约定俗成的用法，当说到"少数民族文学"时，其实也隐含了"少数族群文学"的概念；更重要的是，当"少数民族文学"这一概念被建构起来时，它其实也已参与到民族国家的知识生产中，具备了一定的政治意味，"少数族群文学"的概念难以包含这样的意义。

二　什么是中国当代文学

在探讨何谓中国当代少数民族文学这一概念时，还有一个问题也非常重要，那就是，什么是中国当代文学以及中国当代文学的当代？这也是一个众说纷纭，需加以讨论的话题。

在20世纪50年代末60年代初当代文学以其社会主义文学的性质超越具有新民主主义性质的现代文学而作为一种独立的文学形态被确定下来的时候，它指的是新中国成立后十年来的文学。到了80年代初期，人们在用总结、反省的目光看待建国以来的文学时，当代文学的时间界限，被确定在1949年到1978年之间。90年代，当代文学的时间段里，增加了一个新时期，人们关于当代文学史的编写里，新时期文学占了很大的分量。到新世纪开始时，如雨后春笋般不断涌现的各类当代文学史则毫无例外地把当代文学的当代延展到了20世纪90年代末期。所谓中国当代文学，被视为中华人民共和国成立以来直至当下的中国文学；而中国当代文学的当代，则成了从1949年以来不断往前延

---

① 马戎：《民族与社会发展》，民族出版社2001年版，第156页。

续的时间概念。

对当代文学中的"当代"的这种认识和处理从 80 年代中期起就受到不断的质疑。最初的有力的质疑来自唐弢先生。他在一篇题为《当代文学不宜写史》的文章中提出了对编写当代文学史的不同看法，认为，"历史需要稳定"，而"现在那些《当代文学史》里写的许多事情是不够稳定的，比较稳定的部分又往往不属于当代文学的范围"。他把文学中的现代和当代作了区分，现代文学在英文中为"Modern Literature"，当代文学则为"Contemporary Literature"，后者在西方文学中"含有'当前'的意思，指的是眼前正在进行的文学，和我们所说的当代文学不一样。我们的当代文学从中华人民共和国成立算起，包罗了三十几年的历史"。他对"我们所说的当代文学"显然颇有微词，所以紧接着责问道："难道说，三十年前的文学还是当前的文学，50年代文学到 80 年代还是眼前正在进行的文学吗？"耐人寻味的是，他并不认为 50 年代到 80 年代的文学不宜纳入史的研究，作为现代文学权威的研究专家之一，他提出，"把这些归入到现代文学的范围，倒是比较合适的。换句话说，它们已经不是当前的文学，它们可以算作历史资料，择要载入史册了"①。唐弢对于"当代文学"的责问其实是对"当代文学"能否作为一种学科概念笼辖漫长历史阶段的怀疑。这种怀疑一直持续了下来。复旦大学的陈思和教授在写于新世纪来临后的一篇文章中就说："'当代'不应该是一个文学史概念，而是一个指与生活（具有）同步性的文学批评概念。每一个时代都有它对当代文学的定义，也就是指反映了与之同步发展的社会信息的文学创作。……'现代'一词是具有世界性的文学史意义的，而'当代'一词只属

---

① 唐弢：《当代文学不宜写史》，《文汇报》（上海）1985 年 10 月 29 日。

于对当下文学现象的概括。"① 复旦大学的另一位教授郜元宝也持类似看法。他说："'当代文学'与其说是文学史概念，不如说是文学批评概念……任何一部介绍当代文学发展的'当代文学史'都只能是一种权宜之计，都不是从史的角度对一段业已完成的文学的充分叙述，而是从批评的角度对身边正在进行的文学的比较系统的描写。"② 南京大学的许志英教授的《给"当代文学"一个说法》是一篇关于这一话题比较有影响的文章。在这篇文章里，他认为无论"当代文学"还是"当代文学史"都缺乏作为一门学科的合理性，提出用"现代文学"来整合"当代文学"，把现在属于"当代文学"范畴的"50—70年代文学"、"新时期文学"、"后新时期文学"等统统归入"现代文学"，"不仅现在的文学可叫做现代文学，就是几十年甚至几百年之后的文学也可叫做现代文学"③，而当代文学则只用来指称当前的文学。

　　以上的质疑使我注意到"当代文学"这一提法的权宜性。对这一概念的质疑，更应该深入到考察它如何被构造起来、在不同时期不同的人那里如何变异上面。以北大的洪子诚为代表的一些研究者一直在做这方面的工作。洪子诚指出，"当代文学"、"现代文学"、"新文学"这些概念是相互联系、无法截然分开的。对于"当代文学"这样的概念，"应从概念的相互关系上，从文学史研究与文学运动开展的关联上，清理其生成的过程。'当代文学'如同'现代文学'概念一样，都有着'意识形态'

---

① 陈思和：《试论九十年代文学的无名特征及其当代性》，《复旦学报》2001年第1期。
② 郜元宝：《尚未完成的"现代"——也谈中国现当代文学的分期》，《复旦学报》2001年第3期。
③ 许志英：《给"当代文学"一个说法》，《文学评论》2002年第3期。

的含义，包含着政治、历史社会、文学诸因素的复杂影响和制约，其中也包含文学运动的发起者、推动者对文学前景的'预设'"①。他发现，50年代中期以前，人们对于五四以来的文学通常都以"新文学"名之。但后来，"现代文学"逐渐取代"新文学"来指称从五四到1949年这一段时间的文学，而"一批冠以'当代文学'或'新中国文学'名称的评述1949年以后大陆文学的史著，也应运而生"。通过考察，他进一步发现"现代文学"和"当代文学"之间存在的等级秩序，"'现代文学'对'新文学'的取代，是为'当代文学'概念的提出提供'空间'，是在建立一种文学史'时期'划分方式，为当时所要确立的文学史规范体系，通过对文学史的'重写'来提出依据"②。这样，当"当代文学"的概念生成并确立下来的时候，"当代文学"因为具有了新的性质即社会主义的性质而与在性质上属于革命民主主义性质的"现代文学"区别开来。"当代文学"是一个更高的文学阶段的判断，已经是不容置疑的了。这显然是一种洪子诚所谓的"将政治社会进程与文学进程直接联系，以文学社会政治性质作为依据的文学分期框架"③。这样的分期框架决定了"当代文学"高于"现代文学"的等级秩序。但这种等级秩序在"文化大革命"前后遭到毁灭性的破坏，因为即使是"当代文学"也成了被否定和摒弃的对象。80年代以来，这一等级秩序受到研究者基于理性反思的怀疑。受"拨乱反正"的政治思潮的影响，过去被颠倒的历史又重新被颠倒过来，"当代文学"与"现代文学"之间的等级制现在翻了个个儿。在"重写

---

① 洪子诚：《"当代文学"的概念》，《文学评论》1998年第6期。

② 洪子诚：《中国当代文学》，洪子诚、孟繁华编《当代文学关键词》，广西师范大学出版社2002年版，第2页。

③ 洪子诚：《中国当代文学史》，北京大学出版社1999年版，前言第Ⅱ页。

文学史"的声浪中，洪子诚发现，"'现代文学'——而不再是
'当代文学'的学科规范、评价标准，成为统领 20 世纪文学的
线索"。"40 年代后期那些在'当代文学'生成过程中被疏漏和
清除的文学现象、作家作品（张爱玲、钱钟书、路翎、师陀的
小说，冯至、穆旦等的诗，胡风等的理论……）被挖掘出来，
放置在主流的位置上。"① 在生成和不断变异的过程中，"当代文
学"已发生了裂变，成为一个多种因素缠绕、错杂的概念，被
不同的研究者赋予各不相同的含义。就是这些各不相同的含义，
使"当代文学"的概念仍在带有权宜意味地运用着。在洪子诚
独著的《中国当代文学史》中，继续采用"当代文学"这一概
念的重要原因，"是考虑到目前文学史研究的实际情况"，即它
仍被带权宜意味普遍地运用。除此之外，"是它连同相关的分期
方法，仍有其部分存在的理由，即可以作为把握本世纪（20 世
纪——引者）中国文学状况的一种有效的视角"②。洪子诚可以
说创造性地赋予"中国当代文学"这一概念三种含义："首先指
的是 1949 年以来的中国文学。其次，指的是发生在特定的'社
会主义'历史语境中的文学，因而它限定在'中国大陆'的这
一范围之中……第三……'当代文学'这一文学时期，是'五
四'以后的新文学'一体化'趋向的全面实现，到这种'一体
化'的解体的文学时期。"③

　　对于"当代文学"，本书作者就是在上述生成和变异的过程
中来加以理解的，也在这样的意义上来使用这一概念的，从而也
是在相应的背景下来理解中国当代少数民族文学的。也就是说，

----

① 洪子诚：《当代文学概说》，广西教育出版社 2000 年版，第 18、19 页。
② 洪子诚：《中国当代文学史》，北京大学出版社 1999 年版，前言第Ⅲ页。
③ 同上书，前言第Ⅳ页。

中国当代少数民族文学的"当代"已经不仅仅是一个时间概念，它还暗示了特定的历史语境，而这种历史语境是一种变化的历史语境。这样的理解总体上来说虽然也属一种权宜之计，也存在把一长段时间理解成"当代"能否整合所有的文学现象的问题，对于当代少数民族文学的研究，却增加了几分必然。因为作为"新中国的产儿"，不仅中国当代少数民族文学，就连整个中国少数民族文学学科，都是在当代产生的。中国当代少数民族文学的根系，很大一部分扎在少数民族的当代历史语境中。

三　什么是中国当代少数民族文学

何谓中国当代少数民族文学？这一问题，也即中国当代少数民族文学的归属问题，涉及中国当代少数民族文学的范畴及其界定标准。少数民族文学的范畴及其界定标准是 20 世纪 70 年代末 80 年代初起就争论不休没有取得一致意见的话题。在争论中，学者们一般从语言文字、生活题材、作者的少数民族出身三个方面出发讨论少数民族文学的归属问题。应该说，这三个方面的每一方面都可以把问题引向深入，都可以给问题的探讨带来有益的启发。但是，孤立地从一方面出发却会因为片面性的危险而受到指责。姑且将三个方面的观点概括为语言文字论、生活题材论、作家出身论，来看看分别从三个方面出发可能产生的情况和得出的结论①。

先看语言文字论。文学是语言的艺术，文学的基本特征，就在于它是一种语言艺术。我们说一个民族的文学，往往指的是一

---

① 以下三个方面的论述参考、融汇了吴重阳先生的相关论述，特此说明并致谢。

个民族的语言艺术。以群主编的《文学的基本原理》说得好：
"各自不同的当代民族语言，能够生动、有力地表现民族的生
活、性格和风俗习惯，并为各民族的广大人民群众所了解和接
受。因此，民族的语言，是文学的民族形式的第一要素。没有统
一的民族语言，就不可能创立为本民族的广大人民群众所喜闻乐
见的具有民族形式、民族风格的文学。"① 看起来，语言是一个
民族的文学区别于其他民族文学的最主要的标准了。从这种标准
出发，一个民族的文学自然会被描述为用这个民族的文字创作的
文学。这种观点当然有其合理之处，因为民族语言文字确实是少
数民族文学民族特性的一个重要方面。但是这种观点在实践中可
能受到的指责是，它忽视了一种状况：在我国，有的民族如蒙古
族、藏族、维吾尔族、朝鲜族、傣族等有语言和文字；有的如满
族、彝族、纳西族等，虽有文字，但现在不通用了；有的如壮
族、瑶族、仡佬族等有语言，无文字；有的如回族没有自己民族
的语言。这就形成了一个民族内部和各个民族之间的差异——在
一个民族内部，有的作家用汉文写作，有的作家用本民族文字写
作；在民族之间，有的民族用本民族语言写作，有的民族用汉文
写作。如果一定要用本民族语言文字创作的作品才能称为本民族
文学，那么就排除了用汉文创作的作品，以此为标准衡量本民族
文学，必然会得出中国很多少数民族都没有本民族文学的结论，
因为中国有非常多的少数民族作者是用汉文来创作的。对于作
家个人而言，我国当代著名的少数民族作家如玛拉沁夫、孙健
忠、阿来等，他们最有成就和最有影响的作品，是用汉文创作
的。以语言文字作为划分民族文学的标准，会把这些作家排除
在本民族文学之外，这其实无助于本民族文学的发展。对于少

---

① 以群：《文学的基本原理》下册，上海文艺出版社 1979 年版，第 449 页。

数民族文学这门学科而言，抛开这些作家和他们用汉文创作的作品，学科知识体系就会有缺陷。如果把当代少数民族文学视为少数民族文学的一门分支，而且一定要以民族语言文字作为划分民族文学的标准，那么，当代少数民族文学这门分支学科是难以建立起来的。

　　然后看生活题材论。这是以作品的题材作为划分少数民族文学标准的一种看法。用这种标准衡量中国当代少数民族文学，会在作品的多种构成因素中特别突出作品的生活题材，认为作品反映了哪一民族的社会生活，就属于哪一民族的文学；无论作家本人出身于哪一民族，只要他的作品内容是反映少数民族人民的生活的，就属于少数民族文学。这种观点的要害是以题材决定一切，而文学作品的题材本身是异常广泛的，并不能一劳永逸地决定文学的归属问题。题材论将在下面一些问题上面临诘难：第一，汉族作家以少数民族生活为题材的创作，是否应当归入少数民族文学的范围？对此题材论的回答应当是肯定的。这就很难解释中国当代作家中闻捷、李瑛、王蒙、昌耀等以少数民族生活为题材的创作在实践中很难划入少数民族文学范畴的现象。第二，少数民族出身的作者以汉族生活题材创作的作品，应当归入汉族文学还是少数民族文学？按照题材论的观点，这些作品是不能归入少数民族文学的范畴的。这会被指责局限了少数民族文学的取材范围，违背题材多样化的文学创作原则，并不利于少数民族文学的繁荣和发展。第三，一些少数民族作家出身于彼民族，却工作、生活在别的少数民族聚居区，这使他们的创作既非本民族生活题材，也非汉民族生活题材，而属其他少数民族而且不止一个民族的生活题材，这些作品如何归类？题材论在划分这类作品的民族归属上是有困难甚至根本不可能的。题材论在解决理论问题方面的有效度受到怀疑，还在实践中受到如下的指责："按照

'作品题材'的标准来划分民族文学，还将导致两个后果。一是一个民族的文学可以由别的民族的作家来代替创造。……二是导致民族文学的研究过多地注重那些表面的生活现象，引导作家去写那些所谓具有特色的现象。"① 这样的后果谁也不愿意看到。

再看作家出身论。以作家的少数民族出身作为划分少数民族文学的标准，是实践中最有影响的体认中国当代少数民族文学的观点。作家出身论在理论和实践上为自己寻找依据。从理论上讲，文学虽然来源于现实生活，但总是高于现实生活，总是作家对现实生活进行加工制作的结果，渗透着作家的主观感情，贯穿着作家的思维判断。在作家对现实生活进行选材、构思、写作的过程中，作家所属民族的思维情感特色以及审美观等会成为其中起作用的因素影响文学作品的方方面面，从而使作品打上民族的烙印。就此而言，以作家的民族出身来划分少数民族文学的标准是有必要的。从实践上来看，以作家的民族出身去划分作品，尽管也会落下片面之嫌，却比较符合少数民族文学在当代实际发展的情况——比如中国共产党的民族政策渗透到文学领域，使作家的少数民族身份得以凸显，因而是可行的、可取的。如满族作家的作品就是满族文学，苗族作家的作品就是苗族文学，蒙古族作家的作品就是蒙古族文学，等等，这样的结论是为大多数从事文学史特别是少数民族文学史编写实践或者其他知识体系构建的人们所支持的。所以玛拉沁夫主编的《中国新文艺大系 1976—1982 少数民族文学集》有这样的说法："少数民族文学，顾名思义，是少数民族人民创作的文学。由此我们得出这样一点理解，即作者的族别（作者是少数民族出身）是我们确定少数民族文

---

① 吴重阳：《中国当代民族文学概观》，中央民族学院出版社 1986 年版，第 14 页。

学的基本依据。"①

不过如果认为作家的少数民族出身是确认当代民族文学唯一的依据，那也是片面的。作家出身最好和语言文字、生活题材等结合起来，才是比较全面而准确的对于中国当代少数民族文学的界定。玛拉沁夫看到这一点，所以在确定了少数民族文学的基本依据之后，又说："作者的少数民族族属、作品的少数民族生活内容、作品使用的少数民族语言文字这三条，是界定少数民族文学范围的基本因素；但这三个因素并不是完全并列的，其中作者的少数民族族属应是前提。也就是说，以作者的少数民族族属作为前提，再加上民族生活内容和民族语言文字这二者或是这二者之一，即为少数民族文学。"② 这里说的是少数民族文学，当然也包括当代的少数民族文学。玛拉沁夫是与当代中国一起成长起来的作家，一直被视为中国当代少数民族文学的重要代表。他对中国当代少数民族文学的创作和研究状况是异常熟悉的，这在很大程度上能使他避免走向极端，而主张持平之论。

综合前述各种看法，特别是玛拉沁夫的看法，我把何谓中国当代少数民族文学大体确定为：中国当代少数民族文学，是中华人民共和国成立以来具有少数民族族属的作者创作的文学，特别是这类作者或者用少数民族语言文字，或者以少数民族生活内容为题材创作的文学。根据这样的定义，基本可以把以下四类作品视为中国当代少数民族文学。首先，具有少数民族族属的作家用少数民族语言文字创作的反映少数民族生活内容的作品。其次，具有少数民族族属的作家用少数民族语言文字创作的不一定反映

---

① 玛拉沁夫：《导言》，《中国新文艺大系 1976—1982 少数民族文学集》，中国文联出版公司 1985 年版，第 6 页。

② 同上书，第 7 页。

少数民族生活内容的作品。再次，具有少数民族族属的作家用非本民族语言，大多数情况下用汉语创作的反映少数民族生活内容的作品。最后，具有少数民族族属的作家用非本民族语言，大多数情况下用汉语创作的不一定反映少数民族生活内容的作品。这四类作品，由强到弱分梯次地表明了中国当代少数民族文学所具备的少数民族性。

　　根据如上定义，是否就确切地、一锤定音地回答了何谓中国当代少数民族文学这一问题呢？不一定。应该注意到，这一问题是复杂的。所谓中国当代少数民族文学，和中国当代文学类似，更多的是一个被建构起来的概念；这一概念本身是在汉语语境中生长起来的，离开了汉语媒介和构筑它的语境，少数民族文学话语将无从谈起，关于少数民族文学的一整套知识体系也无法建立起来。在汉语媒介构筑起来的语境中，中国当代少数民族文学其实是一个不断变迁、难以把握的概念。这里的定义是暂时的、相对的，而这一问题的复杂性可能是永远的、绝对的，任何回答，都不可能一劳永逸地解决。我对这一问题的探讨算是一次知其不可而为之的尝试。

第 二 章

汉语文学期刊与中国少数民族文学的现代转型

在中国当代，少数民族文学和整体性的中国文学一样，经历了一个极大的转变。在这种转变中，中国当代少数民族文学产生和发展起来。这种转变，可称为中国少数民族文学的现代转型。文学期刊对于中国少数民族文学的现代转型无疑也扮演了重要的角色。本章试图考察汉语文学期刊对于中国少数民族文学的现代转型所发挥的作用，这种影响和作用可以放在它作为一种重要力量促使中国少数民族文学发生现代转型从而使中国当代少数民族文学产生这样的意义上来看。

第一节 中国少数民族文学的现代转型

一 中国当代少数民族文学是中国少数民族现代转型的结果

在中国，少数民族文学是一个当代才出现的概念，可是它指涉的对象很早就存在了，尽管这一对象本身在不断变化着。在一本著名的教材中，少数民族文学被认为"既指现今繁衍生息在中华人民共和国土地上的 55 个少数民族的文学，也包括各民族祖先创造的、历史上活跃在我国土地上的大量古代民族的文学"，它所指涉的对象包括了两大块，即"既包括当代作家的书面作品，也包括古代少数民族书面或口头的创作"①。这种把少数民族文学切割成两个部分的划分，应该是中国所有关于少数民族文学的论著不约而同的做法。在这样的划分中，"当代"从漫漫的时间长河中凸现出来，断裂开来，被作为少数民族文学发展的独立阶段加以讨论。这个独立阶段进一步地被处理成一个在等级上处于优势的时间段。老舍说："我国各少数民族文学是祖国文学不可分割的一部分。但是，过去在反动统治阶级的压迫下，少数民族文学是没有地位的。解放以后，这情况才发生了根本变化。"② 玛拉沁夫在他的一篇著名的文章中展开了如下论述：

解放前，少数民族人民倍受反动统治阶级的压迫和歧视，他们的聪明才智受到压抑和摧残。各少数民族虽然都有自己丰富的口头文学，有些民族也有作家的创作活动，乃至出现过杰出的作家；但就全国而言，过去从未形成一个全国性的少数民族作家的阵容和少数民族文学运动。在文学史上，几乎完全忽略了少数民族文学的地位。

解放后，中国共产党和人民政府实行民族平等、民族团结和各民族共同繁荣的政策，使我国少数民族人民不但在政治上得到解放，而且在文化上也发生了历史性的巨大变化。人民共和国建立初期，在党和政府的关怀与培养下，一大批少数民族出身的文学工作者，以他们具有鲜明民族特色的新

---

① 梁庭望、张公瑾主编：《中国少数民族文学概论·序言》，中央民族大学出版社 1998 年版，第 1 页。

② 老舍：《关于少数民族文学工作的报告——在中国作家协会第三次理事会（扩大）会议上的报告》，《文艺报》1960 年第 15—16 合期。

文学成果，给新中国文苑增添了异彩。①

在这些关于少数民族文学的具有权威性的阐释中，当代作为光明、美好、伟大的时代在"解放前"和"解放后"的对比中被突出地划分出来。这样的划分其实隐含了一个重要的命题，那就是，少数民族文学在当代发生了重要的转变。显然，转变的实质和主要结果是产生了我们称之为中国当代少数民族文学的话语体系和知识谱系。老舍1956年《关于兄弟民族文学工作的报告》把"兄弟民族文学"在当代产生的新变称为"新文学的兴起"，在埋没已久的古籍被发掘整理的同时，"新的文学也生长起来"。1960年的报告也作了类似的阐释。② 这是一种现代性语境下完成的文学类型的转变，我把这样的转变称之为中国少数民族文学的现代转型。这种在中国当代完成的转型之所以仍叫现代转型，不仅因为中国少数民族文学的诸般转变是在中国现代文学意义上的转变，如少数民族文学中的小说、报告文学等文学体裁的出现和作家这种职业或身份的产生或认同都可视为在中国现代文学的意义范畴内发生的事件，也因为我们称为"当代"的时间概念仍可涵容在现代的时间意义之内，比如当代所倡扬的解放、平等、团结等仍在现代的意义范畴之内，包括少数民族文学在内的中国当代文学仍可在现代性视野中加以讨论，也就是说，少数民族文学在当代发生的转变仍属现代性视野中的事件。

---

① 玛拉沁夫：《导言》，《中国新文艺大系1976—1982少数民族文学集》，中国文联出版公司1985年版，第1页。

② 见《文艺报》1956年第5—6期合刊和1960年第15—16期合刊。

二　中国少数民族文学现代转型如何体现出来

中国少数民族文学的现代转型首先可以从文体上来认识。少数民族文学向来以民间口头文学特别发达著称，大量的神话、传说、史诗都以口头传播的方式保留着，不少民族如苗族、侗族等还有即兴口头创作歌诗的习俗。书面文学则是较薄弱的一环，55个少数民族中只有少数几个如蒙古族、藏族、维吾尔族有书面文学存在。进入当代之后，这样的格局发生了变化：即时性的具有现场感的口头创作逐渐消失，那些东西作为回忆在民间艺人的演唱里浮现，或者作为即将灭迹的遗产被搜集整理；原有的民间文学当然也继续存在着，由于国家领导人的倡导盛极一时，但是后来逐渐萎缩，而且在新的语境中发生了新变，以新民歌、新故事、新民间说唱曲目、新民间戏剧的面貌出现；更具本质意义的是从民间口头文学普遍地向书面文学的转变，出现了现代意义上的小说、诗歌、散文、戏剧、电影等体裁，一大批现代意义上的文学作品如《科尔沁草原的人们》、《欢笑的金沙江》、《琥珀色的篝火》、《黑骏马》、《醉乡》、《尘埃落定》等被反复提及，也显示着转型带来的实绩。不过各种体裁在当代转型的情况并不一样。作为韵文的诗歌在中国古代少数民族民间文学中有着深厚的积淀，在当代境遇中一部分——尤其是长篇叙事诗是在继承的基础上发展。至于其他，"解放前，我国少数民族文学领域中小说、散文、戏剧等文学体裁很少，话剧、电影文学则几乎是空白。建国后，各种体裁的作品都有了长足发展"[1]。我们从文体上认识中国少数民族文学的现代转型应该注意到它在文学语言上

---

① 中南民族学院《中国当代少数民族文学史稿》编写组：《中国当代少数民族文学史稿》，长江文艺出版社1986年版，第10页。

的特殊表现。中国文学在汉族文学中的现代转型体现在语言上最重要的莫过于从文言文到白话文的转变，在少数民族文学这里却不一样。这里可能有不少复杂的方面需要清理，不过目前应该特别注意的是：在当代以前，每个少数民族的文学不管是口头文学还是书面文学，往往是以本民族的语言的形式存在的，我们所谓的少数民族文学实际上更有可能是各个少数民族文学的松散的结合。到了当代，随着口头文学向书面文学的转变，文学语言逐渐更多地偏向汉语，在当代从事书面文学创作的少数民族作家有相当一部分而且可能是极大一部分因为这样那样的原因舍弃了本民族的语言，而用汉语写作。当我们说到中国当代少数民族文学时，它其实更多的是以汉语的面目出现的。用本民族语言写作其实一开始就是受到鼓励的，老舍的第一份报告说，"我们希望兄弟民族作家能够用本族的文字，先为本族人民服务"，但是，"一般地来说，兄弟民族地区的稿酬既薄，书籍销行的数目又不很大，因而作家的收入也就不丰，一般的作家的生活都是很清苦的。同一著作若是用汉文发表，稿费与版税便很可观。这是个实际问题"①。采用何种语言写作的后面联系着作家的生活与收入，这是实际问题，也是稿酬制度和读者诸因素作用下的现代问题。当我们从文体上来认识中国少数民族文学的现代转型时，还有一点不得不注意的是，少数民族文学的现代转型并不意味着完全舍弃旧有的形式，旧有形式如维吾尔族的柔巴依、西北回族的花儿等也有可能保留下来，况且仅就少数民族在古代也存在诗歌、小说等书面文学形式而言，旧有形式也并非完全和现代意义上的文学形式不同。新的文体与旧的文体之间没有泾渭分明的分界线。

---

① 老舍：《关于兄弟民族文学工作的报告——在中国作家协会第二次理事会议（扩大）上的报告》，《文艺报》1956年第5—6合期。

甚至很多时候新的会和旧的融合在一起。比如诗歌，各种体裁中，诗歌在少数民族文学发展的过程中在民间口头文学的形式里有着深远的积淀，在当代的语境中给了少数民族诗人以启发，少数民族诗人在继承民间文学遗产、吸收其中的营养的基础上创作了不少长篇叙事诗。我们所说的少数民族文学的现代转型更多是就一般意义、总体意义而言的。

中国少数民族文学的现代转型也可从一大批少数民族作家产生，形成了一支庞大的少数民族作家队伍来认识。在我国，中国共产党作为执政党实行民族平等、民族团结和各民族共同繁荣的总体上来说优待少数民族的民族政策使受教育者大幅度增加，也加强了具备少数民族族属的人们的身份意识。在少数民族文学被构建出来的过程中，一大批掌握了现代的科学文化知识、能熟练操作书面语言尤其是汉语的少数民族作家迅速崛起，他们的名字如玛拉沁夫、扎拉嘎胡、陆地、祖农·哈迪尔、李乔、晓雪、韦其麟、霍达、张承志、阿来等是人们耳熟能详的，他们活跃在当代文坛，在各类传播媒介如报纸的文艺副刊、文学期刊和出版社发表和出版作品，且领取稿酬，取代传统的民间艺人成为新一代的文化和文学的传播者。更重要的是，他们不仅传播——这是传统的民间艺人的主要职责或作用，还充分发挥主体能动性创作文学作品，通过文学的手段加入到本民族新生活的构建从而更进一步加入到整个民族国家的现代性宏大叙事中。他们将写作作为立身处世之本，作为养家糊口的职业。作家对于绝大多数的少数民族来说，是一种新的身份或职业；更有可能是一种备受尊重的身份或职业。和汉族作家一样，他们隶属于一定的机构——文联、作协等，但多了一重少数民族的身份。少数民族作家这一过去没有的全新的身份的出现恰恰标志了少数民族文学在新的时代境遇中的转变。老舍认识到少数民族作家群的出现是一件大事，这是他的第二份报告增加的一个重要的新认识。玛拉沁夫在论述新中国成立后少数民族文学的发展时说："到了五十年代中期，少数民族文学创作已有很大发展。这一发展的主要标志，就是出现了一批创作上充满活力的少数民族作家，形成了一个令人瞩目的少数民族作家群。"后来少数民族文学事业在不断的政治运动中遭受挫折，"文化大革命"后，随着一系列发展少数民族文学事业的措施得到具体落实，崛起了第二个作家群①。"从一九八〇年开始，少数民族文学创作便出现了复苏并转为迅速发展的可喜局面。在此后短短的两三年内，有一大批有生活积累、有创作才华和热爱社会主义事业的少数民族中青年作家，步入了我国文坛。"对少数民族作家群的出现，玛拉沁夫作了高度评价："少数民族作家群体的出现，就其意义而言，已远远超出文学范畴。旧社会受到反动统治阶级的欺侮、压榨而长期处于愚昧落后状态的少数民族人民，在解放后短短的几年之内，就已形成一支作家队伍，这有力地说明，只有在中国共产党的领导下，在社会主义国家里，少数民族人民在政治上得到了解放，才有可能在文化上获得新生。如果着眼于这样一个大的政治与历史的背景，那么对于新中国成立后少数民族作家迅速形成这一事实，作出怎样的估价，都不会是过分的。少数民族新文学从它兴起的那一天起，就是作为我国社会主义文学的一个重要组成部分而显示出它的旺盛的生命力。"② 政治上得到了解放，相应地才能获得文化上的新生，从而产生作家群，兴起少数民族新文学。玛拉沁夫的观点，其实是人们关于当代少数民族文学发展形成的重要共识，这是一

---

① 玛拉沁夫关于两个作家群的说法，《中国当代少数民族文学史稿》也作了类似处理。

② 玛拉沁夫：《导言》，《中国新文艺大系1976—1982少数民族文学集》，中国文联出版公司1985年版，第1—2页。

种现代性的理解，这种理解又进一步促成少数民族文学发生转变。正是少数民族作家群的形成，才在少数民族民间口头文学之外产生了少数民族作家文学。这是中国当代少数民族文学的主要组成部分，也是当代少数民族文学产生的重要标志。

中国少数民族文学的现代转型在内容上体现为现代思想意识在少数民族文学作品中的弥漫、渗透和贯串。1949 年以后的中国被赋予一种新的时间意识，历史仿佛从此时重新开始，全中国上下包括少数民族聚居的地方笼罩在全新的氛围中，群情激奋地开始新的生活。读 20 世纪五六十年代的少数民族文学作品，我发现，一种对于"新"的迷恋和颂赞构成了此期间少数民族文学的基调。这些作品，小说则刻画具备"新"的思想意识的"新"人物，描绘他们的英雄的或先进的事迹，或者描述"新"的思想意识对人们的武装，往往在"新"与"旧"的对比、斗争中凸显"新"生活的优越，以及"新"的思想意识的无往不胜。1960 年人民文学出版社出版的一本《新生活的光辉》（兄弟民族作家短篇小说合集）是 50 年代蒙古族、回族、维吾尔族、苗族、彝族、僮族等少数民族作家短篇小说的一次汇总，也是少数民族"新"生活的一次集中的反映。人们对于这本小说集在文学上的意义是这样认识的："十年来，各兄弟民族的文学，由于民族得到了解放，由于党和毛主席伟大的民族政策和文艺方针的光辉照耀，都获得了新的生命，在我国的文学史上，第一次出现了多民族文学的共同发展和繁荣的宏伟局面。""在兄弟民族日趋繁荣的文学创作中，小说这种体裁，同其他体裁一样，也得到了空前的发展，这个合集所收的作品，就是其中比较优秀的部分。这些小说真实地反映了新民主主义革命时期和社会主义革命时期各族人民的生活和斗争，生动地刻画了成为国家主人的劳动人民的崇高的精神风貌，感人地描绘了大跃进中的新人物、新事物、新风习，具有强烈的时代精神和鲜明的民族特色。在革命斗争和生产建设中，这些作品发挥了文艺武器的教育作用，并且将继续鼓舞我国各族人民建设社会主义的革命热情。"①一方面，小说这种体裁在"民族得到了解放"的现代境遇中，"获得了新的生命"，同其他体裁一样，"得到了空前的发展"，这本身是一种现代性意义上的转变。另一方面，小说中反映和表现的一切当然是"新"的，刻画的是"新"人"新"貌，即已成为国家主人的劳动人民的"崇高的精神面貌"，描绘的是"新人物、新事物、新风习"，贯串的是"新"精神即"强烈的时代精神"；而小说对于这一切，当然不是被动的反映，它加进了热情、希望和想象，将生活以"新"的名义镀亮，从而发挥"文艺武器的教育作用"，发挥"鼓舞""建设社会主义的革命热情"的作用。如此种种，都可视为属于现代性视阈内的经验意识或生命情感。很难想象，这些东西会出现在古代的少数民族文学作品中。诗歌的情况可能复杂些。五六十年代的诗歌主要有三类：长篇叙事诗、抒情诗和新民歌。在少数民族诗人吸取民间文学营养创作的长篇叙事诗中，民族民间文学传统会和诗人的"新"的思想意识混杂在一起。在这种情况下，诗人往往会用"新"的思想意识对民间文学加以改造。我们熟知的《阿诗玛》、《刘三姐》、《百鸟衣》等就是整理者或写作者改造民间文学比较典型的例子。这样的改造已带来了传统民族民间文学的转型。至于抒情诗，如《狂欢之歌》、《从小毡房走向全世界》等，则往往用或庄严或严肃的调子歌颂"新"时代的伟大和"新"生活的美好，歌颂和赞美几乎是诗歌作品中无一例外的情感基调。新民歌则更是一种对于新生活的歌颂与赞

---

① 见《新生活的光辉》的"出版说明"，人民文学出版社 1960 年版。

美。新民歌的"新"，凸显的正是现代的思想意识和生命情感对一切人事的改造。

中国少数民族文学的现代转型在不同的历史时期有不同的表现，在不同的历史时期有不同的发展。五六十年代是注重主流的精神意识对各少数民族文学的弥漫、渗透和贯串，强调的是同一性，这意味着各少数民族虽然有着千差万别的思想文化背景，但最后都会走到一起来。在五六十年代的语境中，差异性是不被提倡而且要尽量避免的。这种同一性其实是一种政治上的高度认同。老舍在他 1960 年的那个报告中总结"少数民族新文学"的"优点与特点"时说："少数民族新文学的兴起有个显著的优点与特点。一般地说，这种新文学一开始就是在毛泽东文艺思想的指导下，遵循着为工农兵服务的方针进行创作的。许多新起的优秀作者一开始拿笔，就是以社会主义文学的建设者自期的。这些青年花朵是在党的雨露滋养下开花结果的。即使他们的思想与技巧一时还有欠成熟之处，可是在党的领导与关切下，他们必能迅速进步与提高。"在那个时代的老舍那里，这种政治认同对于少数民族新文学的兴起显然起着无比巨大的作用，无法设想它会和文学分离，有了它，即使"思想与技巧一时还有欠成熟之处"，也"必能迅速进步与提高"。老舍引用纳·赛音朝克图的诗来结束报告："他们虽然用不同的语言歌唱，/但他们的歌声，/却融合得多么动听！/他们虽然属于不同的民族，/但是他们的心，却都这样地热爱着/我们的领袖毛泽东！"[①] 声音虽然不同，但都融合在一起，朝向一个共有的方向：赞美"新"生活，歌颂带来美好"新"生活的伟人。这差不多是 50 年代末期以后少数民族

_____

① 老舍：《关于少数民族文学工作的报告——在中国作家协会第三次理事会（扩大）会议上的报告》，《文艺报》1960 年第 15—16 合期。

文学尤其是其中的诗歌共有的基调。80年代，中国少数民族文
学在发展的过程中同一性和差异性都被强调。一方面，少数民族
文学继续在爱国主义和民族团结的主题思想里演绎各种各样的故
事，吟唱各种曲调的诗歌；同时也和汉族主流文学一起，抚摸
"非人年代"里的罪恶留下的伤痕，对过去的种种错误加以理性
的反思，探索改革年代里人的思想和行为的新变，也在久远的历
史和文化中寻找失落的根。另一方面，少数民族文学的民族性被
要求在作品中加以突出，民族特质和时代精神、艺术特色一起，
作为少数民族文学的三根支柱之一受到异乎寻常的重视和反复讨
论，民族语言、民族意识、民族特点等话题频繁出现，在这样的
语境中，少数民族文学的民族性得到强调或加强。比如，鄂温克
族作家乌热尔图的《一个猎人的恳求》、《七岔犄角的公鹿》、
《琥珀色的篝火》等在全国评奖中榜上有名的作品就被读解为
"揭开了本民族精神气质的奥秘"，"内蕴着巨大的心理容量"①。
90年代，中国少数民族文学发展的特点可大致概括为在同一性
的前提下强调差异性。在经济全球化、政治多极化和文化多元化
的世界背景中，文化的建设受到国家的高度重视，国家倡导建立
一体多元的中华文化；一体多元的中华文化自然也包括少数民族
文学。人们对此期间的中国少数民族文学作了这样的描述和理
解："20世纪90年代以来，在以江泽民同志为核心的党中央领
导下，随着改革开放的深入，社会的发展与国势的强盛，我国少
数民族文学跟进时代，走向自觉，走向文化，得到空前的拓展和
繁荣。"在这样的理解中，爱国主义和执政党在国家进行的社会
主义实践是少数民族文学得以发展的重要前提，少数民族文学在
此前提下"走向自觉，走向文化"。致力于构筑本民族自己的文

---

① 雷达：《哦，乌热尔图，聪慧的文学猎人》，《文学评论》1984年第4期。

学是 90 年代少数民族作家的追求，这样的追求可能表达为，
"文学创作必须开掘文学的本土资源，倡扬本民族优秀的潜质，
用民族民间的东西构筑自己作品的血肉，保持和发扬文学的民族
特点和风格"①。

　　中国少数民族文学的现代转型在不同的民族那里有不同的表
现。少数民族文学是作为一个整体进入中国当代文学的，不过在
谈论当代少数民族文学时有一点容易为论者忽视的是，这个整体
是由 55 个不同的少数民族的文学组成的，这样，这个整体的内
部就多了 55 种不同的可能性。这 55 个少数民族中，有文字和书
面创作的民族和没有文字甚至连语言都没有的民族在当代的语境
中表现是不一样的，取得的结果也不一样。前者可能发展得快
些，后者可能发展得慢些。在这方面，实行民族区域自治最早的
蒙古族应该是走在最前面的。人们谈及少数民族当代文学时会不
约而同地首先提到蒙古族的文学。蒙古族本身是一个有着悠久的
口头文学和书面文学传统的民族，著名史诗《格萨尔》和《江
格尔》都联系着这个民族，近代还出现了尹湛纳希这样优秀的
作家。进入新的时代，在搜集整理古籍的同时，新的文学生长起
来，"描写革命斗争的、对自然灾害作斗争的，和歌颂内蒙人民
的新生活的小说、话剧与诗歌相继出现。纳·赛音朝克图与巴·
布林贝赫的诗歌，朋斯克、敖德斯尔、玛拉沁夫、超克图纳仁等
的小说与剧本都受到读者的欢迎与称许"②。其他如新疆的维吾
尔族、哈萨克族、乌孜别克族等 "都产生了不少比较优秀的作
品，其中有短篇小说、诗歌与话剧。诗人铁衣甫江和布哈拉等都

---

　　①　包明德：《跨向新时代的中国少数民族文学》，《文艺报》2002 年第 152 期。
　　②　老舍：《关于兄弟民族文学的报告——在中国作家协会第二次理事会会议
（扩大）上的报告》，《文艺报》1956 年第 5—6 期合刊。

孜孜不息地进行着创作的劳动，祖农·哈迪尔等在短篇小说与剧本方面也有很好的成绩"①。而另外一些民族在这方面的发展就要滞后一些，1955 年五一劳动节后，中国作家协会邀请了十几位少数民族文学工作者到北京座谈有关少数民族的文学工作情况。僮族作者韦其麟在这次会议上发言说："也应当重视反映僮族（即壮族——引者注）人民今天的现实斗争生活，从而鼓舞这一拥有七百多万人口的民族积极地和各民族人民一道建设社会主义的热情的作品的创作。僮族人民是非常渴望见到反映自己生活的作品的，可是五年来，从《人民文学》到《广西文艺》，反映僮族人民现实斗争的，像《草原上的人们》反映内蒙古人民的斗争，《山间铃响马帮来》反映云南各民族人民的斗争，《哈森与加米拉》反映新疆各民族人民的斗争一样的作品，一篇也没有见过！"② 韦其麟的发言，从一个侧面反映了作为中国人口最多的少数民族的壮族在文学发展方面的滞后状态。不过，发展得快慢与否，在当代的语境中并不显得如何重要，重要的是，或者被经常强调的是，民族大家庭的所有成员都在前进，逐渐地都发展起了自己本民族的文学。当然，发展得快慢与否，仅是中国少数民族文学现代转型过程中各个民族诸种不同表现中的一种，可能是较明显的一种。这里更为深层的表现是，各个民族的民族意识、民族特性等一般而言都会在作品中反映出来，从而获得独属于自身的特殊表现。比如，蒙古族文学会被认为具有蒙古族的特质，它的草原文化的博大雄浑、勇敢剽悍可能是其他少数民族的文学没有或不及的；而藏族文学也会被认为具有藏民族的特

---

① 老舍：《关于兄弟民族文学的报告——在中国作家协会第二次理事会会议（扩大）上的报告》，《文艺报》1956 年第 5—6 期合刊。

② 同上。

质，和藏传佛教的渊源带来的神秘超验，会被认为是藏族文学的只属于自身的特点。

中国少数民族文学的现代转型在很大程度上跃过了中国现代文学在 20 世纪初到 20 世纪中叶所经历的五四新文学、左翼文学、解放区文学或国统区文学等各个阶段，而直接汇入到中国当代文学发展的潮流中。中国现代文学在它 30 多年的发展历程中，固然有个别少数民族作家如老舍、沈从文、端木蕻良等的积极参与，可是他们的写作并没有组合在一起，组成一个叫做少数民族文学的独立的知识谱系，没有也不可能作为一个独立的分支构成中国现代文学整体中的一个独立部分。他们在中国现代文学发展中占有地位，通常是因为另外的意义，老舍可能是因为他的写作中流露出来的对市民文化的批判，沈从文可能是因为他的"乡下人"的审美理想，端木蕻良有可能因为他"表现封建的生活方式的能力"①，都不会是因为作为少数民族作家而受到关注。这些作家常被一般的中国现代文学史提起。另外一些作家如哈萨克族的唐加力克·卓力得拜、维吾尔族的黎·穆塔里甫、乌孜别克族的阿不都秀库尔·亚勒昆、锡伯族的何耶尔·柏林、朝鲜族的金昌杰等作家的写作，则不被一般的中国现代文学史关注。所有这些作家，不管是否进入中国现代文学史的叙述，都没有作为整体共同发挥作用的可能。他们作为我们称之为（现代）少数民族作家的整体，是事后的叙述。这就是说，中国少数民族文学并没有像汉族主流文学那样经历五四文学、革命文学、左翼文学、解放区文学或沦陷区文学、国统区文学等阶段，没有经历这些概念所标志的现代文学意义的洗礼，也没有参加到这些概念所标志的意义的建构中去。它是一个在当代才有意识地加以构筑的

---

①　夏志清：《中国现代小说史》，复旦大学出版社 2005 年版，第 410 页。

话语体系和知识谱系，在 20 世纪中国文学的整体进程中，它是一位姗姗来迟的到场者，它的到场是一次当代事件。

三 应该怎样评价中国少数民族文学的现代转型

如果说中华民族从古代走向现代按照通常的理解是一种历史的进步的话，中国少数民族文学的现代转型是否可以称为进步呢？不一定。

我们知道，文学艺术的发展和社会历史的发展是不平衡的，文学的发展并不与社会的发展成正比，对此马克思早有论述："在艺术本身的领域内，某些有重大意义的艺术形式只有在艺术发展的不发达阶段上才是可能的。"[1] 少数民族地区社会发展水平比起汉族来普遍较低，可是这并不意味着他们的文化和文学发展水平比不上汉族；马克思所说的"有重大意义的艺术形式"特别表现于神话和史诗，我国少数民族的神话和创世史诗、英雄史诗，是汉族文学所不及的。少数民族文学中其他一些艺术形式由于其特有的民族风格和民族气质所显示出的特有的艺术魅力，也是汉族文学欠缺的。但是少数民族的神话和史诗以及其他艺术形式在少数民族文学现代转型的文学实践中都没有得到使用，或者即使使用也产生了极大的变异（如其中的新民歌）。而转型之后产生的新的艺术形式如小说、诗歌、散文等，一般而言，不及汉族文学的繁复和丰富。这样看来，少数民族文学的现代转型并不一定是它的进步。

不过，这样的转型也不一定是退步。我相信，小说、诗歌、散文（含杂文、言论、报告文学等）、戏剧、电影等现代意义上的艺术形式，是适合表达现代的思想意识和生命情感的，适应了

---

① 《马克思恩格斯选集》第 2 卷，人民出版社 1972 年版，第 113 页。

现代的生活。就此而言，少数民族文学的现代转型也不一定是退步。关键是，它是摆在我们面前的事实。在时代面前，中国少数民族文学的现代转型是不能不发生的必然现象。它实在是中国诸少数民族在当代巨大生活变革中所带来的必然结果。

今天，谁也不能否认的是，中国共产党在少数民族聚居地区的政治实践给少数民族带来了一系列巨大的变革。这些巨大变革的实质是，原来不仅在地域上处于边缘而且在文化上也处于边缘的各少数民族，几乎是身不由己地一下子被拉进了整个中华民族共同发展的轨道，加入到共同构建民族国家的现代性宏大叙事中。原来处于古代的时间和边远的空间中的诸少数民族以及民族中的个体，随着民族地区的"解放"一夜之间被带进了一个新的时空，跟着整个民族国家机器的运转而运转，他们的整个生活以及对生活的体验在新的时空的构筑之中必然发生新变。这一切，自然会反映到文学中，而文学也自然会以自身的力量参加到民族国家现代性宏大叙事的构建中。与此同时，文学本身也在不断地变化以适应新的现实。一切都处于不断运转的变动之中，老舍在他的报告里用一种欣喜的语调描述了这种变动："这是多么动心，多么幸福的事啊！人与人之间的关系变了，民族与民族之间的关系变了，历史在改变，山河也在改变。我多么喜爱那些新的诗歌，新的小说，新的戏剧啊，它们正都反映了这种空前伟大的变化与胜利！"① 对于这种种变化，我们可以批判其中的狂热、虚幻，可以批判其中隐含的对人的个性的压制，也可以肯定其中散发出来的理想和热情，以及蓬勃的生机，但是我们不能无视变化——少数民族整体生活的变化和文学的变化的事实本身。这是

---

① 老舍：《关于少数民族文学工作的报告——在中国作家协会第三次理事会（扩大）会议上的报告》，《文艺报》1960年第15—16期合刊。

理解少数民族文学现代转型的一个关键。

第二节　汉语文学期刊对中国少数民族
文学现代转型的作用

一　作为文化传播媒介的文学期刊

文学期刊是期刊的一个类型。期刊，又称杂志，就其运作和表现形式而言，是根据一定的编辑方针，将众多作者的作品汇集装订成册的，定期或不定期的连续出版物；每期版式大体相同，有固定名称，用卷、期或年、月顺序编号出版。就其实质而言，期刊是传播信息、交流思想文化的载体，所以称为文化传播媒介。传播文化的载体还有报纸、图书、广播电视、电脑网络等，广播电视、电脑网络等属电子媒介，我们姑且不论。这里仅就同为纸质传媒的报纸、图书等相比较来谈谈文学期刊的特征。

报纸、期刊和图书各有其特征，有研究者就三者的时效性打过一个形象的比喻，"报纸好像秒针、刊物好像分针、书籍好像时针，都围绕着时代的轴心旋转前进，它们三者之间既有所区别，又有所联系"[1]。和报纸比，报纸因为每日出版，显然能更为迅捷地对信息作出反应，时效性强，期刊虽然速度不如报纸，不能像报纸那样迅速地对信息作出反应，但是容量大，又有充足的时间对信息加以考量消化，所以比报纸的反应更加周详和深透。著名的报学家戈公振"从内容方面乃至原质方面着手"区别了报纸和杂志，认为"报纸以报告新闻为主，而杂志以揭载评论为主，且材料之选择，报纸是比较一般的，而杂志是比较特殊的。……报纸之论说（article），对于时事表示临时的反映；

---

[1]　俞润生编著：《实用编辑学概要·引言》，天津人民出版社1987年版。

杂志之论文（essay）则以研究对于时事的科学的解决，且杂志之能力，乃在问题自身之解决，是尤有卓识也"①。期刊的这种特点可以使它对读者进而对社会发挥解释、指导的作用，正如一位美国学者所言，杂志的兴趣主要在于所谓的"因果关系"，即"解释社会及其各部分，预测发展趋势，并把零碎的事实联系起来，阐明新闻的意义"，"换言之，杂志是伟大的注释家"②。当然不能说报纸没有解释功能，不过说期刊的解释功能比报纸更为深厚应该是没有错的。文学恰好是一种需要对信息进行深加工，以便更周详地反映现实，更深刻地表现思想感情的人类活动，所以文学和期刊的联系就比报纸密切。和图书比，期刊是一种连续性的出版物，"它当然赶不上图书那样的鸿篇巨制、积厚深广；但是它比图书出版周期短，资金积累见效快，能在短时间内及时反映某一事件或某一学科的发展过程，跟踪客观事件的日新月异而不断提供新知识、新信息；它不像图书那样集中在某一主题上，而是广收各位作者、各种类型的文章，呈现出各种内容兼容、资料聚集、观点荟萃的'杂'的特点；它还不同于图书那样多是作为单本存在，而是持续不断地出版，每一期都不仅是前一期序列上的自然延续，而且是前一期作者、编者认识能力的深入扩展，这就使期刊比图书更具有拓展和积累认识的可能性"③。可见期刊具有图书比不上的优势。尤其是，期刊具有时效性强的特点，它跟踪着所传播信息的流动发展，呈现出信息被传播时的最初样貌。时代的风云变幻，往往都在期刊所创造的特殊场域中

---

① 戈公振：《中国报学史》（插图整理本），上海古籍出版社 2003 年版，第 6 页。

② ［美］德费勒、［英］丹尼斯：《大众传播通论》，颜建军等译，华夏出版社 1989 年版，第 150 页。

③ 张伯海：《促进期刊繁荣的总体考虑》，《出版发行研究》1990 年第 5 期。

反映出来，具备文献价值。所以期刊往往作为镜子、作为历史的活的见证流传下来。就文学期刊而言，它在用文学的形式及时深刻地反映现实，迅速传递文学信息，跟踪文学发展变化的历程方面是具有特别的优势的。

人们现在已经认识到，文学期刊作为文化传播媒介不仅传递文学信息，跟踪文学发展历程，而且它本身就是信息，会对文学发挥主体性的建构作用。这种作用表现为，文学期刊不只是文学的外在物质传输渠道，而且是文学本身的重要构成维度之一；它不仅具体地实现文学信息的物质传输，而且给予文学的意义及其形式以微妙而又重要的影响。这起码有以下几方面的表现：第一，从文学期刊发挥的社会作用看，它有力地参与营造了文学得以生成并在其中发挥作用的社会的"公共领域"，在这个公共领域里可以实现文学信息的自由传输与制造。第二，从传播者看，围绕文学期刊形成现代意义上的文坛，一批批把自己的理想或者感受和文学联系在一起的文化人受到强烈的现代性冲击，毅然或者欣然地走上文坛，从传统文人变成了现代的文学家。第三，从接受者看，从文学期刊参与营造的社会情境中，公众获得了崭新的现代性启蒙，成为熟悉并喜爱现代意义上的文学类型如小说、诗歌、散文、话剧、报告文学等的读者大众。第四，从传播方式看，包括文学期刊在内的文化传播媒介构成现代文学和它的各种文体样式得以传播的物质传输渠道。在这个意义上，没有包括文学期刊在内的大众传播媒介便没有现代意义上的文学以及它的各种文体样式。第五，从传播效果看，文学期刊参与建构现代文学文本的意义，从而和现代文学的意义构成紧密相关。文学期刊作为文化传播媒介在社会情境中扮演重要的角色，并不只是影响现代文学文本的外在的、多余的装饰因素，而是它的意义及修辞效果的重要结构因素，对于具体文学文本的意义及修辞效果会发生某种带有实质性意义的影响。例如，何士光的《乡场上》从纯粹的艺术标准来看可能并不成熟，但由于在《人民文学》杂志上发表，又在《红旗》杂志上选载，借助这两种强势媒介而对文学界甚至整个知识界产生巨大的影响，并由此对中国新时期文学的发展产生重要的示范作用。这种现象一定程度地表明，文学期刊是与文学文本的意义及社会修辞效果紧密相关的。①

　　明白文学期刊作为文化传播媒介的主体性作用，进入文学研究的时候，就不应该只注重研究作家，或者只注重作品本身的形式，只就孤立的文本来看待文学，而应该还看到文学的传播媒介也会对文学产生影响，看到文学的传播媒介也参与塑造了文学。文学自产生以来，其长期的传播媒介是印刷媒介。马歇尔·麦克卢汉说，"文字或印刷的'内容'是言语，但是读者几乎完全没有意识到印刷这个媒介形式，也没有意识到言语这个媒介"②。麦克卢汉说读者"没有意识到言语这个媒介"，大多数领域的读者可能是这样，在文学领域，事实应该不尽如此。许多读者阅读文学作品，喜欢上一部或一篇文学作品，往往是被其中宏伟壮丽或者优美精致的语言所吸引；文学研究者们也很早就注意到言语对于文学的重要作用，而称文学为语言艺术，20 世纪初甚至崛起了专门研究文学的语言形式的文学研究派别，俄国形式主义流派和欧美新批评派都以专注于文学的语言形式著称于世。不过说到"读者几乎完全没有意识到印刷这个媒介形式"，我认为在很长一段时间确实如此。人们的确长期以来看

---

　　① 本段文字参考融汇了王一川先生的有关论述，特此说明并致谢。
　　② ［加拿大］马歇尔·麦克卢汉：《理解媒介——论人的延伸》，何道宽译，商务印书馆 2003 年版，第 46 页。

不到以印刷媒介为主的传播媒介对文学的塑造作用。他们大概很难看到，如果没有像文学期刊这样的印刷媒介，文学会以另外的形态显现出来。事实上，文学通过口头传播或者以文字书写的形式传播，书写在羊皮、竹简、绢帛或者书写在纸上，靠人手抄写复制或者靠雕版、活字印刷复制，靠手工操作印刷或者靠机器操作印刷，其传播形式和传播效果是不一样的。这里发生变化的，不仅仅是传播媒介；其实传播媒介的每一次大的变化，都伴随着文学的巨变。

当文学不是通过口头传播，而是通过固定的物质载体特别是纸质传媒来传播时，书面文学产生和发展起来。这是文学史上的大变革。当文字不是书写在羊皮、竹简或者绢帛而是书写在纸上时，由于纸张可以用破布、树皮、旧渔网等可以很方便、很廉价地得到的材料批量地制作出来，成本低，轻便，这就使文学的物质载体发生了大的变化，物质载体的变化伴随着它所承载的内容的变化。于是，一方面，文学的传播由于物质载体的轻便加快了速度，因为成本低，支付得起的人更多而拓宽了范围，这就使文学传播变得比以前更为容易。另一方面，当人们发现文字可以方便地书写在比较廉价的纸张上的时候，更多的人投入写作，文学写作为更多的人所掌握；人们不用担心写得过多而没有足够的物质载体容纳，写作的欲望更强烈地表现出来，文学写作中一些过去被简化地处理的环节，现在可能会铺展开来加以细致的描述、说明或论证。这样，文学写作向纵深处转化，写作手法也更繁复多变。

书面文学产生后，很长一段时间是靠抄写传播的。一部文学作品，如果要抄写多册，不仅耗费时间，而且需要投入大量的人工劳动，显得效率低、规模小、成本高；抄写得再多，数量都相当有限，其传播的范围也会非常狭窄。印刷术发明之后，文学作品可以批量地复制，传播到社会上各个阶层的人手里，而不是以前那样，局限于某些特权阶层。"印刷术的出现极大地改变了人类文明史进程，使人类信息存储和传播方式发生深刻变革，这种变革逐渐扩展到几乎所有民众的知识获得与日常的生活方式之中。"① 这种变革自然会"扩展"到文学领域，使文学传播发生革命性变化，进而带来文学自身的突变。

二 汉语文学期刊对中国当代少数民族文学的促发作用

文学期刊本身是一种现代才孳生出来的产物，包括文学期刊在内的大众传媒的兴起是传统社会向现代社会转变的重要标志。我倾向于在一种积极的意义上来理解这一点，如一篇著名的传播学文章所言，"大众传媒的介入和扩张给社会成员和社会机构都带来了变化，它使得无论'人'还是'社会'都变得更容易接受社会变革，更'现代'，也更'发达'"②。大众传媒介入少数民族的社会生活，使其更容易由传统向现代转型，走向现代化之路。这里自然也包括文学。当文学期刊和少数民族文学发生关联，必然会对少数民族文学的现代转型发挥巨大作用。文学期刊对于中国少数民族文学的作用早就引起人们的重视，老舍的第一份报告里关于开展兄弟民族文学工作的八条措施就有两条涉及刊物问题。其中第三条在谈及商请或协助各出版社做好有关工作后说，"中央的与各地方的文学刊物应多发表兄弟民族作家的作品"，第七条是，"有步骤地创办各兄弟

---

① 项翔：《近代西欧印刷媒介研究》，华东师范大学出版社 2001 年版，第 32 页。

② 查尔斯·R. 赖特：《功能分析和大众传播研究回顾》，［英］奥利弗·博伊德—巴雷特、克里斯·纽博尔德编《媒介研究的进路》，汪凯、刘晓红译，新华出版社 2004 年版，第 114 页。

民族文字的文学创作刊物"。第二份报告则用了一种激动的口气和不菲的篇幅描述和少数民族文学相关的各种文学期刊，对人们利用文学期刊发表少数民族文学作品的活动评价很高，"各少数民族并不仅仅从事搜集与整理过去的文学史料，而且也正在创造着新的历史"。显然，报告认为人们正在利用文学期刊创造新的历史，在列举了发表少数民族文学的三大类刊物：用少数民族语言文字出版的刊物如《花的原野》、《塔里木》、《延边文学》，地方性刊物如《草原》、《山花》、《四川文学》，全国性刊物如《人民文学》、《文艺报》、《民间文学》等的有关情况后，报告用一种感叹的口气指出："这的确是史无前例的百花齐放的峥嵘气象！"老舍的报告体现出人们对于文学期刊在少数民族文学新的历史的创造中发挥的巨大作用的充分认识。今天对这样的作用可以从多种角度来看待，从传播学的角度来看，文学期刊为中国少数民族文学提供了新的传播媒介或物质载体，开辟了新的传播空间，使少数民族文学得以传播开来，成为一体多元的中国文学的重要组成部分。当我们凸显作为大众传播媒介的文学期刊对少数民族文学现代转型的主体功能时会发现，文学期刊特别是汉语文学期刊促发了少数民族当代文学的发生、发展。至少可以从如下一些方面考察汉语文学期刊对于少数民族当代文学的促发作用。

第一，汉语文学期刊提供了一种中国各民族文学都可以展现自身的媒介，在这一媒介中，以汉语为通用语，实现了一种超越各民族文化而带有跨文化传播色彩的多元文化传播，我们可以将其称之为跨越各民族文化的多元文化传播，简称为跨民族的多元文化传播；在这片场域或语境中，各少数民族文学都得到展现，获得共同的认同，从而建立起一整套关于少数民族文学尤其是少数民族当代文学的话语体系和知识谱系。按麦克卢汉所说，"大众媒介所显示的，并不是受众的规模，而是人人参与的事实"①。
从中国少数民族文学的研究角度看，在汉语文学期刊这样的大众
媒介里显示的，就是中国各少数民族共同参与、共同营建我国多
民族文学的事实。我们来看一则广告，这是新疆的《民族作家》
对外发布的：

> 《民族作家》是中国作家协会新疆分会主办的大型文学
> 双月刊。主要翻译介绍我国少数民族当代优秀文学作品，同
> 时精选、译介各民族优秀古典文学作品和民间文学遗产。
>
> 《民族作家》是我国各民族文化交流的桥梁；各民族作
> 家、翻译家施展才华的园地；国内外读者了解我国少数民族
> 绚丽多彩的文化习俗、风土人情和展示各少数民族文学最新
> 成就的窗口。②

这则广告可视为《民族作家》对自己的定位，我们从中看到它
展现各民族文化、促使各民族文化共同交流的承诺。如果它的承
诺兑现，我们会看到中国的各个少数民族共同参与建构多民族文
学的事实，看到一片各民族文化都得以展现的多元文化传播场
域。我认为，中国当代少数民族文学的发展就一般情况而言，正
是这样多元文化传播场域的展现。在汉语文学期刊中，不仅汉族
作家的作品，汉族以外的少数民族作家用汉语写作的作品和虽然
用非汉语写作但翻译成汉语的作品也都得以发表，而且在很长一
段时间内，在很多汉语文学期刊中，一般都会注明发表作品的少

---

① ［加拿大］马歇尔·麦克卢汉：《理解媒介——论人的延伸》，何道宽译，商
务印书馆 2003 年版，第 429 页。
② 见《文艺报》1991 年第 40 期。

数民族作家的族别。我们知道，一群聚居在一起的人之所以能成为一个民族或族群，有多方面的原因，除了地域、种族血缘、语言等外，独特的文化也是重要的原因。每个少数民族都有自己的文化，携带着本民族文化因子的作家在创作时，肯定会在作品中打上或多或少的本民族文化的烙印，尽管每个少数民族的文化经过汉语文化和当代主流文化特别是 20 世纪 50—70 年代政治压倒一切的主流文化的过滤会有所丧失。汉语文学期刊发表各个少数民族作家的作品，就是把多个民族的文学聚集在一起，形成一个多民族文学共同展现各自风采的公共场域，集散地或者传播空间。这一片场域或空间把各少数民族的文学都聚集、组织在一起，我们在其中既可以欣赏到大漠平原的雄风，也可以领略到南国热土的风采，还可以享受到雪域高原的美景。加之，由于中国的各个少数民族在当代社会交流和融合的进一步增多，这种情况势必反映到文学中，这样，在汉语文学期刊的公共场域里，各个少数民族的文学在展现自己的同时，也得到交流和融合，因交流而得到传播，因融合而得到发展。从文化传播的角度上来讲，汉语文学期刊已经构造起一种在整体的中华文明的笼罩下而又带有跨文化传播色彩的多元文化传播语境，使作为文化的核心组成部分的各民族文学在这里可以得到跨越文化的交流、传播和融合。这样的跨越各少数民族的多元文化传播的特点在于：其一，我国各民族的文化都在这里得到传播，不止汉族，不止蒙古族，不止藏族，而是所有民族，汉语文学期刊尤其是注重刊登少数民族作家作品的文学期刊会把发表多个民族作家作品作为其优势或者成绩加以突出；而各个民族也以汉语文学期刊为媒介，在汉语文学期刊这一跨越民族文化的传播媒介中参与构建中国当代文学乃至文化。这是一种各民族文化都得以传播的多重传播。同时，在实际的认识中，这往往又是一种双重传播，既传播汉族文化和文学，又传播少数民族文化和文学。其二，在汉语文学期刊中进行跨越民族文化传播的各支文化有一个共同的语言媒介——汉语，在非汉语的语言媒介中，则难以构成这样的语境。其三，这样的跨越民族的多元文化传播是在中华大地上进行的，具有中华民族的一体多元性。在古老的中华大地上生活的各个种族经过长时期的交流、融合，甚至战争、冲突，已经形成不可分割的整体——中华民族，这是漫长的历史发展的结果。这既决定了跨民族的多元文化传播的一体性，即进行跨民族文化传播的各支文化有一个共同的母体——中华民族及中华文化，各支文化都隶属于中华文化，属于中华文化的分支，也决定了它的多元性，即跨越民族的多元文化传播必然是多个民族之间多种文化的互相交流和影响。其四，这样的跨越民族的多元文化传播因为各个民族发展的具体情况有别而具有不对称性，在互相影响和作用的多极文化中，每极文化影响与被影响、作用与反作用之间是不对称的，并不意味着，此一民族影响了彼一民族很多，彼一民族也会相应地给予此一民族同样的影响。这样的不对称性具有多方面的表现，比如，一般而言，汉族文化和别的民族文化的交流具有不对称性，而在内蒙古自治区，在《草原》文学杂志上形成的跨越民族的多元文化传播场域，则有可能是蒙古族文化和别的民族如达斡尔族、鄂温克族的文化交流具有不对称性。最后可能也是最重要的，这样的跨越民族的多元文化传播经过现代文化和文学观念同各少数民族身后巨大的民族文化和文学资源的碰撞，最终达成了一个共识：少数民族文学是中国文学的重要组成部分，而这种文学在新的时代产生了巨大的变化。这一共识潜藏着的更具本质意义的内涵是：少数民族文学的话语体系和知识谱系是在当代建立起来的，特别是在当代汉语文学期刊构筑的跨越民族的多元文化传播场域中，中国当代少数民族作家文学或者中国当代少数民族文学产生出来并得到发展。

第二，汉语文学期刊提供了媒介，使中国各少数民族的文学总体上由口头文学向书面文学转变。现代社会的一个标志是大众传播媒介作为一种文明方式挟带着现代工业技术以及一系列文化观念大规模介入生活。对于汉族而言，大众传播媒介的介入生活，是19世纪末期以来的事。对于少数民族而言，大众传播媒介的大规模介入生活，则是1949年中华人民共和国成立以来的事。当代社会的大众传播媒介，是从中央到地方按照某种等级关系创立起来的，其中包括各种文艺刊物的创立。这些文艺刊物，少数民族聚居地区的自不必言，即使不是少数民族聚居地区的也有不少，都把发表少数民族文学作品作为刊物的任务。伴随着少数民族聚居地区人们受教育程度的提高，包括文艺刊物在内的大众传媒之介入少数民族的生活，使少数民族总体经历了从主要依赖口耳相传的方式传播文化到依赖印刷传播媒介传播文化的大转变，原来骑在马背上逐水草而居的游牧部落、还处于刀耕火种时代的民族，或者在深山密林里靠捕猎野兽维生的狩猎群落，等等，无一例外都笼罩在大众传播媒介的影响范围之内；而文学期刊介入少数民族的生活，则促使少数民族文学总体上从口头文学转变到书面文学。金元浦说："口耳相传的艺术是没有原本的艺术，是在传播中创作和加工的艺术。印刷术的发明，使人类的传播有了巨大的进步。阅读成了获得知识，展开想象力，享受艺术，开拓人类精神领域的最佳方式。正是纸媒质确立了文学在诸种艺术形式中的宗主地位。"① 对于少数民族文学而言，正是文学期刊这样的纸媒质使作家书面文学的创作和发表变得普及，使

---

① 金元浦：《文化研究的视野：大众传播与接受》，王岳川主编《媒介哲学》，河南大学出版社2004年版，第202页。

对它的阅读变成"精神领域的最佳方式",从而最终在口耳相传的诸种艺术形式如神话、传说、歌舞等中凸显出来,确立起"在诸种艺术形式中的宗主地位"。这是有着积极的意义的。这里有一点需要注意的是,我说少数民族文学从总体上转变到书面文学,指的是现代意义上的面向大众读者、能够利用现代机器印刷技术批量复制的文学,一些少数民族如蒙古族、维吾尔族、藏族等原本并不缺乏书面文学,一般而言,这些民族的书面文学是利用传统的手工作坊技术刊刻而成的,只在少数人特别是少数贵族阶层流通,不过这些民族的文学,普遍地还有一大部分流传在民间口头上。对于这些民族来说,他们的文学的转变包括两部分,一是传统意义上的书面文学转向现代意义上的书面文学,二是口头文学转向现代意义上的书面文学。中国少数民族文学在当代社会从口头文学向书面文学的大转变里,一些新的体裁如小说、戏剧、报告文学等产生出来,在汉语文学期刊频频亮相,旧的体裁如叙事诗、史诗经过搜集、翻译与整理后,或许发生了变形——如《阿诗玛》在搜集整理的过程中所发生的那样,也在汉语文学期刊上刊登。不过就总体而言,新的体裁形式逐渐占据压倒性的优势。1999 年 9 月 23 日,《文艺报》第 111 期在头版显著位置刊登报道《6 卷本〈新疆新时期少数民族文学作品选〉骄傲地告诉人们:新疆新时期文学事业"亚克西"》,丛书是新疆维吾尔自治区党委宣传部编、作家出版社出版的,分"中篇小说卷"、"短篇小说卷"、"诗歌卷"、"散文卷"、"报告文学卷"、"文学评论卷"6 卷,收入200 位新疆少数民族作家的作品。报道说,"这套丛书的问世,为祖国的文学大花园又增添了具有浓郁民族特色和地域风格的独特魅力,是新疆各民族作家献给共和国 50 年大庆的一份厚礼"。这样的报道显示出现代意义上的文学类型对少数民族文学的占领，典型地反映出少数民族文学经过现代转型后呈现出的形态。

第三，汉语文学期刊提供了一片场地或一种保证，使少数民族作家获得职业和身份的认同。少数民族文学由口头向书面的转变，同时伴随着少数民族作家队伍的形成和壮大。1992 年 2 月 22 日，《文艺报》第 7 期刊登报道《云南少数民族文学创作发展迅速》。其中提到，佤族董秀英 1981 年发表散文《木鼓声声》，是佤族书面文学的开始；景颇族 11 万人口中有 200 人在从事文学写作；宁蒗县摩梭人也出现了拉木·嘎吐萨这样的才子。这一报道显示出当代少数民族作家在形成本民族书面文学中的关键作用。关纪新对少数民族作家队伍的形成有一个描述："我国的五十五个少数民族，在古典文学的发展过程中，曾经具有自己民族的作家创作记录的，大约只有十个民族；到本世纪中叶共和国建立的时候，这个数字仅只突破了两三个；从 50 年代初期到 70 年代中期这四分之一世纪过去之后，记录得以提升到二十五个左右（较之建国前大约增加了一倍，但仍未达到少数民族总数的一半）；根本改写这个数字的举动，终于在中国当代文学发展的'新时期'（70 年代后期到 80 年代后期）出现了：几乎有三十个民族的书面文学被迅速填满，五十五个少数民族由此全部拥有了自己民族的作家（或文学作者）。"人数也有迅捷的增长，"到 1993 年底为止，加入中国作家协会的少数民族作家，已有 389 人（占该协会会员总数的 10.6% 以上，高于少数民族总人口在中国总人口中的比例数 8.04%）；加入中国作家协会各省、市、自治区分会的少数民族作家的总数，已逾 3000 人"①。这样一支

---

① 关纪新、朝戈金：《多重选择的世界——当代少数民族作家文学的理论描述》，中央民族大学出版社 1995 年版，第 4—5 页。

庞大的作家队伍的形成和壮大与文学期刊，尤其是汉语文学期刊有着紧密的联系。几乎每一位少数民族作家，都是先在文学期刊、报纸的文艺副刊和综合性杂志的文艺专栏等上发表作品，然后再把作品汇集出版，分两个阶段走过来的。先在文学期刊上发表作品，是 20 世纪，尤其是 90 年代末期以前，每个少数民族作家创作之路上必然要走的一步，也是最基本的一步。文学期刊天然地具有培养文学新人，把一个初起的写作者扶持上路，使其成长壮大为"家"的特性；作家的成长之路上，总伴随着文学期刊的努力，作家总是从文学期刊走出来的。所以众多的文学期刊被作家们——当然也包括少数民族作家——形象地称为"摇篮"。文学期刊，特别是级别较高、享有盛誉的文学期刊如《人民文学》、《诗刊》、《民族文学》等国家级文学期刊和一些省级文学期刊如《山花》、《草原》、《朔方》等，对少数民族作家文化身份的确立起着非同小可的作用。当初，《人民文学》发表青年作者玛拉沁夫的《科尔沁草原的人们》和韦其麟的《百鸟衣》，《山花》发表伍略的《小燕子》，《草原》发表毛依罕的《铁牤牛》都对这些作家的创作之路产生了极大的影响，说这些刊物特别是《人民文学》发表他们的作品对他们作为作家的文化身份的确立起着关键性的作用或许也不为过。汉语文学期刊不仅发表、传播少数民族作家的文学作品，而且因此付给他们稿酬。少数民族作家从文学期刊领取稿酬是一件意义非凡的事情，这是对作家文化身份的确立提供的物质保证，意味着他们可以靠写作谋生，意味着写作可以作为一种职业，而且是在当代大多数时候被视为高尚的职业。当一批写作者可以以少数民族作家的身份独立出来时，就给少数民族作家文学的确立提供了关键的支撑。

三 《中国新文艺大系·少数民族文学集》中汉语文学期刊的作用

以上三个方面讨论了作为文化传播媒介的汉语文学期刊对于中国少数民族文学的现代转型所起的作用，这种作用的主要结果是促成了中国当代少数民族文学的发生。但是中国当代少数民族文学之所以发生，还要用一系列可以称为优秀的、对时代产生了影响力的、经得起时间考验的作品来证明自己是一个不容忽视的巨大存在。正是有一系列优秀作品的存在，中国当代少数民族文学才建立起自己的知识系统。这样的作品大多数情况下或者最有可能被我们称为经典。中国少数民族文学在经过现代转型产生了当代少数民族文学之后，有哪些作品堪称其中的经典？经典是如何确立的？汉语文学期刊有没有在其中发挥作用？发挥了怎样的作用？等等。这些问题，是我们必须加以回答的。

新中国成立以来，中国的少数民族形成了庞大的作家队伍，这支队伍创作的作品可谓浩如烟海。经典的确定显然是一个复杂的过程，要弄明白经典是如何确立的显然也是一个复杂的难以用有限的篇幅说清的问题。我在这里想特别加以强调的是，《中国新文艺大系·少数民族文学集》（在不会引起歧义时简称《大系》）在确立当代少数民族文学经典过程中的作用。《中国新文艺大系》承接三四十年代的《中国新文学大系》而来，后者是民间的出版家组织相关领域的较具影响力的权威人士编选的中国新文学两个十年中各类文学作品的选集系列，出版以来产生了重大的影响，《中国新文学大系》从各种印刷媒介中搜罗遴选出来的文学作品，不少都成了中国现代文学史上的经典之作；前者是进入当代后由国家权威机构组织相关领域的权威人士编选的新中国成立以来各类文艺作品的选集系列，虽说增加了艺术方面的门类，规模显得更为宏大，影响却不及后者。尽管如此，《中国新文艺大系》的权威性、代表性仍是不可否认的。个别选本尤其如此，如它的"中篇小说集"、"短篇小说集"等。《中国新文艺大系·少数民族文学集》的两卷也是这样。它们都是中国当代少数民族文学领域里熟悉本领域情况的著名作家领衔主持编选的，入其法眼的基本上是各少数民族作家中的佼佼者的比较有代表性的作品，其中有不少进入了后来的当代少数民族文学史的叙述中。我在这里关心的问题是，这些进入《大系》这样的权威选本得以进行二次传播的作品和汉语文学期刊以及在汉语文学期刊里进行的一次传播有无联系？联系怎样？这些联系意味着什么？为了使问题得到更为详尽的清理，我们且将《大系》的两卷所选作品及其所出媒介分别列表加以比较并作细致分析，目的是以此为入口，更进一步地厘清汉语文学期刊对中国当代少数民族文学所起的作用。

《中国新文艺大系 1949—1966 少数民族文学集》
所选篇目及其所出媒介统计表①：

序号	作者（族别）	篇目	所出媒介及时间	说明
1	老舍（满族）	《正红旗下》（长篇小说）	《正红旗下》，人民文学出版社 1981 年版	[1]
2	木斧（回族）	《汪瞎子改行》	《川西日报》1950 年 7 月 22 日	
3	李乔（彝族）	《拉猛回来了》	《云南文艺》1952 年创刊号	[2]

───────────

① 序号和说明是制表者所加，其余皆严格按照《大系》目录和内容实录，其中"所出媒介及时间"栏中的内容目录中没有，是制表者根据每篇作品后面的标注辑录的。另：序号 1—32 是小说；序号 33—89 是诗歌；序号 90—103 是散文。

续表

序号	作者（族别）	篇目	所出媒介及时间	说明
4	玛拉沁夫（蒙古族）	《科尔沁草原的人们》	《人民文学》1954 年第 1 期	[3]
5	胡奇（回族）	《草地上》	《解放军文艺》1954 年第 7 期	
6	安柯钦夫（蒙古族）	《新生活的光辉》	《安柯钦夫小说集》，人民文学出版社 1983 年版	[4]
7	扎拉嘎胡（蒙古族）	《小白马的故事》	《扎拉嘎胡中短篇小说选》，内蒙古人民出版社 1982 年版	[5]
8	哈贵宽（回族）	《在民主广场上》	《萌芽》1956 年第 11 期	
9	寒风（满族）	《党和生命》	《党和生命》（文学小丛书第 3 辑），人民文学出版社 1959 年版	[6]
10	陈靖（苗族）	《金沙江畔》（中篇小说）	《金沙江畔》，北京出版社 1959 年版	
11	杨苏（白族）	《没有织完的筒裙》	《边疆文艺》1959 年第 10 期	
12	李弘奎（朝鲜族）	《猎貂记》	《延边文学》1959 年第 6 期	
13	关沫南（满族）	《在炮队大街》	《北方文学》1959 年第 10 期	
14	王廷珍（布依族）	《山谷月明夜》	《新观察》1959 年第 10 期	
15	沙叶新（回族）	《老鹰》	《萌芽》1959 年第 12 期	
16	李準（蒙古族）	《耕耘记》	《李準小说选》，四川人民出版社 1981 年版	[7]
17	玛拉沁夫（蒙古族）	《花的草原》	《草原》1961 年第 9—10 期	
18	李惠文（满族）	《三人下棋》	《人民日报》1962 年第 5 期	[8]

续表

序号	作者（族别）	篇目	所出媒介及时间	说明
19	敖德斯尔（蒙古族）	《阿力玛斯之歌》	《人民文学》1962 年第 8 期	
20	云照光（蒙古族）	《河水哗哗流》	《内蒙古日报》1964 年	[9]
21	柯岩（满族）	《岗位》	《柯岩作品选》，广东人民出版社 1983 年版	
22	李纳（彝族）	《婚礼》	《李纳小说选》，四川人民出版社 1982 年版	
23	贾合甫·整尔扎汗（哈萨克族）	《草原上的红花》	《新疆日报》1962 年 8 月 10 日	
24	袁仁琮（侗族）	《打姑爷》	《上海文学》1962 年第 9 期	
25	汪承栋（土家族）	《醒狮》	《长江文艺》1963 年第 7 期	
26	李英敏（壮族）	《椰风蕉雨》	《广西文艺》1962 年第 12 期	
27	滕树嵩（侗族）	《侗家人》	《边疆文艺》1962 年第 12 期	
28	刘荣敏（侗族）	《忙大嫂盘龙灯》	《人民文学》1963 年第 2 期	
29	孙健忠（土家族）	《五台山传奇》	《五台山传奇》，长江文艺出版社 1964 年版	
30	照日格巴图（蒙古族）	《草原骑兵》	《萌芽》1964 年第 3 期	
31	巴彦布（蒙古族）	《草原上的"鹰"》	《萌芽》1964 年第 9 期	
32	普飞（彝族）	《老人和枪》	《人民文学》1965 年第 1 期	
33	郭南基（锡伯族）	《飘扬吧！五星红旗》	《民主报》（锡文版）1949 年 10 月 1 日	
34	马瑞麟（回族）	《迎接 1950 年》	《正义报》1949 年 12 月 29 日	
35	胡昭（满族）	《播种及其它》	《人民文学》1952 年第 9 期	[10]

序号	作者（族别）	篇目	所出媒介及时间	说明
36	韦其麟（壮族）	《百鸟衣》（长诗）	《长江文艺》1955 年第 7 期	
37	牛便奎、木丽春（纳西族）	《玉龙第三国》（长诗）	《边江文艺》1956 年第 6 期	[11]
38	吴琪拉达（彝族）	《孤儿的歌》	《星星诗刊》1957 年创刊号	
39	韩秋夫（撒拉族）	《二月的庄子羞了》	《延河》1956 年	[12]
40	韩汝诚（蒙古族）	《那达慕大会纪事》	《长春》1957 年第 1 期	
41	高深（回族）	《布尔哈通河畔》	《长春》1957 年第 3 期	
42	中流（满族）	《雄鹰》	《红岩》1957 年第 4 期	
43	弋良俊（布依族）	《旅途即景》	《山花》1957 年第 4 期	
44	潘俊龄（苗族）	《凯里呵！我的母亲》（外一首）	《山花》1959 年第 11 期	
45	满锐（满族）	《碉堡里的废墟》	《中国青年报》1957 年 1 月 7 日	
46	满锐（满族）	《天安门》	《火花》1959 年第 5 期	
47	赵之询（回族）	《情歌会即景》	《延河》1957 年第 5 期	
48	沙蕾（回族）	《鲁迅墓前的塑像》	《解放日报》1957 年 7 月 8 日	
49	纳·赛西雅拉图（蒙古族）	《天安门抒情》	《鸭绿江》1964 年第 10 期	
50	任晓远（朝鲜族）	《抬木者》	《人民日报》1962 年 9 月 4 日	
51	任晓远（朝鲜族）	《致绘制最新地图的同志们》	《阿里郎》1958 年第 11 期	
52	赵大年（满族）	《冰山卓玛》（长诗）	《新港》1959 年第 9 期	
53	纳·赛音朝克图（蒙古族）	《狂欢之歌》（第五章）		[13]

续表

序号	作者（族别）	篇目	所出媒介及时间	说明
54	李旭（朝鲜族）	《长白山的一个传说》	《诗选》，诗刊社 1981 年版	[14]
55	纳·赛音朝克图（蒙古族）	《北京组诗》		[15]
56	康朗英（傣族）	《人民大会堂》（外一首）	《三个傣族歌手唱北京》，作家出版社 1960 年版	
57	康朗甩（傣族）	《孔雀呀飞向北京》（外一首）		
58	波玉温（傣族）	《美丽的依高》（外一首）		
59	岩锋（傣族）	《波勇爷爷游天湖》	《边疆文艺》1960 年第 9 期	
60	汛河（布依族）	《蔗香赞歌》	《黔南日报》1960 年 4 月 2 日	
61	苏赫巴鲁（蒙古族）	《牧人歌手唱达兰》（长篇叙事诗）	《长春》1961 年第 12 期	
62	克里木·霍加（维吾尔族）	《在路上》		[16]
63	张长（白族）	《傻尼人的婚礼》	《文艺红旗》（鸭绿江前刊）1962 年第 7 期	
64	莎红（壮族）	短诗三首：《捻麻背篓姑娘　歌马》	《诗刊》1960 年第 11—12 期，《人民文学》1961 年第 4 期，《光明日报》1962 年 3 月 8 日	
65	巴·布林贝赫（蒙古族）	《银色世界的主人》	《巴·布林贝赫诗选》，人民文学出版社 1983 年版	
66	关守中（满族）	《我从祖国"北极"来》	《南方日报》1962 年第 3 期	
67	金哲（朝鲜族）	《太阳城》（外二首）	《长春》1962 年第 8—9 合期，《人民日报》1962 年第 9 期	[17]

序号	作者（族别）	篇目	所出媒介及时间	说明
68	晓雪（白族）	《采花节》	《四川文学》1962 年第 4 期	
69	饶阶巴桑（藏族）	《夜友集》（组诗）		[18]
70	巴彦布（蒙古族）	《灯火》	《解放军文艺》1962 年第 5 期	
71	马云鹏（满族）	《雾》（外一首）	《火花》1958 年第 9 期	
72	马云鹏（满族）	《潜伏》	《解放军文艺》1959 年第 5 期	
73	库尔班·依明（维吾尔族）	《欢唱的百灵》	《碧玉集》，新疆人民出版社 1979 年版	
74	铁衣甫江（维吾尔族）	诗二首：《"基本"的控诉 祖国，我生命的土壤》	《铁衣甫江诗选》，人民文学出版社 1982 年版	[19]
75	孟和博彦（达斡尔族）	《啊！我亲爱的祖国》	《1949—1979 少数民族诗人作品选》，四川民族出版社 1980 年版	
76	汪玉良（东乡族）	《我端起奶茶》（外一首）	《甘肃文艺》1962 年第 10 期	
77	李相珏（朝鲜族）	《万水千山》	《延边日报》1962 年 10 月 2 日	
78	张作为（侗族）	《测绘兵之歌》	《部队文艺读物》1956 年第 2 期	
79	汪承栋（土家族）	《拉萨河的性格》	《诗刊》1963 年第 1 期	
80	侬易天（壮族）	坡会三首：《泉边 邀伴 女》	《广西文艺》1963 年第 2 期	
81	巴·布林贝赫（蒙古族）	《故乡的风》	《巴·布林贝赫诗选》，人民文学出版社 1983 年版	[20]
82	金成辉（朝鲜族）	《寸步难离》	《人民日报》1963 年 5 月 27 日	
83	特·赛音巴雅尔（蒙古族）	《花果之乡》（组诗）	《花的原野》1963 年第 8 期	

序号	作者（族别）	篇目	所出媒介及时间	说明
84	黄勇刹（壮族）	《巨人颂》	《广西文艺》1963 年第 10 期	
85	伊丹才让（藏族）	《歌声》	《1949—1979 少数民族诗人作品选》，四川民族出版社 1980 年版	
86	丹正贡布（藏族）	《同志墓前》	《诗选》（1949—1979），人民文学出版社 1980 年版	
87	戈非（满族）	《矿石吟》	《诗刊》1963 年第 12 期	
88	石太瑞（苗族）	《听泉》（外一首）	《人民日报》1964 年 6 月 17 日	
89	古笛（壮族）	《夏夜的风》	《山笛》，漓江出版社 1982 年版	
90	张长（白族）	《俊尼人的老师》	《紫色的山谷》，上海文艺出版社 1980 年版	
91	萧乾（蒙古族）	《大象与大纲》	《文艺报》1956 年第 14 期	
92	格桑多杰（藏族）	《塔尔寺灯节》	《建设中的插曲》，青海人民出版社 1957 年版	
93	马犁（回族）	《天池赋》	《中国青年报》1962 年 4 月 14 日	
94	谭良洲（侗族）	《拦路歌》	《山花》1962 年第 6 期	[21]
95	包玉堂（仫佬族）	《鱼影仙踪》	《广西文艺》1963 年第 2 期	
96	杨明渊（苗族）	《苗山行——芦笙会随记之一》	《边疆文艺》1963 年第 3 期	
97	郭南基（锡伯族）	《准噶尔新图——农七、八师参观记》	《新疆文学》1963 年第 9 期	
98	那家伦（白族）	《茅思女儿》	《那家伦散文选》，四川民族出版社 1986 年版	[22]

续表

序号	作者（族别）	篇目	所出媒介及时间	说明
99	莫·阿斯尔（蒙古族）	《牧马人其莫德》	《内蒙古日报》1963年7月21日	
100	塞福鼎（维吾尔族）	《母亲的召唤——读非洲诗人诗歌有感》	《博格达峰的回声》，新疆人民出版社1977年版	
101	穆静（回族）	《老站长》	《解放军文艺》1964年第8期	
102	周民震（壮族）	《踏月》	《花中之花》，漓江出版社1980年版	
103	赵存禄（东乡族）	《巴岭雪莲》	《青海湖》1965年第3期	

关于本表的说明：

［1］老舍的《正红旗下》最初发表于《人民文学》1979年第3—5期。

［2］李乔的《拉猛回来了》更早见于《云南文艺》1951年创刊号，《人民文学》1951年10月号（即第4卷第6期）选载，标明是"通讯报告"。

［3］玛拉沁夫的《科尔沁草原的人们》最初发表于《人民文学》1952年第1期，《大系》弄错了。

［4］安柯钦夫的《新生活的光辉》更早还见于人民文学出版社1960年出版的《新生活的光辉》（兄弟民族作家短篇小说合集），小说后面标明："1955年12月于呼和浩特"。

［5］扎拉嘎胡的《小白马的故事》更早还见于人民文学出版社1960年出版的《新生活的光辉》（兄弟民族作家短篇小说合集），小说后面标明："1956年于呼和浩特市"。

［6］寒风的《党和生命》最早以《尹青春》为标题发表在《人民文学》1950年6月号即第2卷第2期上，发表时加《编者按》，说明小说原题为《党和生命》，此外也对小说作出评论。

［7］李準的《耕云记》（《大系》目录弄成《耕耘记》，是错误的）最初发表于《人民文学》1960年第9期。

［8］《大系》未标明日期；而作为日报，是应该标明日期的。

［9］《大系》未标明月份和日期。

［10］《大系》在《播种及其它》的标题下还选了作者另一首《军帽底下的眼

睛》，原载《人民文学》1953年第3期。

[11]《玉龙第三国》的作者之一是"牛相奎"，《大系》目录弄成"牛便奎"，该作发表于《边疆文艺》，《大系》弄成《边江文艺》。

[12]《大系》未注明是哪一期。

[13]纳·赛音朝克图的《狂欢之歌》选入《大系》时未注明所出媒介，其实该作《人民文学》和《草原》都在1959年第10期选载或刊载。

[14]所出媒介《大系》标明如此，此外还标明"1957年作，1959年修改"。

[15]此诗《大系》选入时未注明所出媒介。

[16]此诗选入《大系》时未注明所出媒介。

[17]其余两首一为《深山黎明》，一为《太阳睡了》，皆注明选自《人民日报》1962年9月，但未标明日期。

[18]饶阶巴桑的组诗《夜友集》未注明所出媒介，只标明了"1963年7月写，1983年重改"。

[19]铁衣甫江的《祖国，我生命的土壤》最初发表于《新疆文学》1962年第10期。

[20]巴·布林贝赫的《故乡的风》最初发表于《诗刊》1963年第9期。

[21]《拦路歌》最早是作为"小说"发表在《山花》上的，也作为小说选入中央民族学院语言文学系编，四川民族出版社1979年出版的《少数民族短篇小说选》（1949—1979年）。

[22]应为《思茅女儿》，目录弄错了。该作《人民文学》1964年第3期发表过。

由本表及其说明可以看出，《中国新文艺大系1949—1966少数民族文学集》编写体例在大体完善之中有不完善的地方。大体完善是说按小说、诗歌和散文编排。说其不完善，是说在具体的每篇作品的编排中缺乏规律：既不按作品写作或者发表的时间（该大系好像遵循时间顺序，细查却不是），如果是这样，《科尔沁草原的人们》就应该排在《正红旗下》的前面，因为前者不管是写作还是发表，都在后者之前；也不按作者所属族别，如果是这样，就应该在小说、诗歌、散文的大的类别下，把每一个民族的作品汇集在一起。每个民族作家的作品是散乱地排列的，甚至同一位作家的同一类作品也是没有规律地乱排。比如玛拉沁夫的小说作品选了两篇，却分开来排列。再比如，纳·赛音朝克图、巴·布林贝赫的诗也选了两首，也分开来排列。这样的编排可以说是极其混乱的。此外，在目录页出现了编校上的严重的失误，如把李準的《耕云记》错误地弄成《耕耘记》，把"牛相奎"写成"牛便奎"，把那家伦的《思茅女儿》弄成《茅思女儿》等。对于《大系》这样严肃的出版物，这些失误真是不应该。

在我看来，《大系》更为严重的失误还在于没有严格按照每篇作品最初发表的媒介来选载作品。《大系》在标明所选作品所出媒介时，有不少模糊不清，或根本未作注明，如《三人下棋》、《河水哗哗流》、《狂欢之歌》、《北京组诗》、《夜友集》等。还有一些作品注明是从出版社出版的集子中选来的，如《新生活的光辉》、《小白马的故事》、《金沙江畔》、《岗位》、《婚礼》、《长白山的一个传说》、《银色世界的主人》、《歌声》、《傈尼人的老师》、《踏月》等，而出版社出版的集子应该还有更早的所依据的版本。如此种种，表明了一个事实，《大系》中的作品，有不少是根据二手资料而不是原始材料选出来的。这样的作品有 30 篇（首）左右，约占全部作品的 1/3。《大系》作为少数民族文学在 1949—1966 年间具有代表性的文学作品的完整、系统的汇编资料的总结，有责任尽量按照历史的本来面目准确切实地反映历史。依据作品最初发表的媒介来选载作品，可以让作品以本来面目出现在读者的阅读中，让读者把握最初的历史存在物。以出版社出版的集子为依据来编选作品，已经离开了最初的历史存在物，特别是，当选入出版社集子的作品经过了出版社或作者的修改增删等的处理，《大系》再把经过处理的作品选入时，选入作品和原作比起来，已是相去甚远了。不管怎么说，依据作品最初发表的媒介选入作品是保持《大系》这样的出版物的科学、严肃、准确的前提。但是，《大系》在这方面却做得粗糙。比如，老舍的《正红旗下》最初发表于《人民文学》，1979年第3—5期连载，而《大系》选用出版社较晚的二手资料。比如，寒风的《党和生命》最早以《尹青春》为标题发表在《人民文学》1950年6月号即第2卷第2期上，发表时加《编者按》，说明小说原题为《党和生命》。而《大系》是从一部丛书里面选出来的。小说发表于1950年，丛书出版于1959年，已经过去了9年。再比如，李準的《耕云记》最初发表于《人民文学》1960年第9期，而《大系》是根据1981年出版的《李準小说选》选出来的。又比如巴·布林贝赫的《故乡的风》最初发表于《诗刊》1963年第9期，《大系》却用的是1983年人民文学出版社的版本。上述这些作品，都发表在国家级的刊物上，只要稍微用心，就会找到的。

　　由本表可以看出失误，但是更可以看出《大系》在营构少数民族文学方面所做的耐人寻味的工作。根据本表，至少可以看出或者追寻以下问题的答案：

　　1. 在"少数民族文学"的题目下集聚了一些什么样的文本？这些文本因何缘故被集聚在一起以"少数民族文学"的名目称之？笔者发现，作为少数民族文学一个组成部分的少数民族民间文学被拿开和汉族的民间文学一起组成了另外的卷册，现在被称为"少数民族文学"的是一些具有少数民族族属的作家创作的文本的集合。这是被称为"少数民族文学"的这些文本的一个共同的特征。这些文本的另一个特征是，绝大多数都是用汉语创作的，即便用少数民族语言文字创作，也用汉语的面目显现出来。这些文本的又一个特征是，它们不一定都以少数民族生活为题材（尽管可以说，它们大多数是以少数民族生活为题材的），但都是反映当代社会的新生活，浸润了新时代的精神的。它们集聚在一起，传播的是一个当代意义上的"少数民族文学"的概念，它们事实上就是我们所说的"中国当代少数民族文学"。

2. 这些被称为"少数民族文学"的文本来源于何处？最早将其公之于众的传播媒介是什么？从所列表格以及说明可以看出，它们绝大多数都来源于报刊杂志。这从《大系》的标注可以统计出来：其所选 103 篇（首）文学作品中，来源于文学期刊的有 57 篇（首），来源于出版社出版物的有 24 篇（首），来源于报纸的有 19 篇（首），未注明所出媒介的有 4 篇（首）。从标注即可看出，从文学期刊选出的作品占压倒多数的篇目。如果算上"说明"里发掘出来的最初发表于文学期刊却从出版物里遴选的几篇，则文学期刊所占比例更大。这一事实也提醒我们，其他来源于出版物的文本也很难保证没有在报刊特别是文学期刊上发表过。虽然可以猜测所有聚集在"少数民族文学"下的文本都是在报刊上发表然后再汇聚在一起的，但是我们只根据事实说话，那就是，绝大多数被称为"少数民族文学"的文本都是在报刊印刷媒介特别是文学期刊上发表、刊载过的。这就是说，文学期刊孕育了被收录在《中国新文艺大系 1949—1966 少数民族文学集》中的大多数文本。

3. 最初发表收进《中国新文艺大系 1949—1966 少数民族文学集》的文本的都是些什么媒介？这些文本是如何分布在这些媒介中的？首先，这些文学期刊都是汉语文学期刊，它们形成的媒介环境属于汉语语境。其次，这些汉语文学期刊散见于全国各地。既有《人民文学》、《诗刊》这样的全国性文学期刊，又有《长春》、《红岩》这样的地方杂志；既有《萌芽》、《新港》这样汉族聚居的大城市的文学期刊，也有《边疆文艺》、《新疆文学》、《广西文艺》这样的少数民族聚居地区的文学期刊。这就是说，全国各地的文学期刊都有可能发表少数民族文学。最后，这些发表少数民族文学的汉语文学期刊并非零乱无序，杂乱无章，其中有一定的规律、秩序和等级。比如，在《人民文学》、《诗刊》等全国性杂志上发表的作品，一般而言，会比在《新疆文学》、《边疆文艺》、《甘肃文艺》等地方杂志上发表的作品受到更多的重视。

《中国新文艺大系 1976—1982 少数民族文学集》

所选篇目及其所出媒介统计表①：

序号	作者（族别）	篇目	所出媒介及时间
1	张承志（回族）	《骑手为什么歌唱母亲》	《人民文学》1978 年第 10 期
2	李陀（达斡尔族）	《愿你听到这支歌》	《人民文学》1978 年第 12 期
3	敖德斯尔（蒙古族）	《含泪的微笑》（斯琴高娃译）	《人民文学》1979 年第 9 期
4	关沫南（满族）	《紫花与红叶》	《北方文学》1979 年第 10 期
5	谭覃（侗族）	《娘伴》	《人民文学》1980 年第 6 期
6	玛拉沁夫（蒙古族）	《活佛的故事》	《人民日报》1980 年 7 月 12 日
7	孙健忠（土家族）	《留在记忆里的故事》	《人民文学》1980 年第 7 期
8	张长（白族）	《希望的绿叶》	《人民文学》1980 年第 9 期

① 序号和注是制表者所加，其余皆严格按照《大系》目录和内容实录，其中"所出媒介及时间"栏中的内容目录中没有，是制表者根据每篇作品后面的标注辑录的。另：序号 1—48 是短篇小说；49—53 是中篇小说；54—102 是诗歌；103—122 是散文。

续表

序号	作者（族别）	篇目	所出媒介及时间
9	李準（蒙古族）	《王结实》	《莽原》1981 年第 1 期
10	李惠文（满族）	《蛮人小传》	《新苑》1981 年第 1 期
11	艾克拜尔·米吉提（哈萨克族）	《哦！十五岁的哈丽黛哟》	《边塞》1981 年第 1 期
12	杨苏（白族）	《路啊，漫长的路》	《民族文学》1981 年第 2 期
13	马连义（回族）	《老"牛倌"新传》	《朔方》1981 年第 3 期
14	伍略（苗族）	《潘老岩》	《民族文学》1981 年第 3 期
15	孟和博彦（达斡尔族）	《兽医宝迪》	《科尔沁文学》1981 年第 3 期
16	郑世锋（朝鲜族）	《压在心底的话》	《民族文学》1981 年第 4 期
17	乌热尔图（鄂温克族）	《一个猎人的恳求》	《民族文学》1981 年第 5 期
18	意西泽仁（藏族）	《阿口登巴的故事》	《民族文学》1981 年第 5 期
19	柯尤慕·图尔迪（维吾尔族）	《花院的人们》（马德元译）	《民族文学》1981 年第 5 期
20	李传锋（土家族）	《退役军犬》	《民族文学》1981 年第 5 期
21	蓝汉东（瑶族）	《卖猪广告》	《广西文学》1981 年第 6 期
22	卡依洛拉·巴扬拜依（哈萨克族）	《猎人们》（肖嗣文、朱曼·巴扬拜依译）	《新疆文学》1981 年第 7 期
23	阿黛秀（鄂伦春族）	《星》	《草原》1981 年第 12 期
24	韦一凡（壮族）	《姆姥韦黄氏》	《民族文学》1982 年第 1 期
25	马犁（回族）	《长白山密林里》	《民族文学》1982 年第 1 期
26	祖尔东·沙比尔（维吾尔族）	《歌手》（王一之译）	《新疆文学》1982 年第 1 期

续表

序号	作者（族别）	篇目	所出媒介及时间
27	吐尔迪·萨木沙克（维吾尔族）	《喀什葛尔的美女》（段石羽、王怀林译）	《边塞》1982 年第 1 期
28	罗吉万（布依族）	《黑宝》	《民族文学》1982 年第 1 期
29	扎西达娃（藏族）	《归途小夜曲》	《萌芽》1982 年第 2 期
30	吐尔干拜·克勒什别克（柯尔克孜族）	《崖顶之夜》（萧嗣文译）	《新疆民族文学》1982 年第 2 期
31	莫义明（瑶族）	《八角姻缘》	《民族文学》1982 年第 2 期
32	景谊（白族）	《骑鱼的女人》	《民族文学》1982 年第 3 期
33	莫尼·塔比勒迪（塔吉克族）	《莱莉古丽》（王荣珠译）	《新疆民族文学》1982 年第 3 期
34	扎拉嘎胡（蒙古族）	《遥远的草原》	《扎拉嘎胡中短篇小说选》，内蒙古人民出版社 1982 年版
35	吴雪恼（苗族）	《船家》	《广州文艺》1982 年第 4 期
36	多杰才旦（藏族）	《我愿做一只小羊》	《青海湖》1982 年第 4 期
37	龙敏（黎族）	《卖芒果》	《民族文学》1982 年第 4 期
38	林元春（朝鲜族）	《妻子的遗愿》（明仙、南勇译）	《民族文学》1982 年第 5 期
39	岳丁（景颇族）	《第一——不属于我》	《边疆文艺》1982 年第 5 期
40	卡哈尔·吉力里（维吾尔族）	《骑手》（马德元译）	《民族文学》1982 年第 6 期
41	麦买提明·吾守尔（维吾尔族）	《脖套》（刘国宝译）	《塔里木》1982 年第 6 期

序号	作者（族别）	篇目	所出媒介及时间
42	李乔（彝族）	《一个担架兵的经历》	《春的脚步声》，四川民族出版社 1982 年版①
43	沙叶新（回族）	《一生》	《民族文学》1982 年第 8 期
44	雷德和（畲族）	《兰糟》	《民族文学》1982 年第 8 期
45	戈阿干（纳西族）	《燃烧的杜鹃花》	《民族文学》1982 年第 9 期
46	董秀英（佤族）	《河里漂来的筒裙》	《民族文学》1982 年第 9 期
47	蔡测海（土家族）	《远处的伐木声》	《民族文学》1982 年第 10 期
48	蓝怀昌（瑶族）	《钓蜂人》	《广西文艺》1982 年第 12 期
49	玛拉沁夫（蒙古族）	《第一道曙光》	《草原》1979 年第 11—12 期
50	孙健忠（土家族）	《甜甜的刺莓》	《芙蓉》1980 年第 2 期
51	张承志（回族）	《阿勒克足球》	《十月》1980 年第 5 期
52	赵大年（满族）	《公主的女儿》	《花城》1981 年第 6 期
53	佳峻（蒙古族）	《驼铃》	《民族文学》1982 年第 9 期
54	满锐（满族）	《诗二首》	
		《迎接历史的艳阳天》	《诗刊》1979 年第 2 期
55		《致大海》	《哈尔滨文艺》1979 年第 10 期
56	克里木·霍加（维吾尔族）	《春的赞歌》（王一之译）	《人民文学》1979 年第 3 期
57	胡昭（满族）	《心歌——悼一位战友》	《诗刊》1979 年第 3 期

———————

① 这篇小说最初见于《十月》1979 年第 3 期。

续表

序号	作者（族别）	篇目	所出媒介及时间
58	格桑多杰（藏族）	《这边是你的家乡——致旅印藏胞》	《青海湖》1980 年第 2 期
59	晓雪（白族）	《大黑天神——洱海边的传说》	《山茶》1980 年第 2 期
60	查干（蒙古族）	《诗四首》《落叶》	《星星》1980 年第 3 期
61		《登八达岭》	《新观察》1980 年第 5 期
62		《爱情》	《人民文学》1980 年第 6 期
63		《彩石》	《人民文学》1980 年第 12 期
64	黄永玉（土家族）	《好呀！飞行的荷兰人（外二首）——赠伊文思》	《诗刊》1980 年第 6 期
65	伊丹才让（藏族）	《诗二首》《春天的信息》	《甘肃文艺》1980 年第 7 期
66		《母亲心授的歌儿》	《民族文学》1981 年第 4 期
67	巴彦布（蒙古族）	《诗二首》《风的自语》	《解放军文艺》1980 年第 8 期
68		《走出蒙古包，走出胡同——答友人》	《北方文学》诗增刊 1982 年第 1 期
69	岩峰（傣族）	《楠木的呼声》	《边疆文艺》1980 年第 12 期
70	晓雪（白族）	《苍山洱海》（组诗）	《民族文学》1981 年第 1 期
71	泰来提·纳斯尔（乌孜别克族）	《致园艺姑娘》（外一首）（夏羿译）	《新疆民族文学》1981 年第 1 期
	哈拜（锡伯族）	《诗二首》	

序号	作者（族别）	篇目	所出媒介及时间
72		《小毡房，你好》	《新疆文学》1981 年第 1 期
73		《牧人的性格》	《新疆文学》1982 年第 1 期
74	包玉堂（仫佬族）	《还乡曲》（三首）	《金城》1981 年创刊号
75	潘俊龄（苗族）	《吹响我的金芦笙》	《民族文学》1981 年第 1 期
76	马敏学（高山族）	《半屏山的故事》	《民族文学》1981 年第 2 期
77	库尔班阿里（哈萨克族）	《情歌》（常世杰译）	《民族文学》1981 年第 2 期
78	巴·布林贝赫（蒙古族）	《诗二首》	
		《春醒》	《民族文学》1981 年第 2 期
79		《大地的吸引力》	《诗刊》1981 年第 12 期
80	丹真贡布（藏族）	《春愿》	《西藏文艺》1981 年第 4 期
81	李甜芬（壮族）	《写在国境线上》（组诗）	《民族文学》1981 年第 5 期
82	沙蕾（回族）	《时间之歌》	《诗刊》1981 年第 10 期
	高深（回族）	《诗三首》	
83		《我默立在海瑞墓前》	《诗刊》1981 年第 12 期
84		《我愿与春同行》	《路漫漫》，宁夏人民出版社 1981 年版
85		《回族人》	（同上）
86	石太瑞（苗族）	《木叶情》（组诗）	《民族文学》1982 年第 1 期

续表

序号	作者（族别）	篇目	所出媒介及时间
87	铁衣甫江（维吾尔族）	《故乡抒怀》（王山译）	《民族文学》1982 年第 1 期
88	金成辉（朝鲜族）	《啊，祖国》（金一译）	《民族文学》1982 年第 1 期
89	戈非（满族）	《诗二首》《我是一》	《民族文学》1982 年第 2 期
90		《我拾拣这些花瓣》	《草原》1982 年第 3 期
91	木斧（回族）	《诗二首》《黄昏，我在思想的长廊上散步》	《柳泉》1982 年第 2 期
92		《母亲，我唱一首歌给你》	《人民日报》1982 年 11 月 1 日
93	蔡春花（朝鲜族）	《风筝》（外二首）	《民族文学》1982 年第 3 期
94	金哲（朝鲜族）	《礼物（外一首）——致一位华侨老妇》（金一译）	《民族文学》1982 年第 6 期
95	汪玉良（东乡族）	《生命的音响——献给亲爱的党》	《民族文学》1982 年第 7 期
96	汪承栋（土家族）	《格尔木机场》	《民族文学》1982 年第 7 期
97	韦其麟（壮族）	《山泉》	《广西文学》1982 年第 9 期
98	胡昭（满族）	《石林歌》	《诗刊》1982 年第 11 期
99	莎红（壮族）	《边境小路（外一首）》	《边塞曲》，漓江出版社 1982 年 10 月版
100	饶阶巴桑（藏族）	《棘叶集（节选）》	《石烛》，云南人民出版社 1982 年 10 月版
101	那家伦（白族）	《散文诗二章》《花的世界》	《红叶集》，花城出版社 1981 年版

序号	作者（族别）	篇目	所出媒介及时间
102		《肩的礼赞》	《飞天》1982 年第 11 期
103	杨明渊（苗族）	《钟情鸟》	《滇池》1979 年第 4 期
104	赵橹（白族）	《放羊歌》	《边疆文艺》1980 年第 12 期
105	那家伦（白族）	《大江歌》	《民族文学》1981 年第 2 期
106	普飞（彝族）	《花街》	《边疆文艺》1981 年第 4 期
107	吉狄马加（彝族）	《木叶声声》	《四川文学》1981 年第 6 期
108	黄勇刹（壮族）	《放歌擎天树》	《羊城晚报》1981 年 9 月 7 日
109	马瑞芳（回族）	《祖父》	《山东文学》1981 年第 11 期
110	马犁（回族）	《长城行》	《水击三千里》，吉林人民出版社 1981 年 7 月版
111	关守中（满族）	《一颗退出枪膛的子弹》	《民族文学》1982 年第 1 期
112	那家伦（白族）	《火的节日——大理火把节漫记》	《北方文学》1982 年第 2 期
113	张长（白族）	《石青》	《羊城晚报》1982 年 2 月 20 日
114	艾合买提·伊敏（维吾尔族）	《初春》 （外二章）（张洋译）	《新疆民族文学》1982 年第 2 期
115	金珠玉（朝鲜族）	《故乡，你好!》	《民族文学》1982 年第 3 期
116	杨明渊（苗族）	《"蛊女"的命运》	《萌芽增刊》1982 年第 3 期
117	杨世光（纳西族）	《虫草奇踪》	《山茶》1982 年第 3 期
118	杨世光（纳西族）	《失落的色彩》	《玉龙山》1982 年第 4 期
119	安柯钦夫（蒙古族）	《古籍萍踪》	《民族文学》1982 年第 4 期

续表

序号	作者（族别）	篇目	所出媒介及时间
120	岑献青（壮族）	《九死还魂草》	《民族文学》1982 年第 7 期
121	云照光（蒙古族）	《沙漠感怀》	《云照光小说散文选》，内蒙古人民出版社 1982 年 10 月版
122	敖德斯尔（蒙古族）	《故乡》（陈乃雄译）	《草原》1982 年第 11 期

所选 122 篇（组）文学作品中，选自出版社书籍的 9 篇（这 9 篇其实并不能保证首见于书籍，比如《一个担架兵的经历》），选自报纸的 4 篇，其余 109 篇都选自文学期刊而且是汉语文学期刊，占 90％。这说明绝大多数甚至几乎所有名之曰少数民族文学的作品最初都见于汉语文学期刊，是汉语文学期刊首先把它们发表出来，再被作为优秀篇目遴选到这里组成《中国新文艺大系·少数民族文学集》的。由此可见汉语文学期刊在其中发挥的作用。它们被选进集子反过来又增加了文学期刊的知名度，证明了这些期刊的价值。《中国新文艺大系 1976—1982 少数民族文学集》编辑出版成书是 1985 年，要早于《中国新文艺大系 1949—1966 少数民族文学集》，后者出版于 1991 年。可是稍一比较就会发现，前者比后者精确，并没有因为出版在前而犯后者所犯的错误。编者显然更注重从第一手资料中遴选作品来组成集子。在编排上，每一种体裁基本上按照发表的时间顺序排列，显得整饬有序。这些是技术上的不同。通过两个表看文学期刊，在 1976—1982 年卷中，发表和刊登少数民族文学作品虽然不限于某一种或某几种汉语文学期刊，而是中国的各种汉语文学期刊；所选作品，来自少数民族地区文学期刊的比例明显增大，一定程度地表明刊登少数民族文学的地方文学期刊更多地集中到

少数民族聚居的省区，非少数民族省区的文学期刊刊登少数民族作家作品的虽有，但已经减少了。但是，更大的差别可能在于：从1978年文学开始走向正常化发展轨道到1980年，选自《人民文学》的作品非常多，这表明《人民文学》一向具有的权威地位；但是从1981年起到1982年，选自《民族文学》的作品大大超过了《人民文学》，表明短短的两年间，《人民文学》对于少数民族文学的权威地位正在逐渐被新起的《民族文学》取代。

两表比较，可以更为明朗地发现汉语文学期刊发挥的共同作用。第一，绝大多数甚至可以说几乎所有进入《中国新文艺大系》这一权威选本，名之曰少数民族文学的作品都是首先出现在汉语文学期刊，再在这里进行二次传播的；汉语文学期刊使它们作为"少数民族文学"发表出来，再在这里作为其中的优秀之作筛选出来。没有汉语文学期刊这一媒介和它构造的语境，称之为少数民族文学的这些作品就无法在我们的视阈里存在。第二，汉语文学期刊把一系列叫做"少数民族文学"的作品源源不断地输送到"中国新文艺"的优选库，它在这里也起了一个桥梁的作用，在"少数民族文学"和"中国新文艺"之间建立联系，使一批叫做"少数民族文学"的作品进入了"中国新文艺"的行列，得到认可，成为其中的组成部分。第三，汉语文学期刊本身构成的等级秩序也在这里起了作用。发表少数民族文学的汉语文学期刊并不止于《大系》作品所来自的刊物，但国家级权威刊物和一些大刊、名刊获得优选，《大系》中大多数作品都选自这些刊物，其中《人民文学》、《民族文学》这样的全国性期刊占了绝对优势，表明了在这些刊物上发表作品进入《大系》成为优秀作品乃至经典的得天独厚的优势。总之，从《大系》可以看出，汉语文学期刊对当代少数民族文学经典及其构造发挥了不容小视的作用，这是我在这里要强调指出的。

第 三 章

汉语文学期刊与中国当代少数民族
文学传播空间的生成和演变

在从总体上论述了汉语文学期刊对于中国少数民族文学的现代转型所产生的影响和作用后，本章进一步考察汉语文学期刊如何促发中国当代少数民族文学传播空间的生成和演变。在我的理解中，空间是类似哈贝马斯所说的公共领域或布尔迪厄所说的场（或场域）的概念。在哈贝马斯看来，"所谓'公共领域'，首先意指我们的社会生活的一个领域，在这个领域中，像公共意见这样的事物能够形成。公共领域原则上向所有公民开放。公共领域的一部分由各种对话构成，在这些对话中，作为私人的人们来到一起，形成了公众"①。而在大众传媒领域，公共性改变了含义，变成任何吸引公众舆论的一个属性，成为虚假的公共性。我看重它的公共性，并不认为这种公共性一定就像哈贝马斯所认为的那样是虚假的，虽然这个空间并不是哈贝马斯特指的沙龙、剧场、咖啡屋等由私人构成的公共领域，缺乏哈贝马斯所看重的交流的面对面的性质和口语性。因为大众传媒的发展与其说生产了虚假的公共性，标志了公共性的死亡，不如说创造了新的公共性类

---

① ［德］尤根·哈贝马斯：《公共领域》，汪晖、陈燕谷主编《文化与公共性》，三联书店1998年版，第125页。

型，使人们感受和参与生活的条件发生了重大的改变。在布尔迪厄那里，场是一个拥有不同权力或资本的团体或个体，按照所占据的不同位置之间的客观关系而构成的"一个网络"或"一个构造"①，而文学场就是一个以文学的名义构造起来的网络，文学期刊、出版社、作家、批评家等各种力量各种关系参与构成了这一网络。我看重这个场的多种力量和多种关系的构成性。少数民族文学传播空间显然就是多种力量多种关系参与构成的巨大网络。大众传播媒介是建构这个空间的重要力量。中国少数民族文学之所以能进入汉语语境构成自己的知识谱系，一个重要原因是建构了公共的而又属于自己的空间或场域。一定意义上，我们可以说，中国当代少数民族文学从产生的时候起，围绕着它，就建构起一个独特的传播空间、一个文学的场域。文学期刊作为大众传播媒介是构建这一空间或场域不可忽视的因素。而且，这一空间也在随着时代的发展、社会的变迁而不断演变。本章的任务是论述中国当代少数民族文学传播空间的生成和演变，而在其中凸显汉语文学期刊的作用。

第一节 汉语文学期刊与中国当代少数民族文学传播空间的生成

一 《人民文学》等汉语期刊构造最初的传播空间

少数民族文学这一概念在中国的产生是一个当代事件。汉语文学期刊围绕着少数民族文学，构造了独特的传播空间。那么，它是怎么产生的呢？它的产生和汉语文学期刊有什么关系呢？

---

① ［法］布尔迪厄：《场的逻辑》，《文化资本与社会炼金术——布尔迪厄访谈录》，包亚明译，上海人民出版社1997年版，第142页。

这一概念最初使用也是它产生的地方应该是《人民文学》。《人民文学》1949 年 10 月在北京创刊时，由主编茅盾撰写的《发刊词》提到该刊的六项任务，其中第一项最为关键，算是总纲："积极参加人民解放斗争和新民主主义国家建设，通过各种文学形式，反映新中国的成长，表现和赞扬人民大众在革命斗争和生产建设中的伟大业绩，创造富有思想内容和艺术价值，为人民大众所喜闻乐见的人民文学，以发挥其教育人民的伟大效能。"恰如它的刊名昭示的，《人民文学》就是要"创造富有思想内容和艺术价值，为人民大众所喜闻乐见"的"人民文学"。"积极参加人民解放斗争和新民主主义国家建设"，"表现和赞扬人民大众在革命斗争和生产建设中的伟大业绩"，这些当然是任务，其实更是"人民文学"被赋予的"思想内容"。它得以存在的前提和它的最具本质的特征，也可从中看到端倪。显然地，这样的任务具有非常浓厚的政治色彩。文学看起来只是手段，它的最为根本的目的乃在于为新生的民族国家的政治现实服务；不过这种目的仍要落实到文学上，落实到创造新的民族国家的文学上。接下来，第四项提到了"少数民族的文学"："开展国内各少数民族的文学运动，使新民主主义的内容与少数民族的文学形式相结合，各民族间互相交换经验，以促进新中国文学的多方面的发展。""少数民族的文学"是作为运动——运动本身也是政治话语——来"开展"的，采取的方式是"新民主主义的内容与少数民族的文学形式相结合"，要达到的结果是"促进新中国文学的多方面的发展"。这里有一个潜在的意思是，"少数民族的文学"是"新中国文学的多方面"的一方面。《发刊词》对文艺界提出四项要求，其中第三项是："要求给我们专门性的研究或介绍的论文。在这一项目之下，举类而言，就有中国古代文学和近代文学，外国文学，中国国内少数民族文学，民间文学，儿童文学……"① 这里，"少数民族文学"作为需要专门性的研究和介绍的门类被提出来了。

　　《人民文学》创刊号规定的六项"任务"，就有一项专门提及少数民族文学；而且还向文艺界"要求"有关的研究或介绍论文。这样的"任务"和"要求"，显出对于"少数民族文学"的重视。从中可以看出，少数民族文学一开始就是被纳入创造新的"人民文学"的任务中的，是一场等待着开展的运动；而且，在"促进新中国文学的多方面的发展"的要求中，少数民族文学显然是被作为"新中国文学"或曰"人民文学"的一个组成部分来看待的。从"任务"到"要求"，茅盾事实上提出了"少数民族文学"的概念问题，他意识到"少数民族的文学"的存在，而希望用"新民主主义的内容"去结合，正如新的民族国家需要少数民族的参与一样，新的"人民文学"也需要把"少数民族的文学"纳入进去。"少数民族文学"就在提出创造"人民文学"的任务和要求的过程中产生了。茅盾的行文中有一个从"少数民族的文学"到"少数民族文学"的变化，这固然是出于行文流畅的需要，也是一个概念得到逐渐加固的过程。"少数民族的文学"听起来像是"少数民族"和"文学"的拼盘，二者之间是松动的；到"少数民族文学"，二者则凝聚起来，成为有机的、仿佛不可分割的整体。由这个过程，也可以获得一个关于少数民族文学的基本的定位：所谓少数民族文学，就是"少数民族"的文学。

　　《人民文学》的《发刊词》从"任务"到"要求"透露的信息还不仅于此。众所周知，20 世纪 40 年代几乎所有文学期刊在新中国成立前夕都已停刊，在此基础上按照中央到地方的政治

---

　　① 　以上引文见《人民文学》第 1 卷第 1 期。

等级机制创建起新的文学期刊系列。《人民文学》是这一系列里少数几个高居顶端的刊物之一，也应该是"十七年文学"中最具权威性的文学创作类期刊。如果说，40年代具有同人性质的文学刊物的停刊意味着"现代"文学在某种意义上关闭了它的传播空间，那么，以《人民文学》为首的突出其政治性质的文学期刊的创立则意味着"当代"文学开启了它的传播空间，建立起一片新的场域。《人民文学》由主编茅盾撰写的《发刊词》对于"少数民族文学"的重视，表明这片新的传播空间的"把关人"给"少数民族文学"发了通行证；"少数民族文学"被允许进入"人民文学"的场域，在这片新的传播空间中，占有一块属于自己的地盘。《人民文学》的《发刊词》透露的信息，或许还可以从这样的意义上来理解。

"通行证"既已获得，接下来，少数民族文学开始源源不断地进入"人民文学"的空间。1950年1月，《人民文学》新年号（第1卷第3期）刊登陈清漳、鹏飞、孟和巴特等人译的内蒙古民间叙事长诗《嘎达梅林》及陈清漳介绍文章《关于〈嘎达梅林〉》。11月，《人民文学》第3卷第1期以《民歌选辑》为题刊登一组民歌：三首少数民族民歌和一首汉族民歌，同时刊登何其芳和严辰论民歌的理论文章《论民歌》和《试谈民歌的表现手法》。三首少数民族民歌是：维吾尔族的《阿娜尔汉》、蒙古族的《克什格腾的骑兵》和苗族的《想念毛主席》。

《人民文学》对于少数民族文学的这种姿态不是孤立的，其他报刊也在为少数民族文学预留空间。比如《西北文艺》，1950年10月创刊伊始，可以说就把发展西北各少数民族文艺作为工作的一个重点。创刊号上发表的西北文联主要领导人之一柯仲平的重要文章《团结起来，为建设西北、开展各族人民文艺运动而奋斗》就有一部分谈及如何开展少数民族文艺的专门内容；

《征稿启事》中，它欢迎各类稿件，"特别欢迎各少数民族的文艺创作"①。第 2 期就除了刊登各族民歌外，隆重推出维吾尔族剧作家孜亚·莎麻德的创作，开英翻译的描写居住在伊犁河上的维吾尔族人民生活的剧本《血迹》（分两期续完）。这样的空间一开始虽然不多，虽然零碎，却足以证明，少数民族文学已经进入人们的视野。报刊每留一片空间，某种程度上就是对于少数民族文学传播场域的一次拓展。其中尤其是《文艺报》的姿态值得注意。作为《人民文学》之外中国当代的另一份权威文学刊物，它侧重于理论文章的刊登和文艺信息的报道，它对于少数民族文学的关注也偏向于此。早在 1949 年 11 月，《文艺报》第 1 卷第 4 期就刊登过安波、张凡的通讯文章《帮助蒙古同学创造民族艺术》，主要是帮助"蒙古同学"写剧本。到 1950 年 1 月，《文艺报》第 1 卷第 9 期发表严辰《读〈蒙古民歌集〉》。2 月，《文艺报》第 1 卷第 10 期刊登程秀山《西宁的新文艺工作》（青海通讯），该文提到新文艺的内容与形式与多民族省份的实际相结合的问题。7 月，《文艺报》第 2 卷第 8 期刊登张季纯《民族文艺的初次交流》（西北通讯），记述陕甘宁边区文化协会工作队在民族地区的文艺活动。11 月，《文艺报》第 3 卷第 1 期刊登几篇和少数民族文艺有关的文章，如苏平的《兄弟民族艺术的会师——记少数民族文工团在北京的演出》，新疆文工团祖努哈的尔的《敬礼，各民族友爱的心脏——北京!》，内蒙古文工团胡和奥都的《友爱团结的开端》等。诸如此类的报道显示出《文艺报》对于少数民族文学的重视。

1950 年 11 月，中国另一份影响更广、更具权威性的综合性期刊《新华月报》加入了传播少数民族文学的行列。本月，《新

---

① 见《西北文艺》创刊号之封三。

华月报》刊登一组少数民族文学作品及作家的介绍文章。内有：
《阿那尔汉的歌声》，原载《艺术生活》第 1 卷第 1 期；《圭山撒
尼族的叙事诗——〈阿诗玛〉》，原载《诗歌与散文》9 月号；
《小巴特尔进北京》，原载《内蒙古文艺》第 1 卷第 1 期；《克什
格腾的骑兵》，原载《人民文学》第 3 卷第 1 期；《民族诗人木
塔利夫——献给维族青年诗人和革命青年殉难五周年》，原载
《西安日报》1950 年 9 月 11 日；《黎族的文艺》，原载《大刚
报》1950 年 9 月 17 日；《锡伯族的文艺活动》，原载《新疆日
报》1950 年 8 月 31 日。《编者的话》中说，"这一册文艺栏，把
最大的篇幅让给各个兄弟民族的诗歌和他们文艺活动情况的报
道"。编者特别提到《阿那尔汉的歌声》，认为是"既美丽又雄
壮的一篇英雄史诗"，和《嘎达梅林》一样"称得起是各兄弟民
族文艺的两朵鲜花"。① 《新华月报》对于"兄弟民族文艺"的
处理，不仅让少数民族文学进入了主流媒介的传播渠道，而且是
以占"文艺栏""最大的篇幅"的方式进入的。这是一种有意加
以突出的传播活动，这样一种突出的关注，势必把少数民族文学
推到更为广大的受众面前，使少数民族文学在更为广泛的读者群
中传布。

　　1950 年 11 月，中国影响很大的传播媒介不约而同地对少数
民族文学施以格外的关注。这种不约而同的关注，当然和 1950
年 10 月由少数民族成员组成的表演团队进京演出引起轰动有关。
但是它在汉语媒介特别是汉语文学期刊上获得的进一步的关注，
实在可以称得上是中国少数民族文学传播史上的一件大事，表明
少数民族文学进入了汉语文学期刊所构造的大众传播空间。当时
对于少数民族文学加以关注的媒介很多，这里只列出了三种，从

---

① 《新华月报》1950 年第 11 期。

中也可看到少数民族文学在流播中的航向。三种媒介中，《人民文学》侧重于创作，刊登的是文学作品；《文艺报》侧重于文艺活动情况的报道；《新华月报》作为文摘类期刊则作品和报道兼顾。虽然侧重点不同，在三种媒介的传播中却透露出一些共同的倾向。第一，"兄弟民族文艺"最初是作为载歌载舞的表演受到首都各界包括中央高级领导如毛泽东的欢迎而得以传播开来进入文学传播空间的，从当场的、即时性的而且有可能是用少数民族的语言的文艺表演到用汉语文字固定下来的文学作品，既是一种纯化，也经历了变形。第二，作为"兄弟民族文艺"传播到汉语媒介中构成那时关于少数民族文学的知识的，主要是少数民族文学中的诗歌，其中又以史诗和民歌为主。这些体裁，恰好和少数民族民间文学传统有着不可分割的联系，基本上仍可归入古代少数民族文学的范畴。第三，"兄弟民族文艺"进入主流的汉语文学媒介时，必然和它们所主张和有意倡导的意识形态结合起来，朝符合于那时的语境转化，朝当代文学的"当代"转化，蒙古族的《克什格腾的骑兵》和苗族的《想念毛主席》显露了这方面的迹象，克什格腾的骑兵所进行的革命和苗族姑娘的"想念毛主席"正属于中国当代文学的主题范围。

二　汉语文学期刊对少数民族文学的传播成为全国性现象

可以看出，在汉语文学媒介为少数民族文学构造的最初的传播空间中，所谓少数民族文学，其实是少数民族民间口头文学和它的不具本质转化意义的变体；人们对少数民族文学的概念，也大致停留于此。但是，在中国大地上正在进行的轰轰烈烈的社会主义革命和建设的时代氛围中，在汉语媒介构造的语境中，随着一系列现代实践对于少数民族生活的介入，少数民族的文学必然发生变化，人们对于少数民族文学的认识必然发生变化，少数民族文学的传播空间自然也随之发生变化。考察接下来在汉语文学期刊中出没的少数民族文学，我发现，事实的发展证明了这种变化。

1951 年 7 月，《人民文学》第 4 卷第 3 期刊登景道韫、张森棠译《维族诗歌七首》。七首诗歌是依伯拉赫的《新生的歌唱》、凯赫台的《向领袖致敬》、普依斯罕的《宣誓》、尼萨斯的《北京》、窝萨贝的《红旗》、阿尔杜姆梯的《劳动》和吐赫梯的《给志愿军》，全部译自此前不久出版的维语报刊。10 月，《人民文学》第 4 卷第 6 期刊登彝族作家李乔的《拉猛回来了》，文体标明是"通讯报告"，而且第一次注明作家的少数民族身份。这篇"通讯报告"，后来更多的是作为小说进入传播空间的。1952 年 1 月，《人民文学》刊登蒙古族作者玛拉沁夫的小说《科尔沁草原的人们》，同期还刊登了苗族作者永英《我们是一群苗家》（诗）、哈萨克族作者布卡拉《复仇的姑娘》（诗）以及朱叶《高山彝族与尼稣》（诗）、范荣康《苗家底歌》（论文）等。该刊《编后记》称，"这一期我们比较集中的发表了一些少数民族和有关少数民族的创作或者论文"，并特别向读者推荐玛拉沁夫的《科尔沁草原的人们》："从这篇小说里我们不但看到蒙古民族的新生活、新的主题和新的人物，而且也可以看到作者丰富敏锐的艺术感觉和值得重视的艺术表现的才能。"① 4 月，《人民文学》发表张天民的《多写些好的短篇小说——从〈科尔沁草原的人们〉谈起》。同月，《新观察》发表臧克家的《可喜的收获——〈蟠江水波〉、〈科尔沁草原的人们〉读后》。

以上主要是从《人民文学》近两年间所发作品中得到的信息，但是已经可以看到少数民族文学传播空间发生了变化。发生

---

① 《人民文学》1952 年 1 月号。

了怎样的变化呢？最大的、最具本质性的变化莫过于，所有进入
《人民文学》这样的权威性的汉语文学媒介的少数民族文学作
品，都是具有少数民族族别的个人作者的创作。这种个人创作的
内容和形式也发生了相应的变化，主要是朝着汉语文学期刊所主
导的意识形态的方向变化，朝着汉语文学期刊倡导的内容和形式
变化。所以从《科尔沁草原的人们》中，不但可以看到蒙古民
族的"新生活、新的主题和新的人物"，还可以看到作者"丰富
敏锐的艺术感觉和值得重视的艺术表现的才能"。前一方面正是
汉语文学期刊所主张的新的意识形态的内容，后一方面却是文学
期刊作为大众传播媒介在经历了现代文学的洗礼后要求小说这种
艺术形式的作者主体必备的品质。少数民族文学传播空间的变化
显示出少数民族文学在民间集体创作之外，有了独立作者的个人
创作。少数民族文学的传播有了一个从民间口头文学传播到书面
文学传播的转变。正因为有这样的变化，现在可以说，在少数民
族民间文学之外，少数民族的作家文学产生了。少数民族文学的
传播空间现在有了两个组成部分：少数民族民间文学和少数民族
作家文学。

在少数民族文学传播空间发生的变化中，还可以发现，《人
民文学》作为传播媒介发挥了主体能动作用。1951 年 7 月一下
子推出一组七首维吾尔族诗歌，对一个期刊来说，这应当不是偶
然的行为。如果说发表七首维吾尔族诗歌算是有意为之的行动但
并不突出的话，那么，到 1952 年 1 月 "比较集中的发表了一些
少数民族和有关少数民族的创作或者论文" 就应该是隆重推出
了，在这次有意突出的期刊行为中，玛拉沁夫及其《科尔沁草
原的人们》在《编后记》中被特别加以推荐，编者赞誉有嘉，
而且在《编后记》有限的篇幅里还记录下了作者给编者的信中
对写作该小说的介绍。这样一种特别的推荐，不仅对于少数民族

作者，就是对于汉族作者，也是绝无仅有的。接下来，《人民文学》又发表了有关评介文章，使这篇小说受到更为突出的关注。仅仅一年之后，1953 年 2 月，《文艺报》第 4 期发布广告 "文学初步读物（第一辑）"，内有施耐庵著《解珍解宝》，罗贯中著《火烧赤壁》，鲁迅著《故乡》，郭沫若著《毛泽东的旗帜迎风飘扬》（诗集），巴金著《我们会见了彭德怀司令员》，赵树理著《小二黑结婚》，马烽著《一架弹花机》等，而玛拉沁夫的《科尔沁草原的人们》就排在其中。这是意味深长的一件事。进入 "文学初步读物" 行列的作家作品都是经过历史汰选后留存的或当时颇有名气的作家的作品，说是 "初步"，其实具有某种经典和示范意义。玛拉沁夫那时候不过是二十二三岁的青年作者，仅凭一个短篇小说就进入这样的行列，没有《人民文学》的隆重推举，应该是不可能的。那篇小说也备受推崇，除进入各种读物或选本等印刷传媒外，还改编成电影，得到更为广泛的传播。1954 年 10 月，艺术出版社出版玛拉沁夫与张海默、特·达木林根据该小说合作改编的电影剧本《草原上的人们》；这是当代拍摄较早而产生了较大影响的少数民族题材电影，获 1963 年文化部颁发的故事片奖。

　　1953 年 10 月，《文艺报》第 19 期报道全国第二次文代会召开情况并以巨量篇幅刊登有关重要文件。其中，周扬的《为创作更多的优秀的文学艺术作品而奋斗——一九五三年九月二十四日在中国文学艺术工作者第二次代表大会上的报告》中提到少数民族文学："文学艺术领域中的值得特别注意的现象，是继续不断地出现了新的工农的写作者……同时开始出现了新的少数民族的作者，他们以国内各兄弟民族友爱的精神，真实地描写了少数民族人民生活的新光景，创造了少数民族人民中先进分子的形象，他们的作品标志了国内各少数民族文学的新的发展。" 无独有偶，茅盾的《新的现实和新的任务——在中国文学艺术工作者第二次代表大会上的报告》也提到少数民族文学："还值得特别指出的，是我国历史上第一次出现了以少数民族生活为题材、以少数民族的劳动人民的先进人物为主人公的文学作品。我国少数民族的团结、和睦、幸福的新生活，愈来愈多地在文学中反映出来了。其中有不少优秀的作品。少数民族优秀的作家已经出现了。"周扬和茅盾的报告，不管是指出少数民族作者的作品"标志了国内各少数民族文学的新的发展"，还是宣告"少数民族优秀的作家已经出现了"，都显示出一个明白无误的事实：人们心目中的少数民族文学，已在新的现实面前发生了新的变化，这种新变，老舍后来在他的两个报告里描述为"少数民族新文学的兴起"，其实也是少数民族作家文学也即后来所谓的中国当代少数民族文学或中国少数民族当代文学的兴起。少数民族文学新的传播空间已经开始生成。

周扬和茅盾的报告提到少数民族文学时用的一些词组如"开始出现"、"第一次出现"等耐人寻味，这些词组一方面表达出迎接新生事物的欣喜，另一方面也传达出谨慎的意味，表明"少数民族文学的新的发展"还是初步的，但是这种发展却在不断地向前推进。这种推进一定意义上是在文学期刊中进行的。我们以《人民文学》和《文艺报》为主其他期刊为辅来看：

1954 年

1 月　《文艺报》第 2 期刊登钟敬文文章《各族人民歌唱毛主席》。

4 月　《文艺报》第 8 期刊登唐挚文章《读几篇描写兄弟民族生活的作品》。

5 月　《人民文学》发表云南人民文工团工作组搜集，黄铁、刘知勇、刘绮、公刘编译的撒尼族叙事长诗《阿诗玛》（该诗已于 1 月在《云南日报》副刊连载）。

6 月　《人民文学》刊登玛拉沁夫的《在暴风雪中》。

8 月　《文艺报》第 17 期刊登李赐《内蒙古的文艺创作》（内蒙通讯），介绍内蒙古的文艺创作情况。

1955 年

4 月　《文艺报》刊登胡沙《傣族、僮族、黎族的戏曲和歌舞》。

6 月　《人民文学》发表蒙古族诗人纳·赛音朝克图的《幸福和友谊》。

7 月　《人民文学》刊登僮族作家韦其麟的《百鸟衣》（长诗）。《长江文艺》6 月号先期刊登了此诗。《人民文学》刊登此诗时注明了它原来的出处。该诗第二年 4 月即由中国青年出版社出版单行本，1959 年 4 月人民文学出版社再版。

10 月　《人民文学》发表蒙古族诗人巴·布林贝赫的《心与乳》、《内蒙古文艺》发表玛拉沁夫小说《命名》、超克图纳仁独幕剧《我们都是哨兵》、纳·赛音朝克图好力宝《北京颂》（霍尔查译）等。

1956 年

1 月　《文艺报》第 1 期发表贾芝介绍评论文章《诗篇〈百鸟衣〉》。

2 月　《人民文学》发表克里木·赫捷耶夫翻译的《黎·穆特里夫诗四首》，同时发表刘肖无的介绍评论文章《维吾尔族诗人黎·穆特里夫》。《贵州文艺》发表侗族刘荣敏的第一篇小说《小小演员唱大戏》。

3 月　《文艺报》第 5—6 期合刊在显著位置且以巨量篇幅报道中国作家协会第二次理事会议情况。除刊登茅盾的《开幕词》，周扬的《建设社会主义文学的任务》和茅盾的《培养新生力量，扩大文学队伍》两份报告（都提到少数民族文学）外，还刊登老舍《关于兄弟民族文学工作的报告——在中国作家协会第二次理事会议（扩大）上的报告》。报告分六个部分：（1）民族文学遗产和新文学的兴起；（2）开展搜集、整理、研究工作；（3）谈谈翻译问题；（4）创作问题；（5）克服大汉族主义思想和地方民族主义思想；（6）（开展各兄弟民族文学工作的）具体措施。本月同期《文艺报》刊登《中国作家协会1956年到1967年的工作纲要——1956年3月中国作家协会第二次理事会议（扩大）通过》（简称《纲要》）。《纲要》认为，"为了适应人民群众对于文学艺术的日益增长的需要，中国作家协会必须制订出一个发展文学事业的长期规划"。该《纲要》共分七个部分，第四部分是"关于发展兄弟民族的文学"，分六条谈到如何发展"各兄弟民族的文学"。其中有如"各种创作刊物应该经常发表兄弟民族作家的作品和讨论兄弟民族文学的论文"，"各分会的机关刊物编辑部要设立专人负责组织兄弟民族文学译成汉文的工作"，"在有条件的民族自治区创办各该民族文字的文学刊物"等等设想。本期《文艺报》还发表陈至《兄弟民族的艺术花朵》一文，评述用维语演出的三幕剧《喜事》和用蒙语演出的独幕剧《我们都是哨兵》。

6月　《边疆文艺》发表纳西族木丽春和牛相奎根据纳西族传说创作的叙事长诗《玉龙第三国》。《文艺报》第12期刊登杨正旺评介文章《反映兄弟民族生活的影片》。

8月　《人民文学》刊登广西仡佬族包玉堂的故事诗《虹》，该诗1955年已发表在《广西文艺》上。

9月　《内蒙古文艺》开始连载玛拉沁夫的长篇小说《在茫茫的草原上》（上部），至第12期。

10月　《人民文学》的"诗"栏目全部用于刊登少数民族

诗人诗作，计有：维吾尔族黎·穆特里夫的《幻想的追求》，藏族仓洋甲措（即仓央嘉措）的《情歌》，蒙古族巴·布林贝赫的《车儿呀，你尽情地奔驰吧》，蒙古族纳·赛音朝克图的《蓝色软缎的特尔力克》和藏族饶阶巴桑的《诗二首》。

可以看出，少数民族文学受到持续的注意，少数民族文学作品更多地出现在像《人民文学》这样权威的汉语文学期刊中，对于少数民族文学的评介在《文艺报》中已不鲜见；在《人民文学》等文学期刊中发表的少数民族文学，个人独创的色彩愈益浓厚，不仅有《在暴风雪中》、《幸福和友谊》、《心与乳》、《我们都是哨兵》之类独创性作品，而且即使是《阿诗玛》、《百鸟衣》、《虹》、《玉龙第三国》这样的在少数民族地区流传的民间故事，在进入汉语文学期刊的时候，也变成了个人独创的作品，表明现代文学意识对于少数民族传统的民间口头文学的改写，在这种改写中，原来的口头文学变成了书面文学。1956年，对于少数民族文学的持续性关注终于在中国作家协会扩大的理事会召开的时候达到一个高潮，老舍在会上作《关于兄弟民族文学工作的报告》是中国少数民族文学传播史上具有标志性的事件，证明少数民族文学已经进入到中国作家协会正式的讨论范围中，其潜在的意义表明，少数民族文学已经由不被注意的边缘地带登堂入室，进入到中国当代文学的殿堂，占有了一个席位，成为这个殿堂里的一名成员。接下来，探究如何发展"兄弟民族的文学"，在各类文学期刊中大张旗鼓地发表少数民族文学作品就是顺理成章的事了。

号称"百花时代"的1956—1957年不仅对于中国当代文学，而且对于少数民族文学，对于在文学期刊中形成的少数民族文学传播空间的进一步拓展都是重要的年份。在"百花齐放，百家争鸣"方针的促动下，一些文学期刊锐意于改革，一些文

学期刊创刊或改刊，其中不少是涉及少数民族文学的。这里引人
注目的是少数民族聚居区的文学期刊如《边疆文艺》、《天山》、
《延河》、《山花》、《青海文艺》等，会有意突出它们所在地的
民族特色。如《边疆文艺》，它着力营造的是这样一个空间：
"标民族之新，立民族之异；积极干预生活，开展自由讨论；继
承民族传统，繁荣文艺创作。""通过各种文学形式，反映边疆
各族人民在社会主义建设中的生活和斗争；介绍丰富多彩的各族
民间文学。"① 其中对于少数民族文学的关注昭然可见。新疆的
《天山》对自己有这样的定位："'天山'是新疆维吾尔自治区的
汉文文学月刊，它肩负着自治区境内各民族文化交流的任务，发
表汉民族作者的不同体裁，不同风格的反映新疆社会主义建设的
各种文学作品，同时，大力翻译介绍新疆各兄弟民族的古典作品
和现代的优秀创作；并且积极挖掘各民族的民间文学宝藏，促进
新疆维吾尔自治区的文学园地里，百花齐放，争艳斗胜。"② 再
如《延河》，它虽然是中国作家协会西安分会主办的，却把目光
投放到作为多民族地区的整个西北，着力打造"兄弟民族文学"
的传播空间。它的《稿约》欢迎三类稿件："1. 反映祖国各族
人民生活与斗争的文学作品，如诗歌、小说、散文、报告、特
写、政论、杂文、剧本（包括电影剧本）等。2. 有关创作思想、
文学运动和古典文学研究的论文、随笔；文学作品的评介和创作
经验介绍等。3. 各兄弟民族的翻译作品。"③ 三类稿件，就有两
类涉及少数民族文学。1956 年 11 月，在其创刊之后半年，《延

---

① 这是《边疆文艺》发布的广告，当时报刊各处可见。此处摘自1957年4月
14日试刊之后的《文艺报》第1期的广告。原文分号之前的短句断句处没有标点符
号。

② 见 1957 年 8 月 18 日《文艺报》上《天山》所发广告。

③ 《延河》1956 年 11 月号封三广告。

河》即推出了一期"兄弟民族文学专号",在"诗"、"小说、散文"和"剧本"三类现代文体栏目下发表"维吾尔、哈萨克、藏、蒙、回族的作家们的作品,还有汉族作者和翻译者翻译和整理的兄弟民族的民歌和民间故事"①。用整期的篇幅发表少数民族文学作品,这在中国当代还是第一次。《延河》也因此成为最早推出"兄弟民族文学专号"的汉语文学期刊。汉语文学期刊对于少数民族文学传播空间的构成所做的努力由此可见一斑。事实上,到1956年晚些时候,汉语文学期刊对于少数民族文学的关注已经相当普遍。这年11月底在北京由中国作家协会召开的文学期刊编辑工作会议上,人们有了这样的认识:"过去,在汉文文学刊物上介绍兄弟民族的作品,正如会上有的同志所批评的那样,是做得十分不够的。这一现象,已经引起了所有汉文文学刊物的注意,一致认为汉文的文学刊物对于介绍兄弟民族的文学作品负有特别重要的责任,并且希望每个汉文文学刊物每一二期至少要发表一篇兄弟民族的文学作品。"② 这样的提到具体要求的认识,无异于要在全国形成一种所有的文学刊物都一齐来关注少数民族文学的气候,尽管会后并非所有的文学期刊都做到了这一点,但它至少传达出一种信息:少数民族文学的重要性已得到普遍的承认,关于少数民族文学的认识正在铆入人们关于中国当代文学的知识中,少数民族文学的传播空间正在向所有的汉语文学期刊延展。

少数民族文学既已获得全国文学期刊的共同认可,获得了进入所有汉文文学刊物的通行证或入场券,它随之而来的传播,几

---

① 《编后记》,《延河》1956年11月号。
② 《文艺报》记者:《办好文学期刊,促进"百花齐放,百家争鸣"——记"文学期刊编辑工作会议"》,《文艺报》1956年第23期。

乎就以一种燎原之势蔓及全国。仍以《人民文学》和《文艺报》为主其他文学期刊为辅考察接下来几年少数民族文学的传播情况：

1957 年

2 月　《人民文学》"诗"栏目刊登维吾尔族塔里木《我爱东布拉》、朝鲜族李旭《母亲和孩子》和藏族饶阶巴桑《恋歌三首》。本期《人民文学》还在封底发布广告："人民文学出版社、作家出版社出版少数民族文学作品"，这些"少数民族文学作品"计有 14 种：民间文学 7 种，作家文学 7 种。

4 月　《人民文学》发表公刘电影剧本《阿诗玛》。

本月 14 日　试刊后的《文艺报》第 1 期刊登报道文章《新疆维吾尔自治区大量编选兄弟民族文学选集 维文、哈文〈新疆文艺〉四月改版》。报道称，新疆维吾尔自治区今年计划编选的兄弟民族文学选集，较去年编辑出版的增加了五倍多。报道还说，有四个地方——阿拉木图、北京民族出版社、新疆民族出版社、新疆青年出版社在出版新疆兄弟民族文学选集。同期《文艺报》还刊登报道文章《迎接自治区建立十周年　内蒙艺术家热情劳动》，文章提到纳·赛音朝克图、玛拉沁夫、乌兰巴干等的创作情况。

5 月 5 日　《文艺报》第 5 期头版头条整版刊登贺兰采写的《让内蒙文艺百花齐放——访纳·赛音朝克图同志》。同期还刊登报道文章《作协新疆分会五月成立　已组织各民族作家讨论分会章程草案孜亚·赛买提要求大家贯彻"争鸣"精神》。

本月 12 日　《文艺报》第 6 期刊登广告《作家出版社出版蒙古族作家的作品》，这些作品包括：玛拉沁夫的长篇小说《在茫茫的草原上》（上）、扎拉嘎胡的中篇小说《春到草原》、安柯钦夫的短篇小说集《草原之夜》、玛拉沁夫的短篇小说集《春的喜歌》、纳·赛音朝克图的诗集《幸福和友谊》和超克图纳仁的独幕剧《我们都是哨兵》。

6月　《人民文学》第5、6期合刊发表维吾尔族诗人铁衣甫江的《伊斯塞克库尔湖》。同期刊登《民歌特辑》，全是少数民族民歌，包括：塔吉克族梧菲力姐、罗绍文辑录的《帕米尔情歌》（外一首）、李兴沛整理的《哈萨克民歌三首》、苗族苗丁整理的苗族民歌《清水江回春曲》、峻簧整理的《藏族民歌六首》、季康整理的《傣族民歌》（两首）、李根全整理的朝鲜族民歌《北山姑娘》。

本月9日　《文艺报》第10期刊登署名本报记者郑文光的《夜话新疆文学》（新疆航讯）。

本月30日　《文艺报》第13期刊登署名本报记者郑文光的《新疆作家代表会议侧记》。

8月《人民文学》发表藏族诗人饶阶巴桑的诗作《工程师》。

9月1日　《文艺报》第21期刊登李乔《请听听各民族的声音——"挣脱锁链的奴隶"后记》。

本月15日　《文艺报》第23期《延河》广告说："'延河'上的'兄弟民族文学'专号，是各兄弟民族文学的一个花坛。从这个五彩缤纷的花坛上，读者们可以看到各兄弟民族文学艺术事业的概貌。"

10月　《人民文学》发表维吾尔族尼木塞依提的诗作《在领袖面前》。

11月10日　《文艺报》第31期刊登署名彝族作家李乔的文章《苏联文学引导我走向革命》。

本月17日　《文艺报》第32期刊登铁衣甫江·艾里耶夫

的《文学之路》。同期还发布"《延河》'兄弟民族文学'专号"
预告。

12月 《人民文学》发表蒙族纳·赛音朝克图诗作《在尼
泊尔访问期间》（三首）、白族张长诗作《傣村短笛》（二首）。

本年度 《人民文学》发表少数民族文学作品的频率增大，
兑现了一年前文学期刊编辑工作会议"每一、二期至少要发表
一篇兄弟民族的文学作品"的承诺。同时，试刊后重新出刊的
《文艺报》对少数民族文学关注的力度也在加大。

1958 年

1月 《文艺报》第2期刊登《1958年的书——人民文学出
版社出版计划一瞥》（江长远）一文，发布本年出版计划，在其计
划出版的17部长篇小说中，包括"兄弟民族作家玛拉沁夫的《在
茫茫的草原上》（下部）、李乔的《欢笑的金沙江》（第二部）"。

3月 《人民文学》新开辟的"报刊作品选载"栏目刊登
哈萨克族作家赫斯力汗的小说《起点》（原载《延河》1957年
12月号）。

6月 《人民文学》发表朝鲜族李旭诗作《希望·山盐·
田》，苗族杨光汉诗作《金鸟——欢呼苗族文字诞生》和僮族
（即壮族——作者注）黎明诗作《扫街的人》。

9月 《人民文学》封三发布预告——"第四季度的主要
内容"，提到："将多发表我国各兄弟民族的文学作品。包括反
映现实生活的诗歌、小说、戏曲、评论等。各兄弟民族的古典作
品也将选择发表。"

11月 《文艺报》第23期刊登孟和博彦理论文章《内蒙古
文学创作的新气象》。

12月 《人民文学》刊登专辑"百花欣向太阳开（各族民
歌选辑）"，其前言自述这些民歌主要是从《边疆文艺》、《天

山》、《青海湖》、《山花》、《草原》等民族地区的期刊选出，计有：《一万个人一条心》（藏族民歌五首）、《采茶先敬毛主席》（白族民歌二首）、《金银铜铁亮闪闪》（苗族民歌三首）、《僮人永跟毛泽东》（僮族民歌）、《山民心上的红线》（鄂伦春民歌四首）、《园湖小唱》（撒尼族民歌）、《毛主席的恩情不能忘》（佤族民歌）、《我们的西双版纳》（傣族民歌）、《共产党的恩情满树挂》（回族民歌三首）、《石榴开花红又红》（瑶族民歌三首）、《鲜花向阳朵朵红》（布依族民歌）、《彝家有了钢铁厂》（彝族民歌三首）、《全靠有了共产党》（侗族民歌三首）、《草原上的歌声》（哈萨克族民歌二首）、《有了你，毛主席！》（傈僳族民歌）。同期《人民文学》还发表了纳·赛音朝克图的诗作《塔什干的召唤》（外一首）、苏小星的小说《新工人的母亲》、徐嘉瑞采编的白族民间故事《辘角庄》和岩峰整理的傣族民间传说《谷子的故事》。《编者的话》承诺："从本期起我们准备经常地发表各兄弟民族作家的一部分优秀作品，并选译一部分各民族古典文学和民间文学。""由于翻译力量的缺乏，数量不可能满足读者的要求，但我们保证做到经常化。"《文艺报》第24期刊登一组讨论蒙古族作家乌兰巴干小说《草原烽火》的文章，如孟和博彦的《奴隶的觉醒——〈草原烽火〉读后》和乌兰巴干自己的《写作〈草原烽火〉的几点感想》等。

1959 年

1 月　《文艺报》第 2 期出"兄弟民族文学特辑"，收入七篇文章：袁勃的《云南民族民间文学的新发展》、云南省民族民间文学大理调查队的《如何搜集民族民间文学》、昭彦的《一束土生土长的鲜花——读〈中国民间故事选〉》、冯牧的《谈〈欢笑的金沙江〉》、阎纲的《佤人光荣的一页——谈谈〈在里美纳部落里〉》、沐阳的《读祖农·哈迪尔的〈锻炼〉》、葛畅的

《黎族人民的浪漫主义诗篇——读海南岛黎族民间故事集〈勇敢的打猎〉》。《人民文学》发表叶圣陶评论《读〈草原烽火〉》和彝族熊正国（未注明作者族别）小说《高炉边的彝家》。《人民文学》刊登《草原上升起五色云》（内蒙古民歌选，共十九首）。

3月　《人民文学》发表回族胡奇（未注明族别）小说《责任》。《文艺报》第6期刊登《发展多民族的文学，加强民族文学交流》一文。

4月　《人民文学》发表彝族苏小星（未注明族别）《种花人》（小说）。

5月　《人民文学》选载傣族康朗英长诗《流沙河之歌》（原载《边疆文艺》1959年第3期，该诗《云南日报》3月22日也刊登过），《编者的话》说此诗"描述了傣族人民过去苦难的生活，唱出了解放后傣族人民在中国共产党领导下建设幸福新生活的欢乐心情"。同期还发表蒙古族敖德斯尔作、斯琴高娃译的小说《为了新春》（原文载蒙文版《内蒙古日报》1959年2月8日）。《文艺报》第9期封底发布人民文学出版社出版"少数民族文学作品"广告。

6月　《文艺报》第11期刊登云南民族文学调查队评论文章《〈流沙河之歌〉的艺术特点》。

7月　《人民文学》选载安柯钦夫（未注明族别）散文《沸腾的山谷——兴安岭素描》（原载《草原》1959年第4期）。《文艺报》第13期发表陈骢《崭新的工作，很好的开始——〈土家族文学史〉及〈广西僮族文学史〉编写工作访问记》一文。

8月　《人民文学》发表白族张长散文《泼水节》。

9月　《文艺报》第18期为"庆祝建国十周年专号（一）"，内有邵荃麟总结性的论文《文学十年历程》，其中专门谈及"我国历史上第一次多民族文学的共同繁荣",以作为"十年来文学巨大的变化和发展"的一个重要表现。本期还发表了署名"本刊编辑部"的《突飞猛进中的兄弟民族文学》和玛拉沁夫的《为祖国各民族的文学大花园而欢呼》。《文艺报》同期还对新中国成立十年来文学事业突飞猛进的发展作了一个总结,其中提到少数民族作品由1950年的1种增加到51种。《人民文学》刊登傣族民间叙事诗《葫芦信》。

10月　《人民文学》发表蒙古族玛拉沁夫小说《路》,蒙古族乌兰巴干散文《叶荷塔拉草原散记》,蒙古族纳·赛音朝克图诗作《狂欢之歌》,维吾尔族艾里喀木·艾哈台木诗作《献给共产党》,哈萨克族库尔班·阿里诗作《我的第一支歌》,傣族康朗英诗作《幸福的开端》和白族张长诗作《猎歌》。

11月　《人民文学》发表维吾尔族祖农·哈迪尔小说《肉都帕衣》,蒙古族巴·布林贝赫诗作《女仆和仙女》和蒙古族毛依罕诗作《歌唱灿烂的祖国》。《文艺报》第22期刊登中国作家协会昆明分会搜集整理的《云南各族人民的斗争史》。同期还发表了苗延秀的评论文章《仡佬族诗人包玉堂和他的诗》。

12月　《文艺报》第24期刊登一组少数民族文学作品评论文章,内有姚文元的《评〈草原烽火〉》,孟和博彦的《动荡的草原,光辉的道路——评〈在茫茫的草原上〉(上册)》,晓雪的《略谈十年来的兄弟民族民间叙事诗》,宋爽的《草原上的狂欢之歌》等。

1958年和1959年全国各条"战线"上都掀起了"大跃进",少数民族文学领域自然也不例外,由于一系列有意的运作:如出专辑集中发表,在《编者的话》中予以推荐等,少数民族文学的传播空间显得异常热闹。少数民族的民歌由于全国掀起的搜集新民歌的运动受到格外的关注,民歌在这片空间里的地位特别突出。

1960 年

5 月 《文艺报》第 9 期辟"新疆文艺大跃进"专栏。

6 月 《文艺报》第 11 期封底发布广告"最近出版的中国民族民间文艺作品"。

7 月 《人民文学》发表乌兰巴干小说《草原新史》。

8 月 《文艺报》第 15、16 期合刊为"中国文学艺术工作者第三次代表大会中国作家协会第三次理事会（扩大）会议专号（二）"。本期发表的《中国文学艺术工作者第三次代表大会向党中央和毛主席致敬电》中称："我们要在文艺工作中贯彻执行群众路线，积极发展群众业余文艺运动，推动群众创作，鼓励专业和业余文艺工作者的合作，努力培养新生力量，积极推动各少数民族文学艺术的发展。"同期发表了署名老舍的《关于少数民族文学工作的报告——在中国作家协会第三次理事会（扩大）会议上的报告》。报告分五个部分：（1）全面跃进，百花齐放；（2）各少数民族新文学的兴起与文学队伍的成长；（3）搜集、整理古典和民间文学作品，批判地继承文学遗产；（4）互相学习，文学交流，培养干部；（5）我们的光荣任务。同期还发表了袁勃的《云南各兄弟民族文学的发展》，对云南少数民族文学进行总结。

11 月 《人民文学》发表蒙古族作家敖德斯尔的《欢乐的除夕》。

12 月 《文艺报》第 23 期发表曹子西的《兄弟民族新生活的光辉——谈兄弟民族作家短篇小说合集〈新生活的光辉〉》。

少数民族文学传播空间的热闹场面在 1960 年仍持续着。"积极推动各少数民族文学艺术的发展"被宣告为全国的文学艺术工作者要努力完成的任务；老舍在中国作家协会第三次理事会

（扩大）会议上作《关于少数民族文学工作的报告》。老舍的报告是中国当代少数民族文学发展史上又一个标志性事件，所谓少数民族文学当然和整体的中国当代文学一样经历了大跃进狂想的过度夸张性的扭曲，少数民族文学繁荣发展的现象或许和同一时期的其他许多现象一样不过是一种假象，但是少数民族文学传播空间在全国所有的汉语文学期刊的关注下无疑得到大幅度的扩展。老舍的报告对少数民族文学长期以来在文学期刊中形成的传播格局有了这样的认识：

　　　　在解放前，用少数民族文字出版的文学书刊寥若晨星。看看今天吧：少数民族地区先后成立了"文联"或作家协会分会，并出版了文学刊物。其中有：用蒙文出版的《花的原野》，用维吾尔文出版的《塔里木》，用哈萨克文出版的《曙光》，用朝鲜文出版的《延边文学》，用藏文出版的《青海湖》等等。

　　　　同时，还有用汉文出版而经常发表少数民族文学作品的刊物，如内蒙古的《草原》，新疆的《天山》，云南的《边疆文艺》，贵州的《山花》，陕西的《延河》，四川的《四川文学》，广西的《广西文学》，青海的《青海湖》，宁夏的《宁夏文学》等十多种。

　　　　同时，全国性的文学刊物，如《人民文学》、《诗刊》、《民间文学》等都经常发表少数民族的文学作品，而《文艺报》也时常发表有关少数民族文学工作的报道与评论。①

在老舍报告所显示出来的认识中，有三种刊物参与了少数民族文

---

① 《文艺报》1960 年第 15、16 期合刊。

学的传播：第一种是少数民族文字的文学刊物，第二种是用汉文出版而经常发表少数民族文学作品的刊物，第三种是全国性的文学刊物。三种刊物中，用少数民族文字出版的刊物表明一种从无到有的发展，证明着少数民族文学工作的成绩，排在第一位显然无可厚非，但是由于语言文字的限制，它传播的往往是某一民族的文学，其实难以进入少数民族文学的传播空间，它需要经过语言的转化，才能进入在汉语语境中构筑的少数民族文学传播空间中。其他两类刊物，全国性的刊物自不必说。对于第二种文学期刊，老舍报告中的界定却不是太清楚。从报告中"十多种"的总结来看，我们大致明白，这类刊物大体指的是有少数民族聚居的省份的刊物——在当时是等级低于全国性刊物的地方性刊物。或许陕西的《延河》是个例外，但即使是《延河》，也针对的是有少数民族聚居的整个西北地区。这类刊物确实是"用汉文出版而经常发表少数民族文学作品的刊物"。不过，我这里要补充说明的是，当时发表少数民族文学作品的汉语文学刊物，其实不止报告所列举的两类，发表少数民族文学作品的全国性文学刊物和地方性刊物还有很多。比如《解放军文艺》，它在某种意义上也属于全国性刊物，就不止一次发表少数民族作者的作品，回族作家胡奇的小说《草地上》（1954年第7期），藏族作家饶阶巴桑的诗作《平叛诗抄》（1960年第6期）等就发表在上面。比如《长江文艺》，壮族作家韦其麟的《百鸟衣》（1955年第6期）、土家族抒情长诗《哭嫁》（1959年第10期）等就发表在上面。比如《萌芽》，在它着力突出的对于青年作者的关注范围中，自然包括了少数民族的青年作者，回族作家哈贵宽的《在民主广场上》（1956年第11期）、回族作家沙叶新的《"老鹰"》（1959年第12期）等就发表在上面。其他如《上海文学》、《新港》、《鸭绿江》、《火花》、《长春》、《红岩》等都不时发表少数民族文学作品。总之，发表少数民族文学作品的汉语文学期刊其实是全国性的。也就是说，对于少数民族文学的传播，从整体上说，是在全国的文学期刊里进行的；当少数民族文学在全国的文学期刊里传播开来的时候，我们有理由说，对于少数民族文学的传播，已经成为全国性的文学现象。当代少数民族文学至此已和在整个汉语语境里生成的独属于中华人民共和国的民族国家文学结合在一起，作为它的一个重要组成部分，取得了存在的合法性。

少数民族文学在汉语文学期刊中的传播在发展中逐渐成为一种全国性现象。虽然如此，却并非每种文学期刊对少数民族文学都平均用力，有一些文学期刊会对少数民族文学特别关注。它们会通过一些特别的期刊行为对少数民族文学的传播推波助澜，从而改变甚至重新构造人们关于少数民族文学的知识。这些汉语文学期刊的努力给人们留下深刻的印象，所以老舍在他的报告中特别提到。在老舍报告提到的两类汉语文学期刊中，全国性的文学刊物作的努力我们已从《人民文学》和《文艺报》中大致见到，"用汉文出版而经常发表少数民族文学作品"的"十多种"刊物的努力在这里或可择要谈谈。

首先，这批文学期刊由于地处少数民族聚居之地，所以在各自的办刊方针中无不突出其地域特色和民族特色。《延河》声称，"为了使刊物有更多的西北特色，我们今后将更积极地组织兄弟民族作家和反映兄弟民族生活的作品"①。《天山》则许诺，"反映特色鲜明的边疆建设介绍丰富多彩的民族文学"，"沸腾的维吾尔农村，飞跃的哈萨克牧场，闻名的克拉玛依油海，迅速西进的兰新铁路，塔里木大沙漠中的勘探队员，玛纳斯河畔的军垦

---

① 《致读者》，《延河》1958 年第 4 期。

农场，帕米尔高原上的边防战士，以及各族人民在社会主义大跃进中的英雄事迹都将在'天山'上得到反映。另外，具有优良传统和独特风格的维吾尔、哈萨克、乌兹别克、柯尔克孜、塔吉克、锡伯等民族文学，也将在'天山'得到系统的介绍"①。这样突出的结果，必然会把这批文学期刊推到传播少数民族文学的前台。

其次，它们都把培养少数民族作家作为自己的责任。这批文学期刊致力于发表少数民族文学作品，无疑会培养出众多的少数民族作家。培养出众多的少数民族作家，当然相应地会促进少数民族文学的发展，推进少数民族文学的传播。每个地处少数民族聚居地区的文学期刊都负有责任培养该地区的少数民族作者，也会在周围团结一批少数民族作者。如甘肃的《陇花》就宣称要"大力培养工农及少数民族作者"，不过，在培养的同时，"遵循什么路线，如何培养"受到强调，成为"问题的中心"②。

最后，最为引人注目的是，50年代末60年代初，这批文学期刊刊出各种专辑或专号，集中发表少数民族文学作品。其中《延河》早在1956年11月就出过"兄弟民族文学专号"，已如前述。接下来的三年，除个别发表少数民族作家的作品外，它每年都要出一个"兄弟民族文学专号"或"专辑"。比如1957年12月的"兄弟民族文学专号"，分"散文"、"诗歌"、"新疆民歌"、"藏族民歌"、"各族民歌"、"论文"六个栏目，发表哈萨克族赫斯力汗的《起点》、亚丽·莫合买提的《塔里木之歌》、林竟搜辑的新疆民歌《秋蔓地》、王沂暖译的《果洛藏族情歌》

---

① 《天山》广告，《人民文学》1958年第7期。
② 《大力培养工农及少数民族作者》，《陇花》1958年第3期。

（12 首）等兄弟民族文学作品。再如 1959 年 12 月的"兄弟民族文学特辑"，有"小说 特写"、"诗歌"、"评论"等栏目，发表维吾尔族塞福鼎的《光荣的牺牲》、蒙古族乌兰巴干的《女主任散丹琪琪格》、回族哈宽贵的《金子》、哈萨克族乌拉孜别克的《深夜里发生的事》、维吾尔族阿·赛比尔的《在人民公社的大地上》、赵燕翼根据藏族民间故事写成的《顿珠和卓玛》、哈萨克族库尔班阿里的《毛泽东给我们权利》、哈萨克牧民马木提汗的《一个姑娘的歌》、东乡族汪玉良的《东乡组曲》、土家族汪承栋《房廊下》，维吾尔族帕塔尔江和哈萨克族伊尔阿里的《日益繁荣的新疆社会主义文学事业》、田奇《〈天山〉哈萨克民间诗歌专号读后》、黄藿的《丰富多彩的兄弟民族文学》等作品和论文。其他文学期刊也有类似行为。如《草原》1958 年 6 月（第 15 期）刊登"民族民间文学专辑"，《山花》1958 年 9 月出"兄弟民族文学专号"，《天山》1959 年 9 月有"哈萨克民间诗歌专号"，1960 年 12 月有"维吾尔族业余创作专号"，等等。这样一种用整期或一期的许多篇幅集中推出少数民族文学作品的特别做法，最可以见出文学期刊在少数民族文学传播中的主体作用，这样一种做法必然吸引更多读者的注意，使少数民族文学在读者心中产生强烈显著的效果，少数民族文学的传播空间无疑会得到更加广远的拓展。

三 余绪

1961 年，全国文学期刊关于少数民族文学形成的热潮开始降温。本年《文艺报》关于少数民族文学的报道几乎没有。《人民文学》还在发表少数民族文学作品，如第 1、2 期合刊发表饶阶巴桑诗作《采茶献给毛主席》，第 4 期发表蒙古族玛拉沁夫小说《六月的第一个早晨》、僮族莎红的诗作《瑶寨诗抄》（诗二首)、第 6 期发表彝族李乔《觉悟》(长篇小说《早来的春天》的一章)、仡佬族包玉堂的《走坡新歌》(诗五首)、白族晓雪的《花朵》(诗),第 7、8 期合刊发表傣族康朗英的《唱太阳》(诗)、蒙族巴·布林贝赫的《敖塔奇——致毛主席派来的医生》,第 10 期发表蒙族玛拉沁夫小说《暴风在草原上呼啸》、白族杨苏小说《猴子岩》、土家族汪承栋的《海螺》(诗),第 11 期发表蒙古族朋斯克的《打狼》(小说)和蒙古族扎拉嘎胡的《山巅上的红松》(散文)。不过,姿态是比较低的,似乎是对惯例的一种不积极的遵循。

此后一直到 1966 年"文化大革命"爆发所有文学期刊停刊,再到 70 年代一些文学期刊复刊和创刊,各个汉语文学期刊,特别是少数民族地区的汉语文学期刊虽然仍不断地发表少数民族文学作品,不过其热度已减(1961 年以《文学评论》为主要园地曾热烈讨论过关于编写各少数民族文学史的问题,然而不管讨论还是编写少数民族文学史本身都没有得到很好的继续),基本上再没有有意的期刊行为对一种叫做少数民族文学的文学种类加以突出。少数民族作家和汉族作家一样在各类文学期刊发表作品,但是很少有人试图把他们的创作整合起来,以少数民族文学或兄弟民族文学的概念加以评价分析,看来关于中国少数民族文学形成的传播空间已在逐渐萎缩。然而不管怎么说,关于少数民族文学的传播空间既已生成并在全国范围内得到扩展,少数民族文学就会在人们关于文学的历史里留下痕迹,人们关于少数民族文学就会形成一定的知识谱系,所以尽管少数民族文学的传播空间已经萎缩,却不会消失,一俟时机成熟,它就会又扩展开来。

总的来说,20 世纪 50—70 年代,汉语文学期刊对于少数民族文学的作用在于促动少数民族文学的传播空间从无到有地生成,尽管这个生成的过程也伴随着由萌生到高潮再到萎缩的演变。这些演变改变不了它的生成性质。之所以如此，一个主要原因是这个传播空间有一个重要特点即它的高度统一性，被要求保持在统一的意识形态指导下的思想性和战斗性，被要求用统一的声音说话。正是在这种统一性的支配和号召下，各个少数民族的文学都被整合起来，凝聚起来，形成了一个叫做少数民族文学的传播空间。

第二节　汉语文学期刊与中国当代少数民族文学传播空间的演变

一　中国当代少数民族文学传播空间在新时期的复苏与拓展

"文化大革命"结束后的中国一般认为开始了一个新时期，这是国家政治、经济和文化发展的新时期，也是中国少数民族文学发展的新时期。党的十一届三中全会召开后短短的三四年里，一篇多处出现，颇有影响的文章就有了这样的总结："党的十一届三中全会以来，随着党的民族政策和文艺方针的贯彻落实，我国少数民族文学事业经历了一个从复苏到日趋繁荣的过程。少数民族文学创作之花，以她独特的风姿和魅力，开放在我国社会主义文学的百花园中，少数民族文学创作兴旺繁荣的新局面已经出现。"这样的新局面包括"少数民族作家队伍的发展壮大"，"各种文学作品的数量增多"，"质量也有了显著的、普遍的提高"①等。少数民族文学在新时期取得的长足进步，应该是不会引起疑义的共识。

---

① 《民族文学》特约评论员：《文苑探步——党的十一届三中全会以来少数民族文学巡礼》，《民族文学》1982 年第 9 期，收入《中国新文艺大系 1976—1982 史料集》。

　　少数民族文学新局面的出现是多方面力量作用的结果，其中，"党的民族政策和文艺方针的贯彻落实"显然被认为是第一位的。我赞同这一点，同时也想指出，这样的新局面某种程度上是通过汉语文学期刊的媒介作用呈现出来的，它既然在汉语文学期刊中呈现出来，汉语文学期刊在其中发挥的主体能动作用也是不可小视的。这种主体能动作用仍然体现在，汉语文学期刊构造起中国当代少数民族文学的传播空间，使少数民族文学在汉语语境的话语体系和知识谱系中呈现出来。当然，这种作用在不同的历史时期有不同的表现，我认为，汉语文学期刊对中国当代少数民族文学传播空间的作用的具体表现可以表述为，使已经萎缩了的少数民族文学传播空间复苏，并向新的方向拓展。

　　按照我们的理解，中国当代少数民族文学的传播空间在"十七年"的时候已经在全国范围内生成，不过后来有所萎缩。这种萎缩状态在汉语文学期刊中的一个表现就是，虽然也发表少数民族作家的作品，却不加以有意识的突出。这种状况，从各个文学期刊开始复刊或创刊到"文化大革命"结束之后的两三年内仍一直持续着。比如《人民文学》，复刊之后虽然发表过回族作者马达诗作《火红的年代又一春》（1976年1月），满族作者满锐的诗作《石油浪滚战旗红》（1976年1月；发表时未注族别），藏族作者格桑多杰的小说《达娃吉》（1976年3月复刊号第2期），蒙古族作者玛拉沁夫关于电影《创业》的评论《无产者的豪情，象奔腾的江河一样》（1976年11月第8期），藏族作者饶阶巴桑的诗作《欢腾的雅鲁藏布江》（1977年4月），壮族作者蓝宝的诗作《地上银河》，毛中祥整理的两首彝族民歌《感谢华主席对彝家的关怀》和《金色道路多宽广》（1977年10月），等等，发表这些作品的行为本身虽然也不无意味，比如，

作为代表国家的文学刊物，会用这种带有面面俱到色彩的行为来
体现国家的多民族性，可是，力度并不够，显得只是一种可有可
无的点缀，少数民族文学并没有作为一种文学种类被提取出来加
以特别的关注。

　　1978 年在中国大地上涌动着的解放思想的潮流给僵化的中
国思想界带来极大的松动。就文学艺术领域而言，5 月 27 日至 6
月 5 日召开的中国文联全委会扩大会议以拨乱反正的名义在给文
艺界解冻的同时，也给少数民族文学的发展提供了契机。少数民
族文学的传播空间在解冻的过程中开始复苏。这里一个重要的表
现是，少数民族文学开始更多地进入汉语文学期刊构造的传播空
间。以《人民文学》为例，本年发表的少数民族文学作品明显
增多。如果说前半年发表白族作者张长的散文《泼水节的怀念》
（3 月）、纳西族作者戈阿干的诗作《心中的歌》和白族民歌
《华主席给了我们金嗓音》（4 月）还显得有些束手束脚的话，
到 10 月发表回族作者张承志的短篇小说《骑手为什么歌唱母
亲》、朝鲜族作者车仲男的小说《花妮和伊妮》、藏族作者绛边
加错的小说《吉祥的彩虹》、鄂温克族作者乌若尔图的小说《森
林里的歌声》、傣族作者康朗甩的诗作《欢迎您，远方的客人!》
和壮族作者莎红的诗作《播春图》表现出来的开放则几乎使人
大吃一惊。这样说不仅仅是指它以这种集束式的方式发表少数民
族作者的作品，这本身是一种勇敢的行为，还指这些作品反映的
思想内容在当时的敏感性，比如，它们没有直接迎合政治，唱政
治赞歌，而是歌颂人和人之间朴素的感情，这就更显得勇敢。以
《人民文学》的权威地位，以这样一种方式来发表少数民族文学
作品，对已经萎缩了的少数民族文学传播空间，无疑会起到一个
唤醒的作用。

　　接下来，《人民文学》在 12 月发表达斡尔族作者李陀的短

篇小说《愿你听到这支歌》①，从次年3月到5月连载老舍的反映满族人民生活的长篇《正红旗下》，在第3期上发表维吾尔族作者克里木·霍加的诗作《春的赞歌》，在第6期上发表壮族作者莎红的诗作《写给孩子们的诗》（五首），在第8期上发表蒙古族作者玛拉沁夫的散文《神女峰遐想》，在第9期上发表蒙古族作者敖德斯尔著、斯琴高娃译的《含泪的笑声》，在第10期上发表布依族作者罗国凡的短篇小说《节日回到布依寨》，在第11期上发表藏族作者饶阶巴桑的诗作《棘叶集》，在1980年6月发表藏族女作家益希卓玛的《美与丑》和侗族作者谭覃的小说《娘伴》等都是可圈可点的行为。这样一些行为，不仅显示出对于少数民族文学的关注，而且在这种关注中，无形中会以其权威地位给全国其他汉语文学期刊某种示范，引导着全国的文学期刊一起来关注少数民族文学。事实上，《人民文学》之外，同期发表少数民族文学作品的汉语文学期刊是相当多的。除那些少数民族聚居较多的省份的汉语文学期刊——对这些文学期刊而言，发表少数民族文学作品是一种自然的趋势——外，其他文学期刊也在发表少数民族文学作品，例如，《鸭绿江》发表过满族作家关庚寅的《"不称心"的姐夫》（1978年第7期，该小说获1978年全国优秀短篇小说奖），《诗刊》发表过满族作家满锐的诗作《迎接历史的艳阳天》（1979年第2期）、满族作家胡昭的《心歌——悼一位战友》（1979年第3期）、土家族作家黄永玉的《好呀！飞行的荷兰人（外二首）——赠伊文思》（1980年第6期），《星星》诗刊发表过蒙古族作家查

---

① 该小说获1978年全国优秀短篇小说奖，发表时未注明族别，获奖报道时却注明了族别，也作为"少数民族文学"收入《中国新文艺大系1976—1982少数民族文学集》。

干的诗作《落叶》（1980 年第 3 期），《十月》发表过彝族作家李乔的短篇小说《一个担架兵的经历》（1979 年第 3 期）、回族作家张承志的中篇小说《阿勒克足球》（1980 年第 5 期），《北方文学》发表过满族作家关沫南的短篇小说《紫花与红叶》（1979 年第 10 期，收入《中国新文艺大系 1976—1982 少数民族文学集》），《解放军文艺》发表过白族作家张长的《空谷兰》（1979 年 12 月，获 1979 年全国优秀短篇小说奖），《芙蓉》发表过土家族作家孙健忠的中篇小说《甜甜的刺莓》（1980 年第 2 期，该小说获中国作家协会全国中篇小说奖（1977—1980）），等等。这些作品，基本上都是那时很有影响，在全国性评奖活动中的获奖作品。

与此同时，另外一些关于少数民族文学的社会性活动也出现并蓬勃开展起来，还成立了全国性专门从事少数民族文学研究的机构。1978 年 10 月，23 个省、市、自治区 37 所大专院校中国少数民族文学作品教材编写及学术讨论会在兰州举行。1979 年 9 月，中国社会科学院少数民族文学研究所——全国性专门从事少数民族文学研究的机构在京成立，第一、二任所长先后由贾芝、王平凡担任。少数民族文学研究所的基本方针和任务是，在马克思列宁主义、毛泽东思想指导下，贯彻"百花齐放，百家争鸣"的方针，系统地研究中国少数民族文学的历史和现状，以促进中国少数民族文学的繁荣和发展。

1979 年 10 月 30 日到 11 月 16 日，中国当代文学史上一次重要会议——中国文学艺术工作者第四次代表大会在北京举行。邓小平致祝词，茅盾致开幕词，周扬作题为《继往开来，繁荣社会主义新时期的文艺》的报告。周扬的报告提到今后的六项主要任务，其中第四项说："今后，我们要进一步积极发展各兄弟民族的文化艺术，加强各兄弟民族之间的文化交流。""要重视和培养兄弟民族的文学艺术人才。"① 周扬的报告显示出少数民族文学受到再度的重视，这是最高级别的礼待，这样的礼待是作为国家行为推出的，少数民族文学在隆重的迎接仪式中，正式进入了"社会主义新时期的文艺"的行列，成为它的一个组成部分。接下来，为发展少数民族文学而举行各种会议、开展各种活动、采取各种措施等就是顺理成章的事。其中当然也包括文学期刊的各种行为。

　　1980 年 7 月 2 日至 10 日，中国当代少数民族文学发展史上一次极为重要的全国性会议，全国少数民族文学创作会议在北京举行。48 个民族的一百多名老中青年作家，以及部分汉族作家、评论家出席了会议。会议就如何进一步坚持为人民服务、为社会主义服务的方向，如何进一步落实党的民族政策，调动各民族作家的创作积极性，增强我国民族文学队伍的团结等问题展开了讨论。铁衣甫江在会上致开幕词。中国作协副主席冯牧在开幕式上作题为《大力发展和繁荣我国少数民族的社会主义文学》的报告，报告分"巨大的成就"、"基本的经验"和"迫切的任务"三个部分，《文艺报》8、9 连续两期载完。

　　1978 年之后的两三年，各个出版社也在为少数民族文学鸣锣开道。以 1980 年为例，四川民族出版社在上一年出版了中央民族学院语言文学系民族文学编选组编选的《少数民族短篇小说选》（1949—1979）后，又于本年 2 月出版《少数民族诗人作品选》（1949—1979）。宁夏人民出版社出版《中国回族文学作品选》（包括散文小说、电影戏剧、现代诗歌和古代诗歌选注四种，共四册）。在这些少数民族文学作品选陆续出版的同时，由专门成立的实力更为雄厚的编辑委员会编的《中国少数民族文

---

① 《文艺报》1979 年第 12 期。

学作品选》（共五分册）已纳入上海文艺出版社的规划之中，第二年就要出版。看来出少数民族文学作品选的行为并不是孤立的。这些选本通常是为高校教学准备的，它们的背后，还有来自高校学科建制的力量。为数众多的当代作家作品也在不断的出版中。人民文学出版社出版老舍的《正红旗下》、玛拉沁夫的《茫茫的草原》（上）二版、藏族作家降边嘉措的《格桑梅朵》（这是当代藏族第一部长篇小说，作家出版社出版的另一位藏族作家益西单增的长篇小说《幸存的人》第二年就要出版），中国青年出版社出版壮族作家陆地的长篇小说《瀑布（第一部 长夜）》（上、下册），上海文艺出版社出版张长的《紫色的山谷》，山西人民出版社出版寒风的长篇小说《淮海大战》，百花文艺出版社出版玛拉沁夫的中篇小说《第一道曙光》、阿凤的散文集《海河散记》，云南人民出版社出版杨明渊的散文集《钟情鸟》、那家伦的散文集《放歌春潮间》，广西人民出版社出版周民震的散文集《花中之花》，甘肃人民出版社出版藏族诗人伊丹才让的诗集《雪山集》，青海人民出版社出版吴重阳、陶立璠编写的《中国少数民族现代作家传略》，等等。

　　各种活动或会议，相关机构，出版社和高校学科建制等实际上形成了多股合力，不断地把少数民族文学推到前台。这对中国当代少数民族文学的发展，对中国当代少数民族文学传播空间的进一步拓展，无疑会起到推波助澜的作用。这里面自然也包含汉语文学期刊的作用。同时，在这样的推动中，对于当代少数民族文学的传播媒介的进一步的要求被提出来了。冯牧的报告痛感"建国已经三十年了，我们还没有一个全国性的少数民族文学期刊"，因此"迫切的任务"之一就是，"要为少数民族文学创作的发展，尽可能地多提供一些园地"，他预告，"中国作家协会已经着手筹办一个全国性的少数民族文学刊物，争取明年一月正式创刊"①。1981 年 2 月，冯牧预告的这份刊物果然问世，这就是《民族文学》。

《民族文学》是中国国家民族事务委员会和中国作家协会主办的全国性少数民族文学刊物。先是双月刊，1982 年后改月刊。刊物主要发表少数民族作者创作的小说、诗歌、散文等作品，也介绍、发表各少数民族优秀民间文学作品，刊登有关少数民族文学的评论文章。《民族文学》的创刊，是中国当代少数民族文学发展史上的标志性事件，标志着中国少数民族作者从此有了专属于自己的发表园地，中国少数民族文学有了独立的传播空间。有了这么一个媒介，可以使各个少数民族的作者更为方便快捷地发表自己的作品，便于更多地发现和培养少数民族文学新人，发展和壮大少数民族作家队伍。有了这么一个媒介，各个少数民族的文学乃至文化可以得到更多展现自己的机会，也才可以更好地追寻属于本民族的特色。有了这么一个媒介，就相当于形成一个较为独立的跨文化传播的语境，各个少数民族的文学和文化有了一个更为平等地交流融会的平台。总之，在这么一个少数民族文学独立的传播空间中，在这么一个各民族文化共同交流的平台上，全国各少数民族文学全面发展和繁荣的局面在人们的期待中有了更多的实现可能。

中国当代少数民族文学在新时期形成的传播空间中，《民族文学》当然占着举足轻重的地位。但是其他文学期刊的作用也不可小视。全国性的少数民族文学刊物除《民族文学》外，还有《民族文学研究》（1983 年 10 月，中国社会科学院少数民族文学研究所），各省、自治区作协分会或民委也创办了不少专门的少数民族文学刊物，如新疆的《边塞》（1979 年第 1 期）、云

---

① 以上引文见冯牧报告第三部分，《文艺报》1980 年第 9 期。

南的《山茶》（1980 年第 4 期）、内蒙古的《奔马》（1980 年第 8 期）等。玛拉沁夫在 80 年代前期的一篇访谈录中回答记者关于少数民族文学刊物的提问时用了四个"多"——"多种多样、多姿多彩"来形容。按他掌握的资料，"据不完全统计，全国性的和相当于省、地两级有关单位主办的少数民族文学期刊，现在已有 80 余种。其中，有近 50 种用少数民族文字出版"①。各省、自治区作协分会或民委主办的少数民族文学刊物中，他列举了《新疆民族文学》（专门翻译少数民族作家作品）、《塔里木》（维文）、《世界文学》（维文）、《桥》（哈文，专门翻译内地作家作品）、《伊犁河》（哈文）、《天池》（朝鲜文）、《阿里郎》（朝鲜文）、《道拉吉》（朝鲜文）、《长白山》（朝鲜文）、《花的原野》（蒙文）、《金钥匙》（蒙文，文学理论刊物）、《奔马》、《草原》、《启明星》（蒙文）、《南风》、《三月三》（广西民委主办）、《白唇鹿》（汉文和藏文并用）、《新月》、《西藏文学》、《凉山文艺》（彝文）等 20 种。这些刊物大多数是用少数民族文字出版的。在玛拉沁夫的头脑中，显然已形成这么一种认识：在 80 年代前期的中国，已经有了一个专门发表少数民族文学作品的文学期刊群落；这个期刊群落按照"全国性的和相当于省、地两级有关单位主办的"含有某种等级意味的顺序组成了一个由上到下的梯级结构。我认为，这正是当代中国文学期刊分布的事实，也是发表少数民族文学作品的文学期刊分布的事实。这样一种事实表明中国当代少数民族文学传播空间发生的演变。

在玛拉沁夫的认识中，少数民族文字出版的期刊在这个群落里占了比较多的份额。在这个群落里，他应该不是没有看到，但

————————

① 《"我们的誓言：前进！"——玛拉沁夫谈我国少数民族文学》，《文艺报》1984 年第 11 期。

是没有强调说的是少数民族聚居较多省份的，也致力于发表少数民族文学作品的汉语文学期刊。这类文学期刊，使我们想起老舍在他关于少数民族文学的第二份报告里提到的"用汉文出版而经常发表少数民族文学作品"的"十多种"刊物。它们由于地处民族地区，在多年的文学实践中，已经形成一种关注少数民族文学的传统。在新时期掀起的关于少数民族文学的热潮中，自然也有这些汉语文学期刊的份儿。在考察这批文学期刊对于中国当代少数民族文学传播空间的作用的过程中，我发现了一件意味深长的事。

从1981年5月到12月，甘肃、广西、云南、西藏、内蒙古、青海、宁夏、新疆、贵州等九省区的汉语文学期刊《飞天》、《广西文学》、《边疆文学》、《西藏文艺》、《草原》、《青海湖》、《朔方》、《新疆文学》、《山花》，由于"地处边疆，系民族自治区或多民族省份"而发布联合广告，以征求订户，扩大发行。它们的广告词无一例外地提出要"创民族之新　放地方异彩"，"注意发表带有地方特色、民族特色的文艺作品和评论"①。这九家汉语文学期刊中，《西藏文艺》因为是双月刊，只在第4期刊登了该广告。其余八家期刊，都至少把这份广告刊登了两次，大多数是三次。这种看似突兀的行为，其实背后早有策划。1980年3月8日至21日，在全国文学期刊编辑工作会议在北京举行之前，民族地区九省、区文艺刊物编辑工作会议就已在昆明举行，讨论如何办好民族地区文艺刊物等问题。这次会议，为九家汉语文学期刊不约而同的行为埋下了伏笔。

这种多家文学期刊联合起来，不约而同地再三发布同一广告，宣扬同样的理念——"创民族之新　放地方异彩"的行为，

① 九家刊物多期刊登，可参见《山花》1981年第5期。

在中国当代文学史上，应该是绝无仅有的。这是一场积极主动的传播行为。这样的行为，最便于产生强大的传播效果。中国当代少数民族文学在这样的"重拳"出击下，必然会显得更为突出，在人们心中构成强烈的印象，使少数民族文学的传播更为深入广远。

九家文学期刊都是用汉语出版，在汉语语境中呈现少数民族文学的存在状态。一方面，这些汉语文学期刊发表少数民族文学作品，意味着丰富了自己的传播内容，增添了刊物的特色；在迎接新的传播内容到来的同时，一种叫做"少数民族文学"或"兄弟民族文学"的概念欣然到场，给汉语语境带来新的知识。另一方面，这些汉语文学期刊发表少数民族文学作品，要用自己的办刊宗旨、方针和策略改变对象，从而一定程度地改变少数民族文学的存在状态，改写甚至更新人们关于少数民族文学的知识。

九家文学期刊也通过主动的期刊行为把自己和少数民族文学捆绑在一起，以此凸显期刊的特色。它们会注重发表少数民族文学作品，会采取一些主动的措施如设专栏、专辑甚至专号发表少数民族文学作品，给少数民族作者开辟更多的发表园地。它们会举办有关的评奖活动，来促进少数民族文学创作。它们会召开一些座谈会或研讨会，把有关少数民族文学创作中的问题引向深入，等等。在采取这些行为的过程中，这些文学期刊成了孕育、传播、塑造少数民族文学的重要媒介，成了传播少数民族文学的期刊品牌。

80 年代初《民族文学》和其他一些专门发表少数民族文学作品的文学期刊的创建，以及另外一些历史悠久、"地处边疆，系民族自治区或多民族省份"的汉语文学期刊凸显民族特色的努力，形成了少数民族文学的新的传播格局，表明中国当代少数民族文学的传播空间已完全由萎缩状态复苏，走向再度繁荣。80年代的少数民族文学传播空间和50—60年代的相比有异有同。相同的地方：第一，所有的文学期刊都统一于社会主义中国的旗帜下，统一于中华民族一体多元的民族共同体中，社会主义的时代精神和对多民族国家的热爱之情不仅把所有的汉语文学期刊，也把所有的非汉语文学期刊凝聚在一起。第二，所谓少数民族文学，是在汉语语境中生成的话语体系和知识谱系，汉语文学期刊构筑的汉语语境对各个具体的少数民族的文学都有某种程度的改写，使各个少数民族的文学在进入汉语语境时，一般都有这样那样的变形；同时汉语语境也构筑了一个跨文化传播的平台，各民族的文学在这里碰撞、交流和融合，某种程度上说，少数民族文学正是这种碰撞、交流和融合的结果。第三，传播少数民族文学的文学期刊在分布上构成梯级结构，在这一结构中，文学期刊——不管是汉语文学期刊还是非汉语文学期刊的分布按照全国性的以及省、地两级的排列顺序形成某种由上到下的等级秩序。第四，当代文学发展历程中一直注重发表少数民族文学作品的民族自治地区或多民族省份的汉语文学期刊如《草原》、《山花》等在两个时代都在作相应的努力，形成了关注少数民族文学的历史传统。不同之处：第一，80年代文学期刊构成的当代少数民族文学的传播空间中，专门发表少数民族文学作品的非汉语文学期刊增加了，如《金达莱》、《三月三》、《凉山文艺》等；不仅如此，还崛起了一批专门发表少数民族文学作品的汉语文学期刊，如《民族文学》、《山茶》、《边塞》、《奔马》等。第二，在这个传播空间中，《人民文学》等全国性刊物权威的、核心的地位被《民族文学》取代，表明少数民族文学传播空间的中心转移到了《民族文学》上。我注意到，《民族文学》创刊后，《人民文学》对少数民族文学的关注程度大大减低，《人民文学》此后尽管也刊登少数民族作家的作品，但几乎再没刻意用主动的期刊行为发表少数民族文学作品。第三，80年代专门发表少数民族文学作品的文学期刊的崛起或增加，表明一个事实，80年代少数民族文学传播空间的专门性比起50—60年代来说是增强了。少数民族文学传播空间专门性的增强，一定程度上为中国当代少数民族文学追寻它特属的少数民族文学性提供了更多的现实可能性。如果说50—60年代的文学期刊彰显民族特色是为了走向统一，那么，80年代文学期刊彰显民族特色，则在统一的前提下显示出民族特色的独特性和差异性。80年代崛起或增加的专门发表少数民族文学作品的文学期刊为彰显民族特色的独特性和差异性提供了物质载体。

二　90年代以来的演变

　　80年代在汉语文学期刊中形成的少数民族文学传播空间在90年代进一步演变。我们知道，从80年代中后期起，中国的文学期刊经历了巨大的变动，特别是90年代国家实行市场经济体制改革以来，文学期刊在市场经济的风雨沧桑中更经历了大的裂变。这里自然也包括那些营构少数民族文学传播空间的文学期刊。在时代巨变面前，在文学期刊中形成的中国当代少数民族文学的传播空间也在发生裂变和转型。就少数民族文学传播空间而言，最大的转变可能是，那些从前致力于发表少数民族文学作品的文学期刊在市场危机构成的生存压力面前，不再彰显刊物的民族特色——这会冒失去读者大众的危险，转而将目光投向能吸引读者大众或特定的读者群体的话题。在这些文学期刊中，云南的《边疆文学》和新疆的《新疆文学》属于最先迈出步伐的一批。两家期刊早在1985年初就分别改名为《大西南文学》和《中国西部文学》，这里显然带有消弭"地处边疆，系民族自治区或多民族省份"的特色,希望走向更为广阔的地带的意图。但是这种改革的成效可能不大,《大西南文学》不久又恢复了原有的《边疆文学》刊名。这两份刊物的改名其实已经显示出一种不再有意彰显民族特色的信号。1981 年的下半年,包括这两份刊物在内的九家汉语文学期刊曾经热烈地响应的"创民族之新 放地方异彩"的办刊理念,到 80 年代中后期,都已不同程度地削弱。到 90 年代,"民族特色"似乎已经不是这些刊物要突出的办刊理念。不过这并不意味着它们不发表少数民族作家的作品。应该说,全国所有的汉语文学期刊都会发表少数民族文学作品,但是基本上不再刻意经营。曾经着意彰显"民族特色"的九家刊物这时表现出某种差异性。其中,《山花》、《飞天》、《边疆文学》、《青海湖》等四家"多民族省份"的文学期刊,也发表少数民族文学作品,发表的数量或许也比较多,不过它们和全国大多数汉语文学期刊一样,不再刻意经营一种叫做"少数民族文学"知识建构。而《草原》、《西藏文学》、《广西文学》、《朔方》、《中国西部文学》(《新疆文学》)等五家"民族自治区"的文学期刊,会有意突出所在自治区的少数民族的文学,如《草原》之突出蒙古族文学,《西藏文学》之突出藏族文学。但它们已经不再把经营整体性的"少数民族文学"作为自己的目标。

在一些以前着意经营少数民族文学的名刊纷纷转向之际,一些规模较小的刊物如《满族文学》、《回族文学》等崛起了。用少数民族文字出版的文学期刊在原来的基础上也在增多。除《花的原野》、《塔里木》、《西藏文艺》、《凉山文艺》等之外,不断增添的少数民族文字文艺刊物,如《锡林郭勒》(蒙文)、《西拉沐沦》(蒙文)、《呼伦贝尔文学》(蒙文)、《新疆柯尔克孜文学》(柯文)、《新玉文艺》(维文)、《吐鲁番文艺》(维文）、《阿克苏文艺》（维文）、《喀什葛尔文学》（维文）、《哈密文学》（维文）、《阿勒泰春光》（哈文）、《地平线》（哈文）、《邦锦梅朵》（藏文）、《达赛尔》（藏文）、《松花江》（朝文）等，使这支队伍愈益庞大。这两类文学期刊刻意构造的是它们各自代表的少数民族的文学，它们一方面感应着现实的变化，提倡本民族作家反映时代精神对本民族生活的影响，另一方面，也提倡更进一步地深入本民族古老的文化传统的深处，用母语打造真正属于本民族的文学。

　　但与此同时，《民族文学》却在一直坚持着对于"少数民族文学"的经营。它基本上按照最初的办刊宗旨运作，同时也在不断地调整，以适应各个少数民族文学发展形势的变化。

　　就总体而言，90年代以来，汉语文学期刊中构建的少数民族文学传播空间在80年代演变的基础上进一步发生裂变，原先统一的"少数民族文学"的整体向各个少数民族文学分化。统一的整体性的"少数民族文学"依然还在，但它是各个少数民族文学的组合。原先统一的太阳，已分成无数星体的碎片。现在所谓的"少数民族文学"，相当多的时候是指作为个体的少数民族的文学。

第四章

汉语文学期刊与中国当代少数民族
文学中的族群体验及作家身份认同

　　我们已经知道，在大多数情况下，中国当代少数民族文学是指以中国当代少数民族作家为创作主体的、反映当代少数民族生活的文学。这里面，少数民族族群体验的表达和少数民族作家身份认同是更趋向当代少数民族文学创作、涉及当代少数民族文学本体的重要问题。在考察了汉语文学期刊中当代少数民族文学传播空间的生成和演变之后，本章进一步论述汉语文学期刊与中国当代少数民族文学中少数民族族群体验表达以及作家身份认同之间的联系。如果说以上几章是一种偏向于总体的、外部的社会文化考察，那么，这一章可以说是力图从当代少数民族文学内部结合文本进行的细致辨析。作者想证明在汉语文学期刊构造的传播空间里，它对当代少数民族文学的影响是一种及于本质、造成少数民族文学发生根本转变的影响，通过这样一种辨析，试图把汉语文学期刊对中国当代少数民族文学的作用进一步引向深入。

第一节 汉语文学期刊与中国当代少数民族
文学中族群体验的表达

一 族群体验：当代少数民族文学的核心命题

我认为，中国当代少数民族文学的核心问题是表达中国各少数民族的族群体验；某种程度上，正是因为表达了族群体验，中国当代少数民族文学才得以成立。为什么这么说呢？

按照已经形成的共识，中国当代少数民族文学是作为中国当代文学的一部分而存在的。但是，它因为什么而从当代文学中划分出来，成为中国当代少数民族文学呢？换句话说，是什么使中国当代少数民族文学获得它的本质呢？显然地，它既然称为少数民族文学，表现某种独属于少数民族的特性就会被认为是它的本质所在。这就是说，它因为表现少数民族的民族特质而获得了它的本质。这样一种本质，在汉语文学期刊中呈现出来，也是汉语文学期刊所要求于中国当代少数民族文学的。《民族文学》在其以特约评论员的身份隆重推出的论文中指出："少数民族文学是以含纳和表现着不同的民族特质为区别于汉族文学的显著标志的；而各少数民族文学之间这一民族文学区别于他一民族文学的根本标志，亦在于其含纳和表现的这种民族特质。没有民族特质，便没有少数民族文学。民族特质，既是少数民族文学赖以存在的条件，又是少数民族文学赖以辨识的胎记。民族特质，赋予少数民族文学以质的规定性。唯因如此，少数民族作家，才把在作品中含纳和表现民族特质，认作是自己的天职。"① 作为中国

---

① 《民族文学》、《民族文学研究》评论员：《民族特质·时代观念·艺术追求——对少数民族文学创作理论的几点理解》，《民族文学》1986 年第 8 期。

最具权威性的传播当代少数民族文学的媒介，《民族文学》的这种指认无疑给中国当代少数民族文学规定了具体的方向，那就是"含纳和表现民族特质"。中国当代少数民族文学产生以来大致经历了十七年、新时期、90 年代以来等不同阶段的发展，每经历一个新的阶段，其存在形态、表意策略、审美品格等都产生极大的变化，但是其"含纳和表现民族特质"却是一如既往的。

把中国当代少数民族文学的本质定性为含纳和表现不同的民族特质，同时却不应该忘记，文学特别是现代意义上由作家个体创作的文学的本性在于表达人的体验和想象。中国现代文学中的一个关键问题，中国现代性的发生，便被认为和人的体验紧密相关，如王一川所说："中国现代性的发生，是与人们（无论是精英人物还是普通民众）的现实生存体验密切相关的。这是比任何思想活动远为根本而重要的层次。现代性，归根到底是人的生存体验问题。"[1] 中国当代少数民族文学是在中国现代性语境中产生和发展的话语体系，它的根底也可以追究到人的现实生存体验上去，从而把表现人的现实生存体验也作为本质的追求。于是，在中国当代少数民族文学中，表现人的现实生存体验和表现少数民族的民族特质相遇了。在这样的相遇中，中国当代少数民族文学对于民族特质的"含纳和表现"进入作家的笔下，进入文学的世界，必然与活生生的生命感受和内在情感结合起来，把对民族特质的"含纳和表现"变成一种体验；同时，这种体验由于少数民族文学民族特质的追求，有着民族特质的"含纳和表现"，就把当代少数民族文学表现的体验变成了一种族群体验。这样，表达族群体验成为中国当代少数民族文学的核心问

---

[1]　王一川：《中国现代性体验的发生》，北京师范大学出版社 2001 年版，第 2页。

题；由于表达各少数民族的族群体验，中国当代少数民族文学乃得以成立。

中国当代少数民族文学表达怎样的族群体验？它在表达这些族群体验的时候采取了怎样的表意和修辞策略？汉语文学期刊在其中起了怎样的作用？在我看来，中国当代少数民族文学中的族群体验，应当是和我国当代各少数民族的生活紧密相关，展现活生生的人在中国当代生存境遇中的人生经历和感受，表达个体生命基于人生体验的认知和选择。这里有几个方面须引起我们注意：其一，中国当代少数民族文学中的族群体验既与少数民族在中国当代的生存境遇相关，是他们对于所处时代的感受，有强烈的时代感；同时，这种感受又深入到他们在漫长历史中积淀的文化心理结构之中，使族群体验的表达成为某种意义上的文化记忆。其二，中国当代是一个从 1949 年新中国成立以来绵延至今的时间段，虽然不过短短的几十年，可是不断发生的变化已可以把它分成不同的发展阶段，中国当代少数民族文学作为新中国的产儿，在不同的发展阶段，其族群体验的表达有不同的体现。其三，每个少数民族都有独属于本民族的文化认同，因此每个少数民族表现的族群体验都会有自己的独特之处；但同时，中国的每个少数民族都是凝聚在中华民族的整体之中的部分，各个民族之间"你来我去、我来你去，我中有你、你中有我"①，谁也离不开谁，形成一个统一的整体，这就决定了各个少数民族的体验，从总体来看，会有共通的地方。这里有一个共性和个性之别，各个少数民族有各自的体验，这是个性；同时，各个少数民族的体验有相似的、共通的一面，形成了共性。其四，凡文学多表达体验，中国当代少数民族文学如我们所知已从民族民间文学过渡到

---

① 见第一章所引费孝通语。

作家文学，这是讲求个人独创性的文学，它所表达的体验按说多属当代少数民族作家个人的生命体验，似乎与他所属的共同体无关，但是，每个人"从他出生时起，他生于其中的风俗就在塑造他的经验与行为"①。如果把"风俗"看成民族特质的表现，那么我们会看到，少数民族中的个人的"经验与行为"是受他所属民族的特性的塑造的；个人的生命体验固然可以成立，不过往往离不开他所属的民族。这种个人的生命体验如果要寻求更具概括力的表达，一般而言会和他所属民族的深层的文化心理结合起来，统一起来，而形成更具蕴涵的族群体验。其五，汉语媒介特别是汉语文学期刊在当代少数民族文学表达族群体验方面发挥了重要作用。汉语文学期刊发表少数民族作家直接用汉语创作的文学作品，或者发表从其他少数民族文字翻译过来的文学作品，这就提供了一种中国各少数民族共同的通用语言，在共同的语言媒介中，各种族群体验汇合、凝聚在一起，形成一片异彩纷呈的传播场域；从中可以看到对于中国少数民族当代生活的想象和体验。汉语文学期刊对于中国当代少数民族文学中的族群体验在提供传播媒介的同时，也充分发挥主体作用参与到族群体验的塑造中。

二　族群体验与新型的集体认同

　　事实上，表达族群体验是中国当代少数民族作家的重要追求。壮族著名作家周民震应《民族文学》之约写过一篇特约稿《我的民族魂——纪念〈民族文学〉一百期》。特约稿出现在《民族文学》（1989 年第 10 期）上，而且是在其纪念一百期的

---

　　①　［美］本尼迪克：《文化模式》，何锡章、黄欢译，华夏出版社 1987 年版，第 2 页。

时机，这本身已证明了它的作用。文章叙述他曾经对于寄出去发表的作品，"总要特别声明一句，请勿标出我的族别。这是我当时真切的心态"。可是到新时期，"时代变了，感情也变了"，他用富有感染力的文字记下了他带领一个电影观摩团到香港参加国际电影节面对记者提问时对壮民族民族魂的体验：

> （一位记者问，）"什么是壮族？壮族有什么特别吗？"这却把我给问住了。我无法用三言两语概括出这个复杂而微妙的问题。少顷，我急中生智，微微笑道："诸位记者想必都看过电影《刘三姐》吧？她是壮族的歌仙。在她身上体现了壮族人的一切特别之处。"
>
> "哦——"记者们顿开茅塞似的发出一片赞誉声，热情地鼓起掌来。我明白，他们并非为我回答的机智鼓掌，而是为我的民族在鼓掌。就在那掌声四起的一瞬间，我感到一种特殊价值的发现，人格的升华，感情的提纯……从那时起，在我的心里，常常涌动着一种东西，撞击着我的思维、心绪、感情。勾起我许多遐想，甚至，牵出我眼眶中激动的泪珠。这是什么？哦，这是不是民族魂呢？

周民震对于"民族魂"的带有自豪感的体验，是独属于壮族的族群体验。它有一个逐步发展的过程，虽然升起于"时代变了，感情也变了"的境遇之中，却早已埋藏在心里，一遇适当的时机，就会触发开来，形成一种自觉的追求。在接下来的叙述中，周民震意识到：

> 我始终在寻找自己的民族魂。
> 那瑰丽无比的、耸立在历史里程上的民族文学和艺术的

珍品，不正是民族魂的一种奇特的闪现吗？哦，原来每个民族的文学艺术家都在竭尽自己的心血，寻找着自己民族魂之所在。

民族魂外化的重要表现，就是民族文学和艺术的产生。这也证明，并没有所谓本质固定的"民族魂"，民族魂其实是在"民族文学和艺术"这些人类创造物中构建出来的，所以寻找的过程既是一个发现的过程，也是一个建构的过程。他在寻找自己的民族魂的同时，也明白：

> 因为我的民族是一个胸怀豁达的民族，它是面向未来的纵向型和面向外界的横向型相结合的民族；它的历史就是一部与朋友兄弟共饮交杯酒的历史。
> 我的血管里流着壮族的血液，却出生在一个汉族人民聚居的地方，我的少年与中华民族共同度过了灾难深重的时代，我曾把青春献给了苗、瑶、侗、彝，又从他们那里吮吸了文学养料。……中华神州大地啊！何处不烙印着我，我的民族和我的兄弟民族交织的一双双足迹，一摊摊血汗，一颗颗心……

这些感情充沛的文学话语其实表明了一种认识：生活在中华大地上的任何一个民族，都和其他民族有着不可分割的联系，都是中华民族这个整体的一部分，而所有关于本族群的体验与表达，构成了一体多元的中华民族的共同体认。

这样一种统一于共同的整体——中华民族的集体性认同在当代中国受到无以复加的强调，中国当代少数民族作家在他们的作品中也相当广泛地表现了这种"新型的集体认同"。它既被看成是漫长历史积淀下来而产生新变的文化认同，又被视为服务于时政的政治认同。哈贝马斯指出："只有当国民转变成为一个由公民组成的民族，并把政治命运掌握在自己的手里的时候，才会有一种民主的自决权。但是，对'臣民'的政治动员要求混杂在一起的人民在文化上实现一体化。这一点是必不可少的，有了它，民族观念也就付诸了实现；而借助于民族观念，国家成员超越了对于村落和家庭、地域和王朝的天生的忠诚，建立起了一种新型的集体认同。"① 显然地，在当代中国就建立起了这样一种"新型的集体认同"，在这种认同中，不管是汉族还是原先被歧视性地称为蛮、夷、狄、戎的各少数民族，都成了当家做主、享有"民主的自决权"的人民，所有的人民都在中华民族的认同中实现了一体化，这样，关于中华民族的民族观念就"付诸了实现"，从而建立起"新型的集体认同"。在著名法裔美籍学者本尼迪克特·安德森看来，民族本身就是"一种想象的政治共同体"，"区别不同的共同体的基础，并非他们的虚假/真实性，而是他们被想象的方式"，而作为传播媒介的小说与报纸"这两种形式为'重现'民族这种想象共同体，提供了技术上的手段"②。安德森高度重视小说在构建民族这一想象的共同体中的重要作用，他把小说和报纸并列，显然是把小说作为一种传播媒介。在当代中国，小说背后还有一种重要的媒介，那就是文学期刊。在当代中国重构想象的共同体的过程中，文学期刊发挥了巨大作用。文学期刊传播的文学信息把读文学期刊的人们凝聚在一起，凝聚在一个共同的时间里面，唤起共同的想象，经过共同的

---

　　① ［德］J. 哈贝马斯：《后民族结构》，曹卫东译，上海人民出版社 2002 年版，第 76 页。

　　② ［美］本尼迪克特·安德森：《想象的共同体：民族主义的起源与散布》，吴叡人译，上海世纪出版集团、上海人民出版社 2003 年版，第 5、6、26 页。

想象产生一种抽象的共时性；当读文学期刊时，人们会觉得，大家都生活在同一个空间之中。有了共同的想象，有了共同的时空，就有了共同的整体生活，有了共同的民族认同——一体多元的中华民族的集体性认同。

如果要对中国当代少数民族文学表达的族群体验做一个总结，则可以简明地表述为：它一方面含纳和表现着不同的民族特质，另一方面又指向中华民族的集体性认同；两者密不可分地组成中国当代少数民族文学中的族群体验。用《民族文学》和《民族文学研究》评论员那篇著名文章的话说就是："必须确立一种宏观判断意识，并在这种宏观意识的指导下，选择一条既有文学的共性追求又有少数民族文学个性突破的道路；在今天我国五十五个少数民族与汉族一道向社会主义现代化昂扬奋进的形势下，少数民族文学要取得具有历史高度的自立地位，既要在创作中突出地表现文学的民族特质，又不能仅仅满足于对民族特质的单向强化，必须同时坚持在作品中铸入我们的社会责任感和时代使命感。"① 这里，"社会主义昂扬奋进的形势"、"我们的社会责任感和时代使命感" 等，在我看来，都是一体多元的中华民族的集体性认同的题中应有之义。需要说明的是，少数民族的民族特质和中华民族的集体性认同这两方面一般而言是并行不悖的，但在中国当代少数民族文学发展的不同阶段和不同的作家甚或同一个作家的不同创作时期那里可能有不同的表现，不能僵化地理解这两方面的内容在当代少数民族文学中的表现。比如，80年代中后期以来的少数民族文学可能更偏向表现民族特质，而在这之前特别是十七年间的少数民族文学可能更偏向于表现中华民

---

① 《民族文学》、《民族文学研究》评论员：《民族特质·时代观念·艺术追求——对少数民族文学创作理论的几点理解》，《民族文学》1986 年第 6 期。

族的集体性认同。

三　当代少数民族文学中族群体验的表达策略

中国当代少数民族文学中族群体验表达所采取的表意和修辞策略以及汉语文学期刊在其中发挥的作用是异常重要的问题，尽管我前面的论述已涉及这个问题，但是有必要再做一番更为细致的辨析。作为人类符号创造物的文学艺术总离不开表达一定的意义。陈晓明指出，"'表意'是一切文学艺术的基本特征，不管意义如何抽象甚至虚无，也不管其所指如何混乱和暧昧不清，它终究都在表达一种意义"[1]。中国当代少数民族文学既然成为一种独立的文学类型，就有它要表达的独特的意义。可以把族群体验理解为当代民族文学要表达的意义，把族群体验的表达理解为当代民族文学的表意行为。为了表达一定的意义，它会采取一定的策略，从斟酌字句到谋篇布局直至文类选取等对所表达的意义进行加工和修饰。这是一个如何表达的问题，通常会被理解为修辞。

中国当代少数民族文学中族群体验表达所采取的表意和修辞策略在我看来最为明显的是，它选取了小说、诗歌、散文等现代意义上的文学类型，同时也接受了潜藏于其中的一整套制度、规范、标准等，来传达各个少数民族对于当代生活的想象和体验。1992 年 11 月 14 日，《文艺报》第 45 期刊登报道《挖掘壮民族的丰富矿藏　黄神彪作品研讨会在京召开》，与会者认为，作者"以散文诗的形式展现了壮民族的历史、文化、生活历程"。报道表明一个事实：散文诗这种现代文学形式被用于族群体验的表

---

① 陈晓明：《表意的焦虑——历史祛魅与当代文学变革·序言》，中央编译出版社 2002 年版，第 1 页。

达。这很难不被视为一种表意和修辞策略。在中国当代少数民族
文学领域，文学期刊促成了现代文类特别是小说这种文类的兴
盛。中国少数民族文学在文学期刊没有介入之前，主要以民间口
头传说的话语形式存在，神话、传说、史诗、民歌等在传统的少
数民族文学中特别兴盛。文学期刊介入后，主要发表由作家个人
创作的作品，这就使少数民族文学由民族民间文学逐步向作家文
学迁移，话语形式也由民间讲唱的韵文或民间流传的故事逐步过
渡到现代意义上的小说、诗歌、散文等文类；相应地，文学作品
表现的内容、抒发的情感、描写的人物等——这些都连带着我国
少数民族的体验和感受，都发生了巨大的变化。比如，它表现的
内容变成对少数民族新生活的反映，抒发的情感变成对这种新生
活的赞颂，描写的人物也由过去的神和英雄变成普通的人。玛拉
沁夫回忆 50 年代的小说创作状况时说："当年，对许多少数民
族来说，小说是种新的文学样式。正是由于上述小说家（李乔、
陆地、扎拉嘎胡等）的不懈追求，少数民族的小说作品，从五
十年代起，便广（此字引者认为宜删去）赢得了广大的读者
群。"① 玛拉沁夫的回忆表明，小说普遍而言是作为一种新的文
学样式介入当代民族文学中族群体验的表达的；小说正是占据文
学期刊大多数版面的一种文学样式。接受小说这样一种文学样
式，也就意味着接受了一系列关于小说的规范；而族群体验的表
达，也会受到这些规范的影响。扎拉嘎胡经过以汉语为媒介的现
代文学写作的反复磨炼和在对现代文学的大量阅读的基础上，有
了这样的顿悟："写小说需要生动的故事，但故事在小说中并不
是主要的。小说中最主要的是要塑造出人物，描绘出人物形象，

---

① 《我们的誓言：前进！——玛拉沁夫谈我国少数民族文学》，《文艺报》1984
年第 11 期。

刻画出人物性格。鲁迅、契诃夫、梅里美的受世人欢迎的短篇小说无一不是以写人物见长的。我似乎一夜之间变得聪明了。写小说开始先考虑人物后编故事。故事是以人物的需要而出现。这一顿悟多少对我的创作有触动，迎来了新的活力"①。他接下来写的《小白马的故事》就被以《东北文学》为主的媒介塑造成在中国当代少数民族文学史上颇有影响的名篇。这里，扎拉嘎胡所领悟的故事与人物的关系，正是小说这种文类发展到一定时期所形成的新的规则之所在。于是写小说着重写人、写人的性格作为一种重要的修辞策略进入扎拉嘎胡的小说写作中，给他表达蒙古民族在新时代的新体验带来新的局面。

　　在选择小说、诗歌、散文等现代文类时，和少数民族现实生存境遇贴得较近的时代观念和时代精神之类也裹挟在其中，以指向中华民族的集体性认同；这也是当代民族文学表达族群体验的一个重要策略。文学是时代的产物，时代也会把自己的观念注入文学之中。时代观念是一个宏观的概念和一个历史的范畴。它本身具有相当丰富生动的内涵与相当宽泛的外延。在当今社会，它既包含着时代精神与现代意识的总和，又囊括着现时可以感知的文学习尚、审美趋势、哲学思考、心理导向、社会情绪等多重社会基因。当时代观念注入于文学的时候，"不仅要表现在文学内容上，也会表现在其形式上，不仅要化作时代所赋予的思想追求，同时也会化作时代所赋予的艺术追求。作家正是要从这种相互连贯着的客观全息系统与主体创作活动中，完成自己对时代观念的选择"②。这里，时代观念的选择，显然就是修辞策略的选

---

①　扎拉嘎胡：《窄的门与宽的路》，《草原》1999 年第 10 期。

②　《民族文学》、《民族文学研究》评论员：《民族特质·时代观念·艺术追求——对少数民族文学创作理论的几点理解》。

择。《民族文学》1984 年发表的另一篇著名文章说道:"新中国成立三十五年来,我国各民族发生了巨大的翻天覆地的历史性变化,而这每一变化都是与我国各民族人民共同的社会主义革命和建设事业有着直接的关系。……综观建国以来的少数民族文学作品,作为历史的艺术反映,它总是合着时代的步伐,和各族人民一起前进的。从解放初期,到十年内乱,而(应为'再'——引者注)到新时期的拨乱反正和目前向'四化'的进军,我国各民族社会生活的历史演进包括它的成功与胜利,失误与挫折,都在少数民族文学创作中得到了反映。"① 这里的意思可以读解为,强烈的时代精神一直贯穿在中国当代少数民族文学族群体验的表现中,而"我国各民族人民共同的社会主义革命和建设事业"形成了其中的集体性认同。在"合着时代的步伐"前进的过程中,"民族团结、祖国统一的主题是少数民族文学创作的主旋律,是少数民族文学对我国社会主义文学的一个独特贡献"②。这样的主旋律起着凝聚各个少数民族的体验的作用,是当代民族文学形成集体性认同的一个重要表现。上述两篇文章都是以《民族文学》评论员的身份隆重推出的,它不是代表个人,而是代表《民族文学》,由于《民族文学》在中国当代少数民族文学领域中独一无二的地位,就使文章带上不言而喻的权威性。

考察中国当代少数民族文学表意和修辞策略,不能忽略的是,在选取现代文类,接受其中的规范的同时,它也在力图运用各民族特有的艺术形式和表现手法,或者民间口头流传、讲唱的故事或韵文,或者本民族古老文化传统中的独特精魂等,来描绘

---

① 《民族文学》评论员:《新中国的产儿——三十五年来的少数民族文学》,《民族文学》1984 年第 10 期。

② 同上。

各民族人们的心理素质和思想面貌，表达各自的族群体验。少数民族作家被认为"需要有万变不离其宗的真功"，这个"真功"就是"坚定地保持以本民族文化特质为内核的创作主体的个性建构意识"①。一篇关于吉狄马加的文章说："吉狄马加把彝族之魂熔铸在诗之魂里，才给了我们诗的浸润、诗的想象、诗的陶冶、诗的启迪。"② 一份关于伊丹才让的讨论认为，"他的诗具有浓厚的抒情性和深邃的哲理性。这正是他继承和发扬藏民族诗歌优秀传统的结晶"③。这些看法是耐人寻味的，我们会发现，无论是吉狄马加把彝族之魂熔铸在诗里，还是伊丹才让发扬藏族优秀诗歌传统，都有着利用本民族古老文化传统的策略，对他们的认可，暗含着人们对当代少数民族文学中所采取的修辞策略的认识。

当然，在实践中，无论是文学样式的选取，时代观念的反映，还是各民族表现手法、民间口头资源、传统文化精魂的利用等，往往是结合在一起的。正如《新中国的产儿——三十五年来的少数民族文学》所说："把鲜明的民族特色和强烈的时代精神有机地结合起来，这是建国以来少数民族文学创作不断取得突破的经验，也是今后少数民族文学创作能否取得新的进展的关键。"这样的意思，在许多地方得到类似的表述。在蒙古族著名作家，也是内蒙古80年代文艺界主要领导人之一的云照光看来：

---

① 《民族文学》、《民族文学研究》评论员：《民族特质·时代观念·艺术追求——对少数民族文学创作理论的几点理解》。
② 张同吾：《彝魂与诗魂——评诗集〈初恋的歌〉》，《文艺报》第20期，1986年5月17日。
③ 《文艺报》记者：《藏族诗人伊丹才让作品讨论会在京召开》，《文艺报》第45期，1992年11月14日。

在我们这样一个多民族的统一的国家里，要发展社会主义文化，就是要把社会主义的内容和各民族的艺术形式统一起来，让各民族独特的艺术形式大放异彩。没有社会主义的内容，不会有社会主义的文化艺术，没有各民族独特的艺术形式和艺术风格，社会主义的文化艺术也不可能存在和发展。

选取各民族的和地区的生活题材，不能仅仅满足于描写各族人民生活的表象，而要从表现各族人民特有的生活方式，风俗习惯，心理素质及其发展变化中，揭示出生活的本质和时代精神。

我们的文学创作，应该把丰富多彩的民族生活内容和尽可能完美的民族艺术形式紧密地结合起来。①

云照光的观点，代表了 80 年代居主流地位的看法。到 90 年代，随着文学和政治关系的疏离，人们的认识发生变化，当代民族文学中表意和修辞策略的选取自然也会发生变化。《草原》副主编白雪林在点评乌日嘎《独门小院》时提出了"后草原文化"的命题，他认为主要指青年小说创作的蒙古族文学正在进入"后草原文化"时代。他简要概括了"后草原文化"时代蒙古族青年小说创作在哲学上、情感上、文学风格上、人物选择上等方面的特征："在哲学上，对自身文化传统的批判性和反省性；在情感上，对传统文化的怀旧性和陌生感相交织；在文学风格上愈发丰富而多元；人物选择上背景多放在城市，人物也是新一代的城市蒙古人儿女，表现他们的与先辈截然不同的人生态度，他们的

① 云照光：《同心同德，为繁荣自治区文艺事业而奋斗——在全区文艺期刊和文艺理论座谈会上的发言》，《草原》1980 年第 7 期。

惶惑迷惘和痛苦，带有鲜明的城市蒙古人特点。"并指出了属于"后草原文化"时代的一些作家如黄薇、字·额勒斯、巴根、马宝山、孙肖龙等。他认为，"蒙古族作家如能自觉地进入'后草原文化'时代，会有很多可表现的艺术课题，应该产生出新的蒙古族文学的精品"。而乌日嘎还处于"后草原文化"的边缘上，因为她"可能是不自觉地踏进了这个领域，不像黄薇和字·额勒斯那样自觉地在营造着自己的文化小说"①。白雪林是全国短篇小说奖得主，蒙古族知名作家，又是《草原》的副主编，在内蒙古自治区文坛拥有相当的身份和地位，他对"后草原文化"时代的小说作出的界定，一方面显示出《草原》选择稿件的一个重要方向，另一方面，这一方向极有可能影响蒙古族作家特别是蒙古族青年作家的写作，他们会自觉或不自觉地靠向"后草原文化"所指涉的方向。这样，《草原》就创造出一种氛围，使蒙古族小说创作尤其是青年小说创作在哲学上、情感上、文学风格上、人物选择上等方面努力具备白雪林所概括的一些特征。我认为，"后草原文化"某种程度上可视为借助文学期刊的力量提出的表意和修辞策略，应该会对蒙古族小说中族群体验的表达产生影响。这是一种多种策略的混融结合。90年代少数民族文学的表意和修辞策略多是与此类似的多种表意和修辞策略的混融结合，它获得了较多的表达手段和更为自由的言说空间，可以表达更为深层的族群体验。90年代多种表意和修辞策略的采取也使当代少数民族文学显示出多方面的蕴含。90年代末期，一则关于蒙古族文学丛书首发的报道是这样写的："出席首发式的北京和内蒙古文学界人士认为，该丛书反映了建国50年来，尤其是改革开放以来内蒙古自治区的历史足迹，展示着蒙古民族

① 白雪林：《在"后草原文化"的边缘上》，《草原》1994年第6期。

擅写心曲、推重华章的特质，鸣奏着蒙古族人民与全国各族人民迈向新世纪的进行曲。有的说，阳光、草原、骏马构成了丛书的整体意象，简淡清和的氛围、豁达开朗的格调，表现了蒙古族所特有的诗化的情韵。丛书体现了思想性、艺术性和民族性的较好的融合，具有蒙古族文学经典性、示范性作品的意义。"① 从报道里的赞美之词中，可以看到"推重华章"，营构阳光、草原、骏马等整体意象，"鸣奏"和全国人民一道前进的"进行曲"等，其实是作为少数民族当代文学一个重要分支的蒙古族当代文学所采取的多种策略。而其追求的思想性、艺术性和民族性的融合，正是多种修辞策略结合的体现。

四 个案：《人民文学》发表《科尔沁草原的人们》

我们在具体的文本读解中考察中国当代少数民族文学中的族群体验的表达以及汉语文学期刊在其中发挥的作用。以玛拉沁夫《科尔沁草原的人们》为例。在第三章里我们大致清理过作为50—70年代最具权威性的文学期刊的《人民文学》在传播当代民族文学方面所发挥的作用，这里再突出考察一下它是如何发表玛拉沁夫的《科尔沁草原的人们》的，以进一步揭示汉语文学期刊对于表达少数民族族群体验所发挥的影响，从而更加明确汉语文学期刊和中国当代少数民族文学之间的密切联系。

我们先来读一下这篇小说。它的时间背景是全国镇压反革命运动期间。蒙古族女青年萨仁高娃在草原上放牧并等待恋人桑布，这时来了一个陌生人问路，萨仁高娃从他的言谈举止以

---

① 《文艺报》记者：《蒙古族文学界献给建国 50 周年的一份厚礼〈新时期蒙古族文学丛书〉首发式在京举行》，《文艺报》第 114 期，1999 年 9 月 30 日。

及暗带的枪支认出这是一个坏人，勇敢地与其进行了斗争，夺得枪支，但敌人逃脱了，还纵火焚烧草原；桑布赴约，发现火情，报告了乡政府，在救火中负重伤；依据反革命分子丢下的黄军毯和萨仁高娃丢下的送给桑布的烟荷包，人们找到了萨仁高娃，这时她已捉住反革命分子宝鲁。小说写的是当代中国人耳熟能详的抓特务的故事，却耐人寻味地起了一个题目叫《科尔沁草原的人们》。显然，它要表现的是一种整体性的体验，表明整个科尔沁草原的人们都投入到了一种全新的生活。这里，抓特务看起来像是一条线索，串起关于草原上的人们参与新生活的热情的描写。

　　《科尔沁草原的人们》发表于《人民文学》1952年1月号，总第27期，发表时在作者姓名之前标注"内蒙"二字，那时我国的民族识别工作正在进行之中，"蒙古族"作为一个族别名称尚未完全确定，标以"内蒙"二字，一方面注明作者所来自的地方，另一方面其实也指明了作者的族别。该期《人民文学》把靠前的版面留给了胡乔木的《文艺工作者为什么要改造思想》、周扬的《整顿文艺思想，改进领导工作》和丁玲的《为提高我们刊物的思想性、战斗性而斗争》等引导文艺界意识形态的论文，玛拉沁夫这篇小说排到了该期版面中间，却列于本期所发文学作品之首，算是本期所发文学作品的头条。不仅如此，目录中"科尔沁草原的人们"这几个字，是以特号字体印刷的，使这几个字在目录中显得最为引人注目。《人民文学》突出这篇小说的意思，于此昭然若揭。但是《人民文学》对于这篇小说的激赏还没有完，本期的《编后记》还对小说及其作者有更多的介绍：

　　　　这一期我们比较集中的发表了一些少数民族和有关少

数民族的创作或者论文，在这里，特别值得向读者推荐的
是玛拉沁夫的《科尔沁草原的人们》。从这篇小说里我们
不但看到蒙古民族的新的生活、新的主题和新的人物，而
且也可以看到作者丰富敏锐的艺术感觉和值得重视的艺术
表现的才能。据作者自己向编者介绍，他还只是一个二十
一岁的蒙古青年，十五岁便参加人民解放军，在那时候文
化程度是小学毕业，还不会说汉话，而只认识几个汉字，
因为逐渐看了许多苏联和现代中国的作品，便开始爱好文
学，开始有了写作的要求。他在给编者的信里，对自己写
作《科尔沁草原的人们》，曾作了一个简单的介绍，也记
下来给读者们参考：

　　"今秋我到科尔沁草原和西拉木伦盟作了几个月工作。
我所见所闻的一切事物都同过去不同了。我总感得蒙古人在
变着，蒙古地方在变着。我们的民族我们的家乡在欣欣向
荣。许多新的事物促使我不得不来动笔；不动笔心里难受，
什么也干不下去，我认为写它是自己的责任……"①

这个介绍占了《编后记》本来不长的篇幅的二分之一还强。以
《人民文学》在中国当代文学期刊中的崇高地位，如此强力地推
荐一个"二十一岁的蒙古青年"及其新作，无疑会产生异常强
大的传播效果。据作者自述，"《科尔沁草原的人们》发表后，
在全国引起了轰动，《人民日报》、《人民文学》、《新观察》以
及诸多省市报刊都发表评论或全篇转载，给予很高的评价"②。
这些全国各大媒体的反应其实都是对《人民文学》最初的强力

---

① 《编后记》，《人民文学》1952 年 1 月号。
② 玛拉沁夫：《想念青春——文学回忆录片断》，《文艺报》1996 年第 3 期。

推荐的自然跟进，它们当然也在增加这篇小说的传播效果，使小说的传播效果像滚雪球一样越滚越大。

关于这篇小说，玛拉沁夫在后来的回忆中还透露出如下信息：第一，一位名叫塔母的休产假的牧民妇女，发现一个越狱犯，与之周旋和搏斗，最终将其捉拿。此事在当时草原上轰动一时，小说就是以此为素材写作的。第二，小说写作有一个艰辛的过程：第一稿一气呵成，有四万二千字，读给工作队员和老乡听，都说不错；但作者看了一位外国作家的小说及其创作谈，里面说到把跨度为三年的时间压缩为一周，他的小说时间跨度是四天四夜，他也想到修改压缩一下，这样"字数可以减少，篇幅可以缩短，枝蔓可以剪掉，在艺术上可以更加简洁、精练"①。可是进入修改后觉得哪一段都舍不得删，写了好几天没有任何进展，心烦意乱，一气之下，把四万多字的原稿付之一炬，另起炉灶重写。原稿烧掉后也曾痛苦、后悔，但逐渐解脱出来，很快进入状态，写成一万四千字的小说，取名《科尔沁草原的人们》。第三，作者从十五岁起一直在文工团从事文字写作工作，但这是第一次写小说；小说写出，似乎有些拿不定注意，曾请教一起工作的安柯钦夫："你给我看看，这篇东西算不算小说？"安柯钦夫看完后说："大概算小说。"作者鼓起勇气，把小说投寄《人民文学》，引起轰动："人们开始称我为'作家'，可我这个'作家'，直到那时还不知道什么是小说。"② 第四，文学巨匠茅盾对玛拉沁夫的小说写作是赞赏的。《人民文学》发表《科尔沁草原的人们》时，正是他任主编，那篇《编后记》即使不是出于茅

---

① 玛拉沁夫：《想念青春——文学回忆录片断》，《文艺报》1996 年第 3 期。

② 玛拉沁夫：《自传》，《中国少数民族现代作家传略》，青海人民出版社 1980 年版，第 148 页。

盾手笔（根据其行文风格，我认为极有可能），他也应该知道；茅盾还为玛拉沁夫的小说集写了热情洋溢的序言。作者认为，茅盾"准确地概括和认同"了他从开始写作后"苦苦寻索的属于我的那种艺术感觉和艺术方位"："属于我的那种艺术感觉就是流动于我作品中的草原生活的独特韵味；属于我的那个艺术方位就是在中国文学的广袤沃原上拓植一片'草原文学'的天地。"①从编者的评介和作者的自述我们可以见出，小说企图反映的是蒙古人变化的欣欣向荣的生活，表现新的主题，塑造新的人物；他是在"看了许多苏联和现代中国的作品"，经过许多锻炼之后写作此小说的。这些事实表明，族群体验的表达是如何成为当代少数民族作家自觉的追求的，表明这种表达是如何结合了时代观念进入当代少数民族作家的写作的，也表明现代文学的规范也是修辞策略是如何支配当代少数民族文学中族群体验的表达的，而当代少数民族作家也只有在经过努力掌握和灵活运用这些规范或策略、将它们化入文学写作之后才能获得权威文学期刊和意见领袖的认同，进一步获得整个社会的认同，取得作为当代少数民族文学的合法性，在中国当代文学领域里占有重要席位。

第二节　汉语文学期刊与中国当代少数民族作家的身份认同

一　身份认同：不是本质而是定位

一支庞大的，在五六十年代形成并在八九十年代不断更新的少数民族作家队伍的出现被认为具有划时代的意义，是中国当代少数民族文学得以成立的重要标志。这几乎在任何一份关于当代

---

① 玛拉沁夫：《想念青春——文学回忆录片断》，《文艺报》1996 年第 3 期。

少数民族文学的总结报告或任何一篇关于它的总体论述中提起，看来对于它的重要意义的认识已经形成共识。但是这些作家为什么称为少数民族作家？在中国当代，少数民族作家为什么能够成为一个特别的命名？这样的命名是如何产生出来的？他们被命名为少数民族作家，有什么特别的意味？这在我看来是一个身份认同的问题。

　　身份认同是近年来文化和文学研究的主要话题之一。不少人认为它是当今后现代语境中性别、本土、种族文化研究的伴生物，认为后现代文化是典型的身份认同政治。也有人将其扩展到更早的欧洲启蒙哲学那里，认为从笛卡尔、康德、黑格尔等的主体论哲学中，就可以找到身份认同的渊源，因为启蒙哲学赋予人理性反思的能力，现代主体在以人为中心的对自我、世界以及人的社会存在的反思中，已建构起一种身份认同模式。这种模式把人理解为具有理性、意识和行动能力，以自己为中心的统一个体。身份认同的基本含义，应指个人与他所置身的社会文化语境的关系。它通常涉及的问题是：我是谁？从哪里来，要到哪里去？身份认同本身是异常复杂的多面体，从不同的角度可以将其分成多种类型，如以主体为中心的启蒙身份认同，以社会为中心的社会身份认同，后现代文化中心身份认同，种族身份认同，民族身份认同，族裔散居混合身份认同，个体身份认同，集体身份认同，社会身份认同，等等。

　　不过关于身份认同，我们更应该清楚的是，它是一个在一定的社会历史和文化中不断发展的概念，没有本质固定的身份认同，诚如英国著名的加勒比黑人学者斯图亚特·霍尔所说：

　　　　身份并不像我们所认为的那样透明或毫无问题。也许，我们先不要把身份看作已经完成的、然后由新的文化实践加以再现的事实，而应该把身份视作一种"生产"，它永不完结，永远处于过程之中，而且总是在内部而非在外部构成的再现。①

　　文化身份既是"存在"又是"变化"的问题。它属于过去同样也属于未来。它不是已经存在的、超越时间、地点、历史和文化的东西。文化身份是有源头、有历史的。但是，与一切有历史的事物一样，它们也经历了不断的变化。它们决不是永恒地固定在某一本质化的过去，而是屈从于历史、文化和权力的不断"嬉戏"。身份绝非根植于对过去的纯粹"恢复"，过去仍等待着发现，而当发现时，就将永久地固定了我们的自我感；过去的叙事以不同方式规定了我们的位置，我们也以不同方式在过去的叙事中给自身规定了位置，身份就是我们给这些不同方式起的名字。②

　　在中国少数民族作家的身份认同这一点上，应当明白，它并不是从来就存在的事实，它实际上是在当代生产出来的对一部分从事写作的人的认定，而这些人，又被认定为属于更大的一群人——他们各自所属的民族。具体而言，它是 50 年代以来在新政权特殊民族政策的实践中，随"少数民族"的建构而在文学领域产生的副产品，是历史的产物。少数民族作家的文化身份是被建构出来的，是处于一定的历史和文化中的东西。它不是一成不变的，不是我们可以最后回归的源头，这样一个源头只在古代

---

　　① 斯图亚特·霍尔：《文化身份与族裔散居》，陈永国译，罗钢、刘象愚主编《文化研究读本》，中国社会科学出版社 2000 年版，第 208 页。
　　② 同上书，第 211 页。

的神话和史诗中存在；而神话和史诗中的少数民族身份归根到底也是一种建构。当然，说中国当代少数民族作家的文化身份是建构和生产出来的，并不是说它是虚假的幻影。它是真实的，"它是某物——不是想象玩弄的把戏。它有历史——而历史具有真实的、物质的和象征的结果"①。它一旦生产出来，就串起过去、现在和未来，通过过去和现在对话，以期影响未来。它既属于过去也属于未来。但是，这里的过去已不是简单的、实际的"过去"，"过去"既然已经消逝，就永远不可能恢复原状。我们与过去的关系，永远只能是破碎的关系。这种破碎的关系却总是由记忆、幻想、叙事和神话建构的。所以文化身份更多是一种在想象和体验中的认同，是对诸多不稳定点的缝合，是在一定的历史和文化中进行的认同和缝合；它不是本质而是定位。中国当代少数民族作家的文化身份当作如是观。

二　文学期刊帮助当代少数民族作家获得职业和文化身份的认同

中国当代少数民族作家的文化身份是如何生产和建构出来的呢？我认为，它是多种历史和文化因素作用的产物，是一个涉及方方面面的问题。这里有国家关于民族振兴的设想，也有少数民族寻求差异的努力，有文学领域进行的艺术探索，还有作家个体对生命情感的独异表达，等等。对于少数民族作家的成长，80年代的人们有这样的认识："一个少数民族作家的成长，离不开党的培养和前辈作家的帮助，离不开作家本人深厚的生活积累、思想和艺术修养，离不开民族民间文学的哺育和中外文学的学习

---

① 斯图亚特·霍尔：《文化身份与族裔散居》，陈永国译，罗钢、刘象愚主编《文化研究读本》，中国社会科学出版社2000年版，第212页。

借鉴，离不开作品发表的园地。而党的民族政策则是少数民族作家成长的必不可缺的雨露阳光。"① 这里，少数民族作家的成长作为一个身份建构和认同的问题，是由多种因素决定的。其中，我感兴趣的是，"作品发表的园地"作为作家成长的重要因素被认识到。文学期刊显然是发表少数民族文学作品的主要园地。也就是说，作为少数民族文学传播媒介之一种的文学期刊，对当代少数民族作家文化身份的建构产生了重要影响。

作家本身是一种现代才有的身份或职业，这种身份或职业的产生和延续同文学期刊这样的大众传播媒介有着不可分割的关系。现代意义上的作家差不多都是文学期刊培养出来的，或者说，都和文学期刊有着不解之缘。包括文学期刊在内的大众传媒为中国近代刚因为科举制度的废除而流散在民间的知识分子提供了表达自己的场域，以前拥挤在仕进之途上的大批读书人在各类报刊上发表作品。大量写作者围绕着报刊聚集起来，成为中国第一批依靠传媒安身立命的作家。这里，报刊对作家的作用，一方面是提供给他们发表作品的载体，提供给他们新的知识生产的途径或场域，他们的写作再也不是以前那种在小圈子内流行的作坊式生产，而是批量复制的现代化大机器生产，文学在传媒带来的这种生产和传播的革命中迎来了爆炸般的繁荣；另一方面，报刊等大众传媒由于背靠着广大读者，有雄厚的经济实力，它们在提供给作家发表作品的园地时，还付给他们稿酬，作家因为文学写作，不但可以养活自己和家人，甚至还可以由此过上优裕的生活，从而催生了中国职业作家群体的产生。这是传媒带给文学的又一重革命。这一重革命的意义却没有得到人们的重视。其实正如蒋晓丽所指出的，"从某种意义上说，以挣稿酬为生的职业作

① 《当代少数民族作家文学讨论会在延边举行》，《民族文学》1981年第5期。

家群的诞生，是中国文学发展史上的一件大事，是一个标志性的变革事件"①。真正的独立是经济上的独立，只有当写作者可以依靠写作在经济上独立时，他作为作家的身份才会得到认可，才得以确立下来。从职业作家群产生的晚清开始，作家们必须面对大众，在写作中考虑广大读者的存在以及自己的姿态和立场，甚至从陌生的大众读者的角度来思考写作的性质和评价写作的价值，这正是促使现代文学发生的一个重要原因。其作为"标志性的变革事件"的意义或应在此。这里，包括文学期刊在内的大众传媒发挥了重要作用，这种重要作用很大程度上是通过多种方式培养作家、凝聚作家、养活作家，以确立作家的文化和职业身份来达到的。应该说，文学期刊对作家的这种作用，从它产生的时候起，就一直保持了下来。文学期刊对中国当代少数民族作家的作用，从总体上来说也不例外。

中国当代少数民族作家几乎都是从文学期刊走出来的。不少少数民族作家提到从小就想当作家。蒙古族著名作家扎拉嘎胡说，他自幼敬重著书立说的人，想当作家的梦想一次次浮现在心头。少数民族个体想当作家，想以写作为业，这本身是一种现代意识，而在文学期刊上发表作品无疑是他们将梦想变成现实的重要一环，甚至是最重要的一环。文学期刊发表他们最初的作品，又给他们继续发表作品的机会，甚至给他们中的佼佼者出专辑。文学期刊采取各种手段和方式把他们的作品传播出去，使他们的作品有了获得读者，进而获得社会承认的可能，为他们奠定了最初的基础——这对许多作家来说，是最重要的一步。作家们总称文学期刊为摇篮，这充分表明了文学期刊对作家身份或职业认同

---

① 蒋晓丽：《中国近代大众传媒与中国近代文学》，四川出版集团巴蜀书社2005年版，第199页。

的重要作用。这种摇篮的作用还不仅仅是提供给他们发表作品的载体，发表作品的时候，期刊也提供给作者稿酬，使作者可以通过写作谋生，从而使作家这份职业得以确定。文学期刊在发表作品而外，也常常召开各种研讨会、座谈会、改稿会等各种活动，把分散的少数民族作家个体组织、凝聚在一起，以对少数民族作家的写作发挥更大的作用，这也是对少数民族作家的身份认同发挥作用。

我们以扎拉嘎胡为例说明文学期刊对于少数民族作家个体身份认同的作用。扎拉嘎胡这样描述他创作之初发表一篇小说的经过："我"崇拜草原和草原牧人，写出短篇小说《草原上的新路》，寄到具有全国影响的《东北文学》。稿件寄出去不到半个月，编辑部来了长信，称"我"为扎拉同志，在充分肯定稿件的同时提出修改意见，"我"修改后再次寄往《东北文学》。过了一个多月，小说在《东北文学》（1953 年第 4 期）显著位置发表。第二年，又收入"东北文学"优秀小说选中，由作家出版社出版。《东北文学》寄来稿费 130 多元，作家出版社寄来稿费 290 多元。这在偏远城市的低工资群体中如同发生了一场地震，使众人大为震惊。在完全是意外的收入面前，"我"表现出了慷慨。第一次请六七位同事去海拉尔俄罗斯餐馆吃饭，还算丰盛，花了六七元；第二次请十一二位去中餐馆吃饭，也还算丰盛，花了不到二十元。时过四十多年，他仍记得稿酬引起的轰动和用稿酬请客的具体情形，可以想见这件事给他内心带来的惊喜。这样一场事件是耐人寻味的，它必然会对扎拉嘎胡的创作生涯带来影响，加强他将作家作为一种身份和一门职业的愿望，也促进他的创作，加快他成为作家的进程。接下来，扎拉嘎胡把他的《小白马的故事》也寄到了《东北文学》，《东北文学》很快在显著位置发表，小说第二年又入选中国作家协会编选的《短篇小说选》（1956 年）中，很快作者以这篇小说为名出版了个人短篇小说集，后来又收入《新生活的光辉》、《中国新文艺大系1949—1966 少数民族文学集》等有名的选本中，成为当代少数民族文学中的经典之作。"《东北文学》和中国作家协会对这篇作品的重视，使我大长了对写小说和散文的信心。我差不多一口气写了《献身》、《苏古尔老头》、《社员之间》、《高塔梁纪事》、《温暖的雪夜》等四篇小说和三篇散文，在很短的时间密集地发表在《新观察》、《草原》等五六家报刊上。1955 年被吸收为中国作家协会会员。1956 年，我以内蒙古青年作家代表团成员的身分（份——引者注）出席了第一届全国青年文学创作会议。"①从《东北文学》发表他的处女作，到他接连不断地发表作品，再到"被吸收为中国作家协会会员"，这一连串的事在扎拉嘎胡的回忆中应该是一条短而粗的线索，这条线索的开端是《东北文学》；从在《东北文学》上发表作品到"被吸收为中国作家协会会员"之间，显然有了前后连接的因果关系。《东北文学》在扎拉嘎胡创作生涯中的作用由此可见一斑。可以毫不夸张地说，《东北文学》的期刊行为对于扎拉嘎胡获得作家的文化身份认同发挥了不容忽视的巨大作用。

　　少数民族作家和文学期刊结成不解的缘分，一个重要体现是，许多少数民族作家本人就是文学期刊的编辑。下面是随手记下的一些担任编辑或曾经担任编辑的少数民族作家：关沫南，满族，《北方文学》主编；汪承栋，土家族，《西藏文艺》编辑；克里木·霍加，维吾尔族，《桥》（维文）主编；阿·敖斯尔，蒙古族，《花的原野》（蒙文）主编；哈贵宽，回族，《萌芽》编辑，《宁夏文艺》主编；李传锋，土家族，《今古传奇》主编，

---

① 扎拉嘎胡：《窄的门与宽的路》，《草原》1999 年第 10 期。

等等。这是一种编辑和作家身份的重合现象，显示出文学期刊和少数民族作家之间联系的进一步深入。文学期刊给这些一身而二任的作家提供了任意驰骋的疆场，他们会更自由地展现自己，在展现自己的同时凸显民族特色，表达本民族在新时代的体验。彝族作家苏晓星在其《自传》中写道："一九五六年，组织上把我调到贵州省文联工作。担任文联委员，做综合性文艺刊物《山花》的小说编辑。这使我得到了更多的学习机会。到一九五九年，我先后在《人民文学》、《西南文艺》、《民族团结》、《红岩》、《贵州文艺》等刊物上发表散文、小说和评论二十余篇，我讴歌新生活的愿望终于成为现实。一九六零年，上海文艺出版社编选出版了我的短篇小说集《彝山春好》。"① 可以看出，他正是在做了《山花》的小说编辑之后取得创作的丰收，实现创作的突破的。

三 文学期刊的等级机制对当代少数民族作家身份认同的影响

国家级文学刊物《民族文学》是文学期刊和当代少数民族作家身份认同具有紧密联系的典型例子。这首先表现在刊物的办刊方针和策略上。《民族文学》从创刊之初就是把培养和团结少数民族作家视为己任的。该杂志社 1989 年初总结创刊八年来的工作时说："没有作家便没有作品，因此，《民族文学》从创刊起就特别注意把培养和团结少数民族作家、壮大少数民族文学创作队伍作为编辑部的一项重要任务。八年来，《民族文学》在团结少数民族老作家和知名的中年作家的同时，以很大的精力去发

---

① 苏晓星：《自传》，吴重阳、陶立璠编《中国少数民族现代作家传略》，青海人民出版社 1980 年版，第 158—159 页。

现、扶植各民族文学新人。从创刊以来，在 88 期刊物（到 88 年 10 月号）上，《民族文学》发表了大量新作者的作品，向我国文坛推出了一批新人。不少作者是在《民族文学》上发表处女作后，走上文坛的。有一批原来不为广大读者所知的作者在《民族文学》上发表了较有影响的作品后，受到广大读者和文学界的关注。还有一些原来只有口头文学的民族，通过《民族文学》的扶植、帮助，才有了本民族的第一代书面文学作家和作者。"① 这样的描述，把刊物和作家连接在一起。作家土家族作家蔡测海在《民族文学》创刊五年时这样回忆他在其上发表小说的经过："五年前，我塞给她一篇很不象样的小说，发表了。那是我的第一篇小说。原来我的小说是可以发表的，于是我又塞给了她第二篇，发表后居然获了全国奖。于是，我便接二连三地炮制起小说来，成了个不大不小的作家。"② 这是作家自己描述的文学期刊在其获得身份认同过程中的作用。《民族文学》在蔡测海获得作家而且少数民族作家的身份认同中所起的作用，在他的回忆中昭然若揭。另外，作为刊物的把关人，《民族文学》的编辑队伍也是耐人寻味的。在《民族文学》先后担任主编或副主编的玛拉沁夫、金哲、白崇人、吉狄马加、艾克拜尔·米吉提、特·赛音巴雅尔等无一不是少数民族作家而且是著名作家。下面是《民族文学》90 年代后期的一份编委名单：扎拉嘎胡（蒙古族）、艾克拜尔·米吉提（哈萨克族）、白崇人（回族）、伍略（苗族）、玛拉沁夫（蒙古族）、李乔（彝族）、吉狄马加（彝族）、李传锋（土家族）、柯尤慕·图尔迪（维吾尔族）、库

---

① 《民族文学》杂志社：《促进民族团结的舆论阵地——〈民族文学〉》，《民族文学》1989 年第 1 期。

② 蔡测海：《我的一点感想》，《民族文学》1986 年第 1 期。

尔班·阿里（哈萨克族）、金哲（朝鲜族）、周民震（壮族）、赵大年（满族）、查干（蒙古族）、特·赛音巴雅尔（蒙古族）、益西单增（藏族）、格桑多杰（藏族）、晓雪（白族）、高深（回族）、彭荆风（汉族）。分析这份名单，我发现：这一由20人组成的编委会，有13个民族的成员，显然照顾了中国的多民族性；20人中，19人是少数民族，只有彭荆风是汉族，但即使是他，也是以少数民族生活题材进行创作而闻名，这反映出编委会在人员组成上的"少数民族性"。除以上两个特征外，编委会还有一个重要特征：组成编委会的，包括主编和副主编在内，都是长期活跃在少数民族文学创作领域里的资深作家。现代传播领域里把那些具有重要影响力的人称为"意见领袖"，这批作家应该就是当代少数民族文学传播领域里的意见领袖。由这样一些作家来担任《民族文学》的编委，一方面显示出《民族文学》的分量，另一方面，一个作家能够进入这份名单，又是一种殊荣，标志着该领域对这批少数民族作家身份和地位的认可。不是所有民族的作家，也不是所有的作家都能进入这份名单的，能够进入这份名单，肯定经过了多轮的筛选。这里，《民族文学》显然提供了一把标尺来衡量全国各少数民族作家，对少数民族资深作家的身份和地位作了进一步的确认。说《民族文学》是文学期刊和当代少数民族作家身份认同具有紧密联系的典型例子，还应该在这样的意义上来理解。

中国的文学期刊是分等级的，国家级刊物下面有省级刊物。中国有为数众多的民族自治区和多民族省份的文学期刊。这类文学期刊一般都担负着为本地区培养文学人才的任务。这使少数民族作家和本地区的文学期刊结成比国家级文学期刊更为紧密的联系。民族地区的文学期刊发表本地区民族作者的作品在很长一段时间里成为一种规范，越出这种规范的行为会受到指责："目前，有个别刊物似乎感到多登外地名作家的作品刊物才会提高声誉，如长此下去，培养不了人才，也必然脱离自治区的实际，脱离群众，脱离本地作者。"① 这样的指责隐含的要求是，地方性文学期刊应把版面让给本地区作家，成为培养本地作家的园地。

　　进一步地，我注意到，当代文学期刊形成的等级机制在少数民族作家身份认同的获得过程中表现了出来。安尚育描述贵州侗族作家潘年英的作品从文学期刊得到传播的经过说："从一九九一年开始写小说，是发表在《山花》二月号的《雨天》。以后就有了发表于《花溪》的《伤心篱笆》、《遍地黄金》、《乡村女子》以及发表于《梵净山》的《相当愉快》和《山花》的《月地歌谣》、《好郎哥住在那遥远的地方》等。一九九三年《上海文学》发表了他的中篇小说《不虚此行》，一九九四年《民族文学》发表了他的另一个中篇《大月亮，小月亮》，这两个在全国有影响的刊物，把潘年英推向全国。"② 这样的描述，很清晰勾勒出一个初学写作者借助刊物成"名"成"家"的通常历程，即先在本省本地的文学期刊发表作品，然后在"全国有影响的刊物"发表作品；先在地方性文学期刊得到认同，继而在全国性文学期刊上得到认同。本省本地的文学期刊显然算是较低的一级，在其上发表作品可以帮助初学写作者站稳脚跟，等到在较高一级的"全国有影响的"文学期刊上发表作品时，他就获得了被"推向全国"的成功。中国当代从边远省区走出来的少数民族作家，几乎莫不如此。是不是在本省本地的文学期刊发表的作品水平要差些，而在全国有影响的刊物发表的作品水平就要高些

---

① 云照光：《同心同德，为繁荣自治区文艺事业而奋斗——在全区文艺期刊和文艺理论座谈会上的发言》，《草原》1980 年第 7 期。

② 安尚育：《追寻生活本身的体验与思考——潘年英小说创作谈》，《民族文学》1996 年第 4 期。

呢？常识告诉我们，不一定。但是事实是，一个写作者要获得全国性的成功，只有在全国性的刊物上发表作品。中国当代文学期刊的等级机制在这里发挥了作用，文学期刊等级的高低一定意义上决定了少数民族作家身份认同的范围和程度的大小。这也一定程度地表明，中国当代少数民族作家的身份认同是在文学期刊这样的文化传播媒介中认定和表现的话语建构。

第五章

汉语文学期刊对中国当代少数
民族文学的呈现（一）

在汉语文学期刊构造的汉语语境中形成了中国当代少数民族文学的传播空间。但是中国当代少数民族文学如何在这一传播空间中具体地呈现出来？汉语文学期刊又是如何采取具体的措施发表少数民族文学作品从而构造少数民族文学的？汉语文学期刊对中国当代少数民族文学的呈现产生了哪些具体影响？接下来的两章，笔者选取发表少数民族文学作品较多的、较具代表性的汉语文学期刊为个案，在具体的个案考察中尝试解决这些问题。

由前面的分析知道，在汉语文学期刊里形成的中国当代少数民族文学的传播空间中，发表少数民族文学作品的汉语文学期刊是呈全国性和省、地两级由上到下的梯级结构分布的。在这个梯形结构中，全国性刊物《民族文学》的地位是最高的，处于核心位置，是发表少数民族文学作品最重要也是最具代表性的汉语文学期刊。《民族文学》当仁不让地是我们个案考察的主要对象。梯形结构中，民族自治区或多民族省份的汉语文学期刊也是较具代表性的、值得选取的个案。这里面，我选择了《草原》和《山花》。为什么选择这两种文学期刊呢？这两种杂志都属于少数民族聚居地区的文学期刊，在打造、建构本地区乃至更大范围内的民族文学方面具有重要的作用。选择这两种文学期刊，可以说是必然性和偶然性综合作用的结果。第一，从期刊本身的角度考虑，这两种文学期刊创刊较早，都创办于20世纪50年代初，在其几十年的发展过程中，都和少数民族文学结下了难解之缘，具有某种代表性，是有着长期历史积累的传播少数民族文学特别是当代少数民族文学的著名期刊品牌。第二，选择这两种文学期刊，有某种社会学的考虑。中国的文学期刊一般是以作为行政区划单位的省为基础创办的；就行政区划来讲，中国当代少数民族聚居的重要特点是，有实行民族区域自治的省份和没有实行民族区域自治而又有少数民族聚居的省份之别。作者在两种省区各选一种：《草原》是民族区域自治省份的文学期刊，《山花》是非少数民族自治区而又有少数民族聚居省份的文学期刊。第三，某种意义上，这又是一种随机的选择。因为少数民族聚居地区的文学期刊相当多，有代表性的、形成品牌的也不少，但我们不可能面面俱到，只能做个案考察；在做个案考察时，也可以只选择一种，但这样做对论题而言，其普遍性值得怀疑，所以选择了两种。需要说明的是，没有选择的文学期刊，并非不具备代表性；用在这里作个案分析的两种文学期刊，恰恰是从具备代表性的文学期刊里遴选出来的。惟其如此，它们才得以成其为个案。

我们首先以《草原》、《山花》为个案，逐一考察这两种文学期刊的沿革以及刊物风格、编辑策略、栏目设置等多方面的内容，考察汉语文学期刊对中国当代少数民族文学的呈现。

第一节　民族自治区的文学期刊：
以《草原》为例

一　《草原》简介

1950年10月，《草原》前身《内蒙文艺》在张家口市创刊，由内蒙古文艺社主办，编辑人员有陈清漳、玛拉沁夫、安柯钦夫等，由陈清漳任主编。1951年，《内蒙文艺》出到6月号后由于内蒙古文艺社的人员被抽调参加"三反五反"运动而停刊。1954年7月，《内蒙文艺》复刊，但更名为《内蒙古文艺》，由内蒙古文联筹委会和内蒙古文艺编委会编辑出版，编辑部地址移至呼和浩特市（1953年，内蒙古自治区人民政府和蒙绥分局由张家口市迁至呼和浩特市），主编仍由陈清漳担任，副主编是鹏飞。1955年9月安柯钦夫出任主编，孟和博彦出任副主编，1956年杨平出任副主编；《内蒙古文艺》1956年12月出到30期后停刊。同时谋划改版，1957年4月在玛拉沁夫提议下《内蒙古文艺》改名《草原》出刊，郭沫若题写刊名。《草原》首任主编孟和博彦，副主编杨平。1958年4月超克图纳仁任副主编。1958年，韩燕如出任主编。1960年，敖德斯尔出任主编。1961年，牧人出任主编。1963年，玛拉沁夫出任主编。1961年1—6月曾短暂停刊。到1966年4月共出刊91期。1966年5月又恢复为《内蒙古文艺》，出至同年6月停刊，出刊2期，另加增刊1期。1972年恢复办刊，始为《革命文艺》，季刊。出刊4期后于1974年1月更名为《内蒙古文艺》（双月刊）。1978年特·达木林出任主编，杨平为副主编，后又增照日格巴图、邓青为副主编。1978年7月恢复刊名《草原》，月刊，办刊至今。1983年张志彤出任代主编，邓青为副主编。1984年，陈广斌出任主编，朋斯克、丁茂任副主编。1986年朋斯克出任代主编。1989年3月丁茂出任主编，荣毅、吴佩灿任副主编。1993年吴佩灿、白雪林任副主编。1996年吴佩灿、仁钦道尔吉任副主编。1998年仁钦道尔吉、谷丰登任副主编。到1999年12月，《草原》创刊49年零三个月，共出刊425期。

二 20 世纪五六十年代的《草原》与中国当代少数民族文学

中国各个少数民族的文学中，蒙古族文学本身有深厚的文化积淀，著名史诗《格萨尔》、《江格尔》都与这个民族有关。他们很早就有了既是历史巨著也是古典文学作品的《蒙古秘史》，近代以来又产生了以尹湛纳希为代表的书面文学。在中国共产党领导进行的民族区域自治的现代实践中，他们更是走在前面，早在全国还没有解放的 1947 年，就成立了内蒙古自治区。如此种种，使蒙古族文学在中国当代少数民族文学的发展中走在前面。几十年的时间，蒙古族文学发展迅速，几乎在当代的每一个时间段都贡献了在全国叫得响的作家作品，在中国当代文学领域里形成一派繁盛的景观。而当代蒙古族文学几十年的发展历程，都在《草原》上得到如目击一般的见证；作为文学得以承载的媒介，它也全力参加到当代蒙古族文学的发展中，是当代蒙古族文学发展过程中一支不可忽视的力量。当代蒙古族文学离不开《草原》。要考察内蒙古自治区其他民族的文学同样也离不开《草原》。作为民族区域自治区的文学期刊，《草原》一开始就是和中国的少数民族文学联系在一起的。这样的联系，可以一直追溯到《内蒙文艺》时期。

从 1950 年的《内蒙文艺》起，围绕着它，就聚集起一大批文艺人才。他们中有不少正是生活在内蒙古草原这片广大土地上的少数民族，如纳·赛音朝克图、巴·布林贝赫、超克图纳仁、云照光、玛拉沁夫、敖德斯尔、安柯钦夫、特·达木林、朋斯克、孟和博彦、巴图宝音等，都是颇有影响的少数民族作家。他们大多数既是作家，也是编辑，都把创作看成是一种革命工作，企图在自己的创作中为社会主义的革命和建设服务，为新社会的人民大众服务。他们以《内蒙文艺》、《内蒙古文艺》和后来的《草原》为园地，从不同角度反映内蒙古的现实生活，描绘内蒙古各族人民在革命和建设中精神面貌的变革。当作为少数民族中的成员的他们这样做的时候，他们其实正在构造着本民族的新文学。这里，作为发表园地的文艺刊物当然有自己的具体发展情形。如它在《内蒙文艺》时期对自己的定位是，"反映内蒙人民各方面生活斗争的文艺刊物"，"主要以文艺工作者、民间艺人、业余剧团、文艺爱好者为对象。指导内蒙文艺运动，供给阅读与演唱材料"①。出于这样的目的，刊物设置的栏目和发表的文类主要是文艺论文、剧本、鼓词、诗歌、小说、工作研究、文艺通讯等。它最后一期发表的文艺作品要目如下：《中央人民政府政务院关于戏曲改革工作的指示》，洛丁、金波的《老人会》（报告），马廼骝的《白菜》（话剧），涅斯克嘎鲁的《母亲》（诗），转载的柳映的《大量创作镇压反革命的作品》，舒野的《漫谈编写鼓词问题》，陈百和的《开展中的翁旗革命活动》（热河通讯），李守云叙述其戏剧生活的《我怎样扮演的苔亚》，乌力吉图的《光荣的少年儿童队员》（连环画），满达的《战场上的国际友爱》（连环画）。从其发表的这些作品来看，它是凸显了"指导内蒙文艺运动，供给阅读与演唱材料"的自我定位的。这样的定位，应该是和《人民文学》在《发刊词》上规定的要"开展国内各少数民族的文学运动"的任务一致的，或许可以视为它作为地方刊物对《人民文学》作为全国性刊物所规定的任务的执行。只是在它执行"任务"中，文学的空间似乎远小于文艺的空间，通俗文艺和一些指导、总结性的文章占了极大的份额。这种状况在后来的《内蒙古文艺》中有明显的改变。《内蒙古文艺》1954 年 7 月出刊

---

① 《内蒙文艺》发布的广告，《内蒙文艺》和同时期的《内蒙古日报》上可见。

伊始，就发表了玛拉沁夫的小说《春的喜歌》、尤尔盖的小说
《吟夏的节日》，孟和博彦的诗《啊，祖国，亲爱的祖国!》、纳·
赛音朝克图的诗《一丛无名的花》、布仁比和的诗《你好，春天》
以及周戈的歌剧《烟荷包的故事》等。以后又陆续发表杨植霖的
诗歌《牧人之诗》和《我同狂欢的人们一同欢呼》、晓程的诗歌
《草原上报喜的姑娘》、孟和博彦的诗歌《庄严的宪法》、安谧的
诗歌《毛主席是我们的太阳》、赵玉明的诗歌《我怀念着你》、
策·盖特布的诗歌《毛泽东之歌》、贾漫的《诗二首》，安柯钦夫
的小说《在冬天的牧场上》、沙痕的小说《雨后》、邓青的小说
《徒工》、玛拉沁夫的小说《情侣之间》，等等，显示出刊物的新
变。从它的新变中，我们一方面看到文学作品相比于文艺作品的
增多，另一方面也看到少数民族特别是蒙古族作者如纳·赛音朝
克图、玛拉沁夫、安柯钦夫、孟和博彦等在和汉族作者一道充实
着《内蒙古文艺》的传播内容。同时，在它发表的一些论文如布
赫的《积极发展内蒙古民族的文化艺术》、陈清漳的《为发展内
蒙古文学艺术事业而努力》、黄静涛的《蒙古民族古代文学试探》
等中，我们看到一种要建构蒙古族的文学艺术的努力。特别是
《蒙古民族古代文学试探》，《内蒙古文艺》9、10、11连续三期刊
登，更显示出一种强烈的趋向，也留给读者深刻的印象。它虽然
清理的是古代的蒙古族文学，却会在这种清理中用现代的文学观
念重新认识已经湮没在历史烟尘中的知识碎片，建构起一套新的
蒙古族古代文学的知识谱系。

　　如果以上的分析判断算是《内蒙古文艺》的新变——而且
这些新变也是在严格地遵守"参加祖国建设行列"① 的规范中进

---

　　① 《内蒙古文艺》的发刊词是《参加祖国建设行列》，见《内蒙古文艺》1954
年7月号。

行的，那么，这样的新变在当时的文学期刊出刊机制中却是得不到认可的。1955 年 7 月，《内蒙古文艺》在出满 12 期，发表了专业和业余作者的 181 篇作品后，从本期（第 13 期）起进行了改革，开始横排，同时执行新的编辑方针、任务。署名"编辑部"的《改正缺点办好刊物》在指出过去工作中存在的缺点时说："长时期以来，《内蒙古文艺》没有明确切实可行的编辑方针，盲目的从形式上向全国性大型刊物看齐，忽视了地方的特点及条件，因而在过去的一年中，在编辑工作及刊物中，都产生了不少的缺点。"这些缺点包括："缺乏群众观点，忽视人民的实际需要，曾把一些思想水平和艺术水平不高甚至有严重缺点的作品发表出来。""刊物的战斗性不强，这具体表现在对当前文艺战线上的资产阶级反动的唯心主义置之不理，从思想上没有重视这样尖锐而严重的阶级斗争，因此在开展批判资产阶级唯心主义的运动中，我们刊物的态度是十分冷淡和无力的。""没有广泛展开文艺批评和自由讨论。""在发表群众文艺读物和供专业与业余剧团上演的演唱材料上，存在着重量不重质的形式主义的倾向。特别严重的是对我区人民群众所喜闻乐见的地方戏曲不够重视，没有通过我们的刊物进行更多的介绍。此外，我们没能根据读者的爱好，更多的发表些短小精悍、形式多样而活泼的作品。"还有一些具体编辑工作中的失误，如"长期积压稿件"，"对通讯员的帮助与培养是非常不够的"，"在刊物上出现了很多不合民族语言习惯规律和语法结构的句子；特别是错字、别字、漏字非常多，这些错误达到难以在刊物上更正的程度"，等等。改正缺点的措施除"充实编辑部，提高编辑水平，加强理论学习，熟悉编辑业务，改进工作作风"和"改进通讯联络及组织稿件工作"等外，最主要的方面是，"《内蒙古文艺》将逐步变成综合性的通俗的群众文艺刊物"。这是刊物对自身的定位，采取的措施是："今后要着重发表及时反映内蒙古各族人民在祖国社会主义建设和社会主义改造事业中的生活斗争（的作品——引者注），应注意描绘新人物的精神面貌，要求刊物上发表的作品是通俗易懂、短小精悍、风格与体裁多样化的文艺作品和演唱材料，并适当的刊登群众文化生活的评论。"最后的也是根本的目标则是"达到以共产主义思想教育人民、鼓舞人民和丰富人民群众文化生活的目的"。① 在同时刊登的《稿约》中也显示了《内蒙古文艺》对于自己的新的定位。该刊欢迎的稿件有两大类："一、我们欢迎及时反映内蒙古自治区各族人民在社会主义建设和社会主义改造事业中的生活斗争的文学艺术作品。二、我们欢迎通俗易懂、短小精悍的各种各样的稿件。"在第二类稿件中又分六个小类："1. 小说、散文、诗歌、特写、生活故事、小品文等。2. 剧本、二人台、鼓词、快板、相声、歌曲和其他演唱形式的作品。3. 内蒙古民间口头文学，像民歌、好力宝、故事、谚语、歌谣等。民间文学的浅显的研究文章。4. 结合目前现实生活的蒙文翻译作品。5. 美术作品，像宣传画、连环画、年画、速写等。6. 群众文化生活的各种评论文章。"②

　　对于《内蒙古文艺》来说，在其"综合性的通俗的群众文艺刊物"的定位里有两个重要的方面：一是政治性仍被放在第一位。文艺创作要达到的目的带有极强的政治功利色彩，它要为内蒙古自治区的"社会主义建设和社会主义改造事业"服务。在这样的定位中，刊物的思想性和战斗性当属题中应有之义。二是它作为地方刊物的"地方的特点"受到强调。不仅要为本地区的革命和建设事业服务，刊登的作品也要为本地区的群众喜闻

---

① 《内蒙古文艺》1955 年 7 月号，总第 13 期。

② 此《稿约》在 1955 年 7 月号以后的《内蒙古文艺》上随处可见。

乐见。在这两个方面受到强调的同时，内蒙古作为多民族聚居区的民族特点浮现出来，人们对于《内蒙古文艺》的要求是"反映内蒙古各族人民"的"生活斗争"。显然地，这样"反映"的一个重要结果，不能不是内蒙古各少数民族的文学特别是蒙古族文学作品的涌现。

改革后的《内蒙古文艺》增加了适合于演唱的内容。1955年7月号的主要篇目是：蒙古民间说唱艺人毛依罕的好力宝《铁牤牛》（漠南译）、晓柳的《读〈铁牤牛〉》，纳·赛音朝克图作、孟和博彦译的《火炬》（诗），张淑良的《关于内蒙古自治区民族民间音乐、舞蹈、戏剧会演的几个问题》，沈沉等整理的二人台《五哥放羊》，席子杰的《对整理二人台传统剧目的体会》，叶新龄的小说《早晨》，照日格巴图的散文《新战士的日记》等。《编者的话》说《铁牤牛》"很值得重视"。接下来，《内蒙古文艺》不断发表相声、歌剧、话剧、快板、唱词等，如9月号发表杨争的相声《打油》，10月号发表孟庆增相声《大检查》、超克图纳仁独幕剧《我们都是哨兵》，11月号刊登土默特旗南台什乡业余剧团集体创作的《李永祥应征》（四场歌剧），乔奋一的《一眼井》（独幕歌剧），丁耀辰、崔吉先口述的《疯僧扫秦》（晋剧）和苗文琦的《探病》（二人台）等。发表这些作品，可以看成改正缺点，落实新的编辑方针的努力。到12月号，则"为了供应群众春节文娱活动的需要"，登载了一个歌剧——陈寿轩的《李富回到合作社》，两个独幕话剧——李汀的《第三次试验》和沙痕的《炸药包上的主任》，并转载了一个小歌剧《买毛驴》（作者王血波）；此外还选载了一些快板、相声和唱词等。这些努力，加大了对于群众通俗文艺的重视，看来是力图把自己变成"综合性的通俗的群众文艺刊物"。

同时，《内蒙古文艺》高度注重刊物的政治性，头条刊登的一般都是和当时的重要政治事件有关的文章，显出一种紧密配合政治任务的倾向。如连续几期在"彻底粉碎胡风反革命集团，清除一切暗藏的反革命分子"专栏中刊登批判文章，转载《人民日报》社论《必须从胡风事件吸取教训》，也刊登《胡风反革命集团的罪恶证据》。8 月，除转载《人民日报》社论外，于头条发表编辑部社论《为全部实现第一个五年计划而奋斗》，11 月号还扩版刊登毛泽东的《关于农业合作化问题》和《中国共产党第七届中央委员会议（扩大）关于农业合作化问题的决议》；同期刊登阎素的《文艺工作者要为社会主义建设服务》（在内蒙古自治区第一届民族、民间音乐、舞蹈、戏剧观摩演出大会上的报告）。12 月号"为了号召广大的专业和业余作者大力创造反映农业合作化的作品"①，以编辑部的名义于头条发表短评《用作品迎接农业合作化的高潮》。

专业作者创作的诗歌、小说、散文等文学作品占的比重没有以前大，可是一直存在着。如 9 月发表扎拉嘎胡的小说《友谊》，10 月发表玛拉沁夫的小说《命名》、纳·赛音朝克图的好力宝《北京颂》（霍尔查译）、成奇的小说《前进屯的春天》、巢人的小说《一个平凡的测量员》，12 月发表张翼的小说《种谷》、乌日娜的散文《在北京的日子里》和白淮的诗《黎明》。从 1956 年 9 月开始连载玛拉沁夫的长篇小说《在茫茫的草原上》（上部），至 12 期续完。这些作品发表出来经过滤除后，很快进入更高一层次的传播——1957 年 5 月 12 日，《文艺报》第 6 期刊登广告《作家出版社出版蒙古族作家的作品》，这些作品包括：玛拉沁夫的长篇小说《在茫茫的草原上》（上）、扎拉嘎胡的中篇小说《春到草原》、安柯钦夫的短篇小说集《草原之夜》、玛

---

① 《编者的话》，《内蒙古文艺》1955 年 12 月号。

拉沁夫的短篇小说集《春的喜歌》、纳·赛音朝克图的诗集《幸福和友谊》和超克图纳仁的独幕剧《我们都是哨兵》。其中不少作品都在《内蒙古文艺》上刊登过。

　　1957年，应和着因"双百"方针的提出而在全国兴起的期刊改革风潮，《内蒙古文艺》经过一段时间的谋划改名《草原》于1957年4月正式出刊。《内蒙古文艺》改名《草原》的初衷是，将艺术类的演唱及曲艺作品分离出去另办一本刊物，而把《草原》办成专发文学作品的文学期刊。同时，它也表示要坚持社会主义方向，贯彻"双百"方针，凸显民族特点和地方特色。它新发布的《稿约》"欢迎各种文艺形式的作品"，包括三类："1. 诗歌、小说、散文、特写、剧本、民间文学、古典文学作品等。2. 关于创作问题的论文、作品评论，关于古典文学及民间文学的研究论文等。3. 具有现实意义的短小精悍的翻译作品。"①可以看出，它欢迎的稿件只是按"文艺形式"作了区分，三类稿件可大致分为作品类、论文类、翻译类。在这样的区分中，随处可见的政治性的要求被涤除了——当然，它会内化在作品的具体写作中；在这样的区分中，演唱及曲艺等艺术类作品被分离出去，文学似乎变得更加"纯粹"。显然地，刊载所述三类作品，《草原》就会从原来的文艺期刊变成文学期刊。这样，新出刊的《草原》给人的突出印象是增加了某种更为偏向文学的文学性，同时也强调连带着地域特色的民族特点；相对而言，对于思想性、政治性、战斗性的强调就不显得那么突出。以下是《草原》创刊号要目：编辑部的《让〈草原〉变得更美丽》，纳·赛音朝克图的诗歌《白色的焦金湖畔啊》，吕剑的诗歌《射鹿》，巴·布林贝赫的诗歌《毛毛雨》，照日格巴图的诗歌《哨兵》，安谧

---

　　①　此《稿约》在1957年多期《草原》上都可见到。

的诗歌《兴安岭之夜》，其木德道尔吉的诗歌《处女峰》，玛拉沁夫的散文《老牧人和他的一把木椅》，安柯钦夫的小说《黄金季节》，乌兰巴干的《九月的科尔沁》（长篇小说选载），白歌乐翻译的蒙古古典文学《成吉思汗的两匹骏马》，王炜的论文《必须继承民族文学传统》。这份要目，包括了刊物欢迎的三类稿件，从中不仅可以看到文学变得更加"纯粹"，还可以看到蒙古族文学的展现：这里既有蒙古族的古典文学，也有纳·赛音朝克图、巴·布林贝赫、照日格巴图、其木德道尔吉、玛拉沁夫、安柯钦夫等蒙古族新起作家开辟的蒙古族的当代文学。接下来的几期也基本上按照这种状态持续着。这是一种宽松自由、活泼轻灵的状态。这当然是和全国的整体氛围连接在一起的。《草原》利用创刊后短短几个月的时间，也展现了一回自己的美丽。

不过好景不长。7月份，《草原》已在进行某种收缩。到8月份，它利用建军节的来临出了一期"八一"专号，发表解放军的作品。9月份又出包钢专号，发表工人或描写工人生活的作品，同时又从本期起辟"彻底反击右派"的专栏，发表大批判文章，很机智地把自己融进了时代所要求的政治潮流中。

除了走得比较稳健之外，或许也由于处于民族地区，受到民族政策的荫庇，在裹挟一切的反右运动中，《草原》虽然也受到批判，但和全国其他文学期刊相比，它受到的冲击不是很大。发表沙痕的《包头两兄妹》（1957年9月号）和扎拉嘎胡《悬崖上的爱情》（1957年12月号）引起的批判是其中较大的两场，都及时检讨过了"关"。

1958年，《草原》在战战兢兢中迎来了狂欢节般的"大跃进"，一方面自我检讨，刊登批判文章，另一方面又表现得干劲十足，要去争取文学创作的大丰收。1月，它一方面刊登编辑部文章《我们的检讨》"检讨"发表《悬崖上的爱情》的错误和沙痕的检讨的文章《难忘的历程》，另一方面又于头条发表《到群众的火热斗争中去，争取 1958 年文学创作的丰收》，提倡到群众的火热斗争中去争取文学创作的丰收。从本期起还缩小了字号，以容纳更多的内容。4 月，一方面发表批判尹瘦石的文章，另一方面又以头条发表短论《争取文学创作的大丰收》。短论说："在这个轰轰烈烈的英雄时代，要求每一个作家、诗人、批评家，专业和业余所有一切从事文学创作的战士们，拿起笔来，鼓足革命干劲，掀起社会主义文学创作大跃进的高潮。" 短论在新的形势下提出了对创作的具体要求："多写各种短小形式的作品：用诗歌、小的短篇小说、独幕剧、特写、杂文等及时的（地）反映跃进中的人民生活和斗争。""我们要打响第一炮，在明年国庆十周年前夕，争取在文学创作上来个大丰收！"① 在这种一方面检讨、批判，一方面鼓劲跃进的有破有立、边破边立的期刊行为中，它发布的广告对自己作了这样的定位："通过诗歌、小说、特写、散文及其他短小活泼的文学形式，及时反映内蒙古自治区的社会主义大跃进后和各族人民在各个历史时期的革命斗争，内容丰富多彩，具有浓厚的民族特色和地方特色。"② 看来民族特色和地方特色仍是被强调的。为凸显民族特色和地方特色，它除了发表反映各族人民现实生活的作品外，还辟有民族民间文学专栏，介绍自治区各族当然主要是蒙古族人民的民歌、好力宝、民间故事和古典文学。今天看来，处于那个历史时期的《草原》，不管是检讨、批判，还是鼓劲跃进，在一般的评价中都是被怀疑和否定的。但是不能否认的是，在"大跃进"的1958 年以及紧接着的 1959 年的两年间，《草原》这片园地其实

---

① 　《草原》1958 年 4 月号。
② 　《草原》广告。1958 年的文学期刊中常见，如《人民文学》1958 年第 7 期。

是相当热闹的，即使不能说繁盛，也可以说展现出一片独特的美丽；而这片美丽很大程度上是属于少数民族尤其是蒙古族文学的。作品作为文学期刊这种大众媒介传播的主要内容最有资格证明这一点，且来看看《草原》发表作品的情况：

1958 年

1 月　发表阿·敖德斯尔作、玛拉沁夫译的小说《一个姑娘的经历》，孟和博彦的电影文学剧本《嘎达梅林》（分两期续完）。

2 月　发表韩燕如辑录的《爬山歌选》。

3 月　发表王致钧的小说《梅女子》、乌兰巴干的小说《初春的山谷》。

4 月　发表其木德道尔吉的《饥饿的年代》（长篇小说《西拉木伦河的浪涛》的第一章至第三章）。

5 月　从本月起开始连载（10 月除外）玛拉沁夫的长篇小说《在茫茫的草原上》（下），至 1959 年第 2 期结束。

6 月　刊登"民族民间文学专辑"，内容有内蒙古各族民歌、民谣、民谚、民间故事和民间叙事长诗，以及反映新生活的新民歌、新民谣和反映生产大跃进的好力宝、快板诗等。本月起开始连续刊登（10 月除外）桑杰扎布译的《格斯尔传》，至第 11 期续完。同期刊登白歌乐的《〈格斯尔传〉介绍》。

10 月　出"诗歌专辑"，刊载林伯渠、李欣等的诗作，各民族的民歌，反映大草原的新诗以及反映工业战线的诗等。

11 月　开始刊登工厂史，以及人民公社的群众创作。

12 月　出"小说、散文专号"。

1959 年

1 月　刊登"革命斗争故事"专辑，发表革命回忆录。

3 月　开始连载蒙古民间艺人琶杰编唱、其木德道尔吉整理、安柯钦夫译的《英雄的格斯尔可汗》（长诗），至 8 月续完。

4月　发表安柯钦夫的《兴安岭素描》(三篇),被7月的《人民文学》选载。

5月　从本月起连载陈清漳、赛西整理的《巴拉根仓的故事》至9月。发表敖德斯尔著、斯琴高娃译《在温暖的怀抱里》,该小说原载《花的原野》1958年第10期。同期还发表超克图纳仁的独幕剧《长翅膀的心》。

8月　刊登文章讨论玛拉沁夫的小说《在茫茫的草原上》(下),连续两期。

9月　刊登敖德斯尔作、斯琴高娃译的《小钢苏和》,原文载《内蒙古文艺》1956年第8期。

10月　选登扎拉嘎胡的长篇小说《红路》(作家出版社本年出单行本),同期刊登蒙古族作家纳·赛音朝克图的诗作《狂欢之歌》(丁师灏译,《人民文学》本月也发表该诗,作家出版社1960年出版该诗),杨植霖的《扎兰屯》,敖德斯尔的《时代的性格》,冯国仁的《达斡尔人的鹰》,导卜钦巴拉珠尔的《北京来的大夫》等,同期还发表理论文章孟和博彦的《欣欣向荣的内蒙古文学》、李欣的《关于大跃进民歌——大跃进民歌集序》。

11月　发表巴·布林贝赫长诗《生命的礼花》(丁师灏译),格尔乐朝克图的《井边上》,朝襄的《猎人》(第一部)。

以上所列只是《草原》在这两年中所发表的部分作品的篇目,但也足以使我们看到它的"热闹":一方面是"群众"高涨起冲天干劲,创作了许多民歌,另一方面,专业的文艺工作者也焕发出热情,创作或整理出不少文学作品。应当怎样理解《草原》在这两年中的"热闹"?如我们现在提到"大跃进"时一般的说法那样是一种表面的繁荣而实际狂热干枯吗?我们当然不否认《草原》这段时间发表的作品打上了那个狂热时代的烙印,但是,因此而说这些作品都不可取,事实可能又不尽然。如果是这样，将很难理解这段时间为什么产生了《在茫茫的草原上》（下）、《红路》等长篇小说，《小钢苏和》、《兴安岭素描》、《时代的性格》等短篇小说，《狂欢之歌》、《生命的礼花》等长诗，以及搜集整理出来的《爬山歌选》、《巴拉根仓的故事》、《格斯尔传》、《英雄的格斯尔可汗》等蒙古族传统的民间文学。这样一些成果，直到今天，仍不断地作为优秀的作品被提到。在这些作品中，《在茫茫的草原上》、《狂欢之歌》、《生命的礼花》还是一些进入中国当代文学经典行列的文本。这些作品中的大多数，正是蒙古族文学特别是蒙古族当代文学的重要组成部分。它们和在这之前的一些作品一定意义上表明了老舍在他的著名报告里所说的少数民族新文学的兴起。我认为，这是《草原》展现出来的独特的美丽。对《草原》展现的美丽或许可以这样理解：20 世纪中国大地经历的时代巨变，特别是进入 20 世纪后半期内蒙古草原经历的时代巨变深深地影响了蒙古民族的生活，这一切已经在民族心理中积淀下来，也在那些从事写作的人们的感情中得到感知和反思，当整个社会，包括《草原》，都在期待、呼唤文学创作领域也要跃进、也要争取丰收时，无疑会激发他们的内心深处的热情，调动全部的生命活力勤奋笔耕，写出优秀的作品来；而《草原》作为内蒙古大地最重要的文学媒介，一方面发表了这些作品，以各种方式对它们作了第一次的传播，另一方面也通过《稿约》、编辑部短论等形式或途径促成了这些作品的产生，使这些作品在它所开辟的空间里展现出来。

但是，在惯于用政治运动的方式开展所有领域的工作的时代，在一种今天一般称之为"左"的政治思潮占据上风并使执政党和国家的政治生活以及民众的日常生活都受到伤害的形势下，从来就和社会政治紧密相连的文学期刊也不能不受到影响，这种影响会转而伤害到文学；而且随着"左"的政治思潮愈演愈烈逐渐加深，文学在用政治标准来衡量和评价的过程中越来越沦为政治的附庸和工具。这是我考察《草原》特别是 50 年代末期之后的《草原》得到的一个重要印象。经历了 1957 年的反右扩大化和 1958 年的"大跃进"运动之后的《草原》，和全国所有的文学期刊一样，把政治性、思想性、战斗性和群众性作为刊物的首要追求；作为文学期刊，又处于民族地区，它当然也有文学性和民族特色的追求，但是所有这些，都笼罩在浓厚的政治氛围中，文学性与民族特色的追求之中贯穿着政治性和战斗性。对于政治的片面强调在伤害整个中国文学的同时也伤害了少数民族文学，少数民族文学在 1960 年老舍作过报告之后并没有作为一个领域受到专门的关注。事实上，刚刚兴起的少数民族新文学湮没在席卷一切的政治运动的浪潮中。

　　《草原》1960 年的《稿约》欢迎五类稿件：一是"反映工农兵生活的短篇小说和反映区内工、农、牧、林大发展中各族人民新生活的短小精悍的作品"。二是"有充实的生活内容和饱满的热情的诗歌，特别是欢迎歌唱总路线，歌唱大跃进，歌唱人民公社的诗歌和来自广大工农兵群众创作的新民歌"。三是"以反映我区各族人民在各个生产战线上涌现出来的新人新事和在党的民族政策的光辉照耀下，蒙古族和区内其他少数民族工人、农民、牧民的成长为题材的独幕剧、多幕剧和电影剧本"。四是"联系创作和生活实际的理论文章和短小精悍、富有教育意义的政论、杂文，特别是区内作家在读者中有影响的作品评介和书评，对广大业余作者和文学爱好者有指导意义的创作杂谈，文学知识等文章"。五是"区内各族人民丰富多彩的民间文学，和具有现实意义的短小精悍的蒙文翻译作品"。① 这五类稿件其实按

---

① 　可见《草原》1960 年第 1 期。

小说、诗歌、剧本、论文和杂谈、民间文学和翻译作品作了分类，但加了那么多限定词，这些限定词内含着刊物对稿件的取舍标准，也规定了刊物在未来一段时间的发展方向。在层层的限定中，我们能读出刊物对稿件政治要求的加强，它接下来开辟的专栏如"人民公社万岁"（从本年第 1 期起）和"高唱三面红旗"（从本年第 4 期起）以及临时赶制的一些专辑如"欢呼 1959 年伟大胜利"、"中苏友谊万古长青"、"纪念列宁诞辰九十周年"、"我们是新世界的主人"等证明了这一点。

如果说 1960 年的《稿约》还按文类向作者约稿，还体现出一定程度的"文学"观念，那么，这种观念发展到后来也发生了变化。到 1965 年，《草原》对所欢迎的作品作了这样的规定：

> 一、在内容方面：歌颂党、歌颂毛主席、歌颂建国十五年以来的伟大成就，特别是歌颂三面红旗的伟大胜利，歌颂党的民族政策的伟大胜利；反映我区各族人民在党的领导下，自力更生，奋发图强的精神面貌。
>
> 反映阶级斗争、生产斗争和科学实验三项革命运动的伟大成就，突出表现我区社会主义革命和社会主义建设的重大斗争与胜利，深刻地表现各族人民在社会主义建设中的英雄气魄，兴无产阶级思想，灭资产阶级思想，以社会主义和共产主义思想教育人民；歌颂各条生产战线上的先进人物和先进事迹，特别是及时反映在当前火热斗争中，出现在农区、半农半牧区、牧区和工矿区的新人物、新生活、新风貌。
>
> 二、在形式方面：欢迎各种短小精悍、适宜于农村、工矿业余剧团和《乌兰牧骑》演出的剧本、曲艺，以及通俗易懂、能够为群众所阅读的报告文学、短篇小说、散文、"四史"和诗歌，尤其欢迎小歌剧、二人台、二人转、好力

宝、小小说、新民歌以及用民歌体写的诗。①

文学首先作了思想内容方面的规定，这就难保不产生大量主题先行、图解政策的模式化作品。在它的规定中，文学变得只有一种声音可以表达，那就是歌颂。舍此别无他途。这不仅会把文学驱入简单化、绝对化的死胡同，变成千篇一律的颂歌，甚至会把文学变成假、大、空的套话与谎话。在形式方面，剧本、曲艺、小歌剧等更多属于艺术形式的作品成为刊物的首选，原有的文学的空间被挤占了。比较两份《稿约》，会发现，按照《草原》的约定，文学会在成为政治工具的路上走得越来越远，文学会变得越来越不像文学。《草原》的变化，其实是那个时代所有文学期刊的宿命。在这样的变化中，它一直强调的民族特色和地方特色，也难以作出主动的期刊行为去加以建构。这不仅是对文学的伤害，还是对刚刚兴起的少数民族新文学的伤害。

　　事实表明，在国家的政治生活不正常的形势下，在文学越来越成为政治附庸的情况下，《草原》在发展当代少数民族文学尤其是当代蒙古族文学方面是难以有所作为的。这样一种状况，即使是在 1971 年 12 月它恢复为《内蒙古文艺》出刊的几年内都是如此，基本上一直持续到新时期的开始。

　　不过，这是一般情况，不可低估文学反映现实的多样化手段，不可低估它在僵化社会中寻找缝隙的努力。就此而言，《草原》在这段时间对于刚刚兴起的蒙古族当代文学的意义可能也不是一般理解的那样简单。比如，它后来发表的葛尔乐朝克图的电影文学剧本《友谊的光芒》（1960 年 1—3 月连载）、

---

　　①　可见《草原》1965 年第 2 期。

敖德斯尔的短篇小说《水晶宫》（1961年11月）和《撒满珍珠的草原》（1962年3月）、玛拉沁夫的长篇小说《茫茫的草原》（《在茫茫的草原上》（下）的修改本，1963年1—2月连载）、云照光的《蒙古小八路》（1964年5月）等，就是不能忽视的蒙古族当代文学作品。这是在作出上述基本的判断时要加以警惕的。

三 新时期的《草原》与中国当代少数民族文学

我们在20世纪50—70年代的《草原》上看到蒙古族当代文学的兴起，也看到《草原》作为传播媒介在其中发挥的作用。但是由于将文学政治化的极端影响，《草原》在发展当代少数民族文学特别是当代蒙古族文学方面进一步地有所作为的可能性，只有在新时期较为宽松的政治环境中才能变成现实。1978年，《内蒙古文艺》第1期刊登的记叙编辑部邀请部分专业作家、业余作者和文学评论工作者举行座谈会情况的文章《批判"文艺黑线专政"论》已在发出使作家振奋的信号。本年第4期，《内蒙古文艺》改名《草原》，开始了它和新时期基本上同步发展的征程。《草原》复刊号发表了《尤太忠同志在内蒙古文联全体委员（扩大）会议上的讲话（摘要）》、《解放思想，繁荣创作，为实现新时期的总任务作出更大贡献——郑广智同志在内蒙古文联全委（扩大）会议上的讲话（摘要）》、《团结起来，为繁荣我区社会主义文艺事业而努力——云照光同志在内蒙古文联全委（扩大）会议上的报告（摘要）》。这些讲话或报告，当然还连带着《草原》之外的一些更重要的讲话或报告，虽然仍是政治性文件，却释放出比一般的政治文件更多的意义。它们告诉人们，文学可以不必再像以前那样，受到被捆绑着走路的限制；文学现在得到了解放，在社会主义和新时期总任务的大前提下，可以在更为广阔的天地里自由驰骋。署名"本刊编辑部"的文章《纵情歌唱新时期的总任务》在其"纵情歌唱"的召唤中，也透露出文学得到解放的消息。这里得到解放的，显然也包括作为少数民族文学的蒙古族文学特别是蒙古族当代文学。接下来，《草原》刊登陈清漳的《关于〈嘎达梅林〉及其整理》（第6期）、布赫的《大力发展民族、民间文化艺术，繁荣社会主义文艺创作——在全国五省区广播电台蒙古语说书录音会上的讲话（摘要）》（第8期）、赵永铣的《必须正确评价民族民间文学遗产》（第8期）等讲话或文章，显示少数民族民间文学正在受到关注。还有一些文章如魏泽民、梁一孺的《独具色香的艺术花朵——重读〈遥远的戈壁〉》（第5期）、马逮英的《喜看风暴重又起——重评影片〈鄂尔多斯风暴〉》（第7期）、陈寿朋的《草原鲜花开不败——重评〈花的草原〉》（第9期）等，对自治区内五六十年代的一些著名作品进行了重读、重评。这些受到重读、重评的作品几乎都可归属于蒙古族当代文学的范畴。对它们的重读重评，固然首先是响应主流思想界正在进行的拨乱反正工作，但是在重读重评中对作品"独具色香"的艺术性的挖掘，必然涉及作品的民族特色。更有一些作品如照日格巴图的《旗委书记》（第1期），甫晓涛的《女婿上门》（第5期），敖德斯尔、斯琴高娃的《骑兵之歌》（长篇选载）（第6期），扎拉嘎胡的《雪拥青山》（第4期），纳·赛音朝克图遗作、特·达木林译的《乌审召颂歌》（第3期）、《白银花组诗》（第4期），苏赫巴鲁的《金葵的姊妹红柳的伙伴》（第4期），查干的《蛮汉秋日行》（组诗）（第5期），云照光、敖德斯尔等的《蒙根花》（第1期，电影文学剧本）等出现在这份刊物上，显示着当代蒙古族文学的存在。

　　进入新时期的《草原》，其文学色彩愈加浓厚；对于民族特色和地方特色的重视也被更加明确地提了出来。1980 年 2 月，它刊登《〈草原〉文学月刊社启事》，说明已由综合性文艺期刊改为文学期刊。这表明它作为自治区最大的汉语文学期刊，也作为蒙古族当代文学的重要载体已经站稳了脚跟。本年上半年，当全国的文学期刊编辑工作会议在北京举行之后，内蒙古的相关会议也紧接着举行。对于包括《草原》在内的自治区的文艺刊物来说，这是一次重要的会议。会议鼓励文学期刊大胆主动地采取各种措施繁荣创作，这无疑会促使文学期刊行动起来，对文学创作发挥更多的主体能动作用。自治区文联主要领导人之一云照光在会上的发言发表在《草原》上。他的发言专门谈到民族特点和地区特点的问题。在他的认识中，"自治区文艺的民族特点和地区特点问题，是自治区文艺发展的一条客观的规律"，这就是说，自治区文艺之所以能够产生并发展，是连带着民族特点和地区特点的。他告诫说："这个问题，我们的文艺期刊更应注意，没有民族特点和地区特点，没有自己的特色的文艺刊物，是没有感染力和生命力的。"民族特点和地区特点，是从刊物特色的角度来考虑的。他的发言还谈到文艺刊物应该着重抓好的五个方面的工作：一是"要明确办刊物的目的"。"作为地方文艺刊物，基本宗旨应当是以反映本地区人民的生活和斗争为主，为繁荣本地区文艺创作服务。"二是"根据本地区的特点和实际需要，在内容、形式上有所侧重。但是，无论是哪种刊物，都必须面向本地区"。三是"必须充分表现民族特色和地区特点"。"我们的文艺刊物，无论是作品还是言论，都应当注意到内蒙古自治区是一个多民族的自治区，是我党在全国建立起来的第一个民族自治区，我们的文艺刊物，应特别注意这个特点，反映这个特点。"这一方面的工作提得最为明确。四是"充实、加强编辑力量"。五是"创造条件，团结和培养各民族的作者"，要"有计划、有重点地对作者，尤其是少数民族作者和妇女作者，进行培养和扶植"。① 他所强调的五个方面的工作，除第四方面涉及期刊自身内部的建设外，其他每一方面都和民族特色有关。云照光的发言，显示出对于民族特色异乎寻常的重视，这是对民族自治区文艺刊物的特色的发现和认可，由于他的特殊的身份，更是对刊物在此后的编辑工作中注重民族特色的展现进而注重少数民族文学的传播和建设的一种推动。

当然，在云照光发言的后面，有着更为强大的力量，如国家政治生活在拨乱反正中逐渐走向正常，民族政策的再次强调和进一步落实，少数民族文学受到的更多的重视，等等。种种力量的推动，使《草原》对自己在发展少数民族文学特别是蒙古族文学方面所起作用的认识越来越明确，相应，实行的举措也越来越主动。事实上，进入80年代的《草原》和全国所有的文学期刊一样，表现得异常活跃，采取了多种多样的行动来推动文学创作的发展。这些行动包括举办各种座谈会或培训班，推出各种专栏或专号，开展评奖活动，刊登各种言论，或者在发表作品时编辑直接现身对作品进行点评，等等。这些行动，有的取得了极大的成功。如它80年代中后期开辟的诗歌专栏"北中国之星"或"北中国诗卷"一直持续到现在，发表了许多思想性艺术性俱佳的诗歌，聚集了一大批有实力的中国诗人；"北中国之星"也因此成为聚集当代诗歌的著名园地，成为传播诗歌的品牌专栏。《草原》的所有行动，有一个重要的针对对象，那就是少数民族作者，特别是少数民族的青年作者。如1981年9月的《草原》在其《告读者》中预告第10期是小说专号，其中特别提到，"这一期小

---

① 云照光：《同心同德，为繁荣自治区文艺事业而奋斗——在全区文艺期刊和文艺理论座谈会上的发言》，《草原》1980年第7期。

说专号将用大量篇幅登载我区近几年涌现出来的一批青年作家特别是少数民族青年作家的力作，不仅有蒙古族、汉族作家的作品，而且也有鄂温克、达斡尔等民族作家的作品"①。这样的特别提醒证明作为大众媒介的《草原》对于少数民族文学作品的发表是主动的，对于少数民族文学的传播是有意识的。

更不能忽视的是它推出的各种有关少数民族文学的专辑。1981年12月的《草原》发表"花蕾初绽——达斡尔族、鄂温克族、鄂伦春族新作者作品专辑"，收入巴雅尔的《深红色的玉色烟袋嘴》、毅力铁的《掉进钱窟窿的人》、敖长福的《猎人之路》、白石的《爱 de 萌芽》、阿凤的《一个达斡尔族姑娘的心》、孟松贵的《阿尔塔》、阿黛秀的《星》和杜梅的《蓝色宝石》八篇作品。八篇作品的作者，四名是鄂伦春族，三名是达斡尔族，一名是鄂温克族。这些民族，尤其是鄂伦春族基本上是有史以来第一次出现用文字反映本民族生活的文学写作者。这期专辑在当时很快引起强烈的反响。《民族团结》为此专门发表评论员文章介绍评述。文中说，"《草原》文学月刊编辑部协同作协内蒙古分会"为培养人数比较少的民族的文学作者，"特于1981年7月到8月，派得力人员到内蒙古呼伦贝尔盟召开的创作会议上，热情地帮助这些初学写作的作者修改润色作品"。"他们在培养比较后进的兄弟民族新作者方面，肯下苦工夫，精选壮苗，提供版面，细心培养，使那些稍一荒芜即枯，稍一扶植即荣的文学新苗得到及时地（的——引者注）培育灌溉。""他们这是在为中华民族文学艺术作百年大计、万年大计的工作。这也反映出党的三中全会后，党的民族政策深入人心，各民族人民的团结进一步增强，这件工作的意义已不局限于文学艺术领域。""《草

---

① 《告读者》，《草原》1981年第9期。

原》文学月刊编辑部的这一工作，不仅理所当然地受到这些民族的热烈欢迎，也为我国少数民族文学史填写新篇章作出了有益的贡献。"①《民族团结》评论员的介绍表明，《草原》编辑部在对待少数民族文学方面，并非消极地等待作者赐稿，而是主动出击，派得力人员走出编辑部去寻找稿件，还帮助初学者"修改润色作品"；不仅如此，还提供专门的版面，集中推出少数民族作者的作品。这样的举动，在我看来，就不仅是在传播少数民族文学，也是在建设、构造少数民族文学了；而作为中国当代的汉语文学期刊，它呈现出来的少数民族文学，自然会是中国当代的少数民族文学。

80年代的《草原》，用这种专辑甚至专号的形式呈现中国当代少数民族文学，并不止于这一次。如1989年9月它就推出"伊克昭盟作者专号"，发表李文的《榆树村的老人》、阿云嘎的《高原上，有过这样一位母亲》等作品。《卷首语》说："以鄂尔多斯高原为象征的伊克昭盟，素有'歌舞之乡'的美称。近年来，更有一支咄咄逼人的文学创作队伍从内蒙古文坛悄悄崛起。这期小说专号便是一个明证。""正值国庆四十周年前夕，我们编发这期小说专号。本身是对鄂尔多斯文学新军的一次检阅。同时也期望伊盟文学创作的良好势头能在内蒙古文坛形成强大的冲击波。"②

《草原》以专辑、专号这种特别集中的方式对中国当代少数民族文学突出地呈现还是比较少见的；它对中国当代少数民族文学的呈现更多是以分散的、混融的方式实现，即把少数民族作者

---

① 《民族团结》评论员：《花蕾初绽添春色——赞〈草原〉文学月刊培养民族新作者》，《民族团结》1982年第2期，《草原》1982年第5期转载。
② 《卷首语》，《草原》1989年第9期。

的作品和汉族作者的作品混融在一起，分散地发表出来。如
1983年10月发表哈斯乌拉小说《虔诚者的遗嘱》，1984年12月
发表白雪林小说《蓝幽幽的峡谷》，1986年11月发表敖德斯尔
著、斯琴高娃译的小说《风，在草原上吹过》，1987年3月发表
斯琴高娃小说《爱朦胧，不似晨雾》，1988年3月发表蒙根高勒
诗歌《草原之旅》等就是和汉族作者的作品混杂在一起发表出
来的。实际上，中国当代绝大多数的汉语文学期刊都是，也不能
不是采取这种方式发表少数民族文学作品的。

　　当不是用专辑、专号，而是把少数民族作者的作品和汉族作
者的作品混杂在一起发表时，刊物会采取别的途径突出少数民族
作者的作品，比较常见的是在少数民族作者之前注以族别。不
过，对于《草原》来说，它比较常见的是在《编者的话》、《告
读者》、《致读者》、《卷首语》等编辑直接出来说话的常设栏目
中给以强调式的推荐。如其中一期这样写道：

　　　　大家所熟悉的著名蒙古族作家玛拉沁夫，为我们创作了
　　《洛卜桑与莱波尔玛》这段异常精彩的文字，无疑为本期增
　　添了光彩。这篇小说情节生动曲折，人物呼之欲出，浓郁的
　　民族特色令人耳目一新，自然会赢得广大读者的喜爱。
　　　　蒙古族作家娅茹的新作《白雪悄悄飘落》，文笔细腻幽
　　婉，着力抒写了蒙族青年的美好情感，读来动人心弦……满
　　族作家阎文澜的小说《伊尔根觉罗·石猴》则以质朴活泼
　　的语言为我们描绘出一幅古城中满族生活的风俗画。①

这是对作家作品的介绍，也是对于少数民族作家作品的介绍。这

---

① 《编者的话》，《草原》1987年第7期。

样的介绍，由于一般处于正文之前比较显著的位置，会留给读者强烈的印象，使他们觉得，他们读到的不仅是文学，而且还是少数民族文学。

《草原》对在其上发表而又在全国产生影响的本区作者及作品会有浓墨重彩的推介，新的命题往往在这种浓墨重彩的推介中提出来。1984 年 12 月，《草原》发表了白雪林的短篇小说《蓝幽幽的峡谷》，该小说很快获得 1984 年全国短篇小说奖。1985年 4 月份的《人民文学》公布了获奖名单；编辑部得到获奖消息的时间会更早。消息一传出来，《草原》编辑部即迅速举办讨论会并在 5 月刊登《〈蓝幽幽的峡谷〉讨论会》，后来又在 7 月刊登一组三篇讨论文章。编辑部发表《〈蓝幽幽的峡谷〉讨论会》时特别加"编者按"说："小说通过朴实自然的文笔、新颖的艺术技巧、优美深邃的意境，立体地展示了新时代蒙古民族的心理素质、心理特征，塑造了一个由善良怯懦最终走向勇敢坚毅的蒙古牧民的新人形象，为当代蒙古文学的画廊增添了新的光彩。"① 仔细琢磨"编者按"中的说法，会发现，展示"新时代蒙古民族的心理素质、心理特征"被视为为"当代蒙古文学"增添的"新的光彩"。这表明"当代蒙古文学"的知识谱系中，增添了新的内容，那就是"新时代蒙古民族的心理素质、心理特征"的展示。"编者按"对这种"新的光彩"的聚焦，既是为讨论会定下一个基调，或者为讨论会寻找的中心话题，会上的讨论围绕着这个基调或中心进行；也是对"当代蒙古文学"的一种新的描述，还是一种新的要求。进入 80 年代中期，对于一个民族特有的心理素质和心理特征的立体展示成为少数民族文学在新时代的重要任务。《草原》的"编者按"一方面可视为对这种

---

① 《〈蓝幽幽的峡谷〉讨论会》，《草原》1985 年第 5 期。

总体氛围的应和，另一方面更是《草原》的编者在特定情形之下提出的特定命题，标志着《草原》对于"当代蒙古文学"进一步地，也是当代少数民族文学的认识的深化。——它要求于少数民族作者作品对中国当代少数民族文学的呈现，也将不仅止于在此以前要求的和地方特色联系在一起的民族特色的浅表描写，而会深入到对民族心理素质和心理特征的挖掘上。

四 20世纪90年代的《草原》与中国当代少数民族文学

进入20世纪90年代的《草原》和中国所有的文学期刊一样，都要面对国家资助减少以及实行市场经济体制带来的压力，也会在此压力之下为刊物的生存和发展采取一些应变措施，如为寻求企业的资助而为企业写报告文学，出报告文学专号以及想方设法增加印数，扩大发行量等。但它给人的主要印象仍是一份努力保持文学本位的严肃的纯文学期刊，仍是内蒙古自治区最为重要的汉语文学期刊，也仍然是中国当代少数民族文学的重要传播媒介，特别是蒙古族当代文学的主要传播媒介。

在国家政治生活更为正常化和稳定，不再在每个领域所有的方面都要求强烈的政治性的大背景下，在被推向市场的过程中，90年代的《草原》甚至有了更多自由发展的空间。它发表的一篇文章说："文艺期刊的作用是十分重要的，在新时期，为满足人民群众精神文化的需求，坚持统一的社会主义价值目标的文艺期刊担负着发展和繁荣社会主义文艺，促进社会主义精神文明建设的历史使命。""在完成新时期历史使命的过程中，文艺期刊不仅要取得价值目标统一性和价值选择多样性的统一，而且要考虑到期刊自身的特点和功能，制订出行之有效的措施。""文艺期刊应有自己的主动性，应当根据自己的办刊宗旨和风格选择作品，发现和培养作者；作者也应有自己的主动性，根据自己的创作个性来选择、支持和提高适宜自己风格的刊物。这种在价值目标一致前提下的关系是互为依存、互相促进、共同提高的关系。"① 在坚持统一的社会主义价值目标发展和繁荣社会主义文艺的历史使命中，文艺期刊"自身的特点和功能"、"自己的主动性"也得到突出。稍后发表的另一篇文章，郝至运的《浅论文艺期刊的个性追求》（1991 年第 10 期）还特别提出文艺期刊的个性追求的问题。这些文章一定意义上也表明了《草原》的追求，表明它有了更多的机会发挥"自身的特点和功能"、"自己的主动性"和"个性"。

《草原》发挥主动性和个性会有多方面的体现，其中一个重要的方面是对少数民族文学特别是蒙古族当代文学的持续关注。

90 年代的《草原》各类专号、专辑更多，而其中有不少和少数民族文学直接关联或关联甚多。如 1990 年 6 月推出"兴安盟作品专号"，同年 8 月又推出"锡林郭勒作品专号"，1991 年 11 月推出"锡林郭勒专号"，1992 年 8 月推出"锡林郭勒业余作者专号"，11 月又推出"阿拉善盟作者专号"，1994 年 7 月推出"少数民族女作家专辑"，等等。在这样主动的期刊行为的推动下，一些少数民族作者如季华、路远、青格里、斯日古楞、萨娜、苏莉、黄薇等脱颖而出，壮大着内蒙古少数民族作家的队伍。

编辑仍旧直接站出来对少数民族作者作品进行推介。如 1993 年 8 月，《草原》发表达斡尔族萨娜的小说《鞭仇》。《编者絮语》中说，"《鞭仇》可以说是我区 1993 年少数民族文学创作中的一大收获"。这不仅是推介，更是一种高度评价。再如对黄薇作品的推荐："黄薇是位蒙古族女作家，她近几年的创作对

---

① 奥奇：《新时期文艺期刊担负的历史使命》，《草原》1991 年第 8 期。

蒙古族当代小说有一定贡献和发展,《血缘》和《影子》构成了她小说创作的基本风格,在本期刊发的《杀死幻想》中,她描写了五个人物的相互感情纠葛。把人物的生存推到极限,再一点点挤出他们心中的隐秘,藉此分析和穷究当代人的生命体验,是黄薇小说的一大特点,本篇亦然。"① 这样的推介,在分析其作品特点之前,已经将其归结到了少数民族文学的范畴之中。

《草原》在90年代新开设的个人作品小辑也特别青睐少数民族作者。1994年8月,《草原》第一次推出个人作品小辑"王炬作品小辑"后,紧接着的两个月都是少数民族作者的:9月是"庞友作品小辑",10月是"海勒根那作品小辑"。

同样新开设的"作家处女地"、"青春派成长小说"等专栏也不遗余力地关注少数民族作者特别是少数民族青年作者,如庞友、敖·乌日嘎、海勒根那等就是在这些专栏中被推出去的。

如此种种努力,到1995年的时候,它已经在开始收获了。5月,《草原》"编辑人语"刊登青岗的《第三次浪潮冲击〈草原〉》。文章说,十六七年来,《草原》经历了三次创作高潮,第一次是70年代末80年代初以乌热尔图为代表的中青年创作,第二次是80年代中期到90年代初包括白雪林、路远、肖亦农、邓九刚、张秉毅、蓝冰在内的创作。"九十年代始,我区的中青年创作进入暂时的沉寂,自九三年起,丁茂主编下决心,一定要在一二年带出一支新的队伍,形成第三次小说创作高潮。"为此采取了一些措施,包括:对重点作者和新作者作一些合适必要的包装处理——如开辟"作家处女地"、"青年作家作品小辑"、"名家评点"等栏目推出作家,革新版面,变换形式,在保持时代特色和地方特色的前提下,增强青春气息。同时有意识地加大对

---

① 《编者絮语》,《草原》1994年第7期。

本区青年作者的培养和扶持，"将绝大多数版面让给区内作者"，而大幅减少省外稿件。这样，"二年多来，《草原》编辑，只问耕耘，不计收获，掐指算来，新一茬作者，竟整整齐齐冒出一片，有所建树形成了气候，引起了全国文坛的关注，《草原》两年掀起新的小说创作浪潮的设想终于实现了"。新的创作浪潮中，"汉族作者阵容强大，而少数民族作者更是空前崛起。其数量和质量远远超过前两次浪潮"。① 这些少数民族作者包括萨娜、巴根、苏华、苏莉、乌日嘎、海勒根那、李·额勒斯、那顺乌力吉、庞友、阚凤臣、陈酒、孙全喜等人。

　　"第三次浪潮"的说法提出来后，紧接着6月就发了一个《主编贺辞》。"贺辞"在庆贺《草原》创刊45周年的同时，也提到："根据现在我刊统计，仅小说方面我区有希望的小说作者将近八十来人。初露锋芒，或在全国小有名气的已有几位作者。五月下旬我们在呼市召开一次中型笔会，对这批作者进行一次编队式集训。想必会对内蒙古下一阶段文学事业的发展和繁荣产生不可低估的影响。"这是为"第三次浪潮"的提法提供证据，也是为在这次"浪潮"中发挥进一步的作用做好准备。"任何群体热情的高涨是离不开推波助澜的。同时，集团式的冲击才更有力量。"这又是为"第三次浪潮"的提法寻找深层次的理由了。在"第三次浪潮"的提法背后，其实有着更为远大的抱负："一个省刊如何生存发展，并在全国占有一席之地，是我们煞费苦心的一道难题。《草原》这种边疆的文学期刊，远离中心文化圈，我们一定要寻求中心文化圈的薄弱点，把刊物办好，向中心文化圈内逐步渗透。"② 由此看来，"第三次浪潮"的打造，或可视为

① 以上引文见青岗《第三次浪潮冲击〈草原〉》，《草原》1995年第5期。
② 丁茂、吴佩灿、白雪林：《主编贺辞》，《草原》1995年第6期。

"寻求中心文化圈的薄弱点",继而"在全国占有一席之地"的一种努力。而"第三次浪潮"的重要凭借,恰是内蒙古的少数民族文学。

7月,《草原》"编辑人语"发表署名"本刊编辑部"的文章,再次提到"第三次浪潮":"一大批文学新人拥挤着在《草原》上出现",他们一是起点高,二是出手快,"尤为让我们高兴的是,一大批少数民族作者显示出较高的创作水平,才气逼人,并有着巨大的创作潜力,已经担负起本民族的文学重任。他们述说着本民族的故事,繁荣着本民族、内蒙古自治区乃至全国的文学创作。在全国文坛上起着其他民族不可替代的作用,在全国文苑中呈现出特异的风采"①。

对编辑部工作的总结,以及在总结中提出"第三次浪潮"的命名和对这一命名的再三强调,让我们看到紧锣密鼓的期刊行动,看到作为文学传播媒介的《草原》的主动性和个性的充分发挥。"第三次浪潮"是80年代中后期以来就流行的概念,这里,所谓"第三次浪潮",是《草原》编辑部利用"旧瓶装新酒"的方式制造的一个命题,一种说法。它指涉的实体浪潮(我们权且相信它是实际存在的),一定意义上是编辑部在主编的带领下掀起的;第三次浪潮中涌现的作家群,也是在《草原》编辑部的努力下,在《草原》上培养出来的。而少数民族作者的创作,正是这次浪潮中的重头戏。

总之,有理由说,对于90年代中国当代少数民族文学,特别是蒙古族当代文学的呈现,《草原》是发挥了自身的特点和功能、自己的主动性和个性的。应当怎样认识它的这种主动性和个

---

① 《庆祝〈草原〉创刊45周年大会暨〈草原〉中青年小说创作笔会圆满结束》,《草原》1994年第7期。

性的发挥呢？一方面，在它的主动行为中，因为是有意识的操作，固然难免带上大众传媒常有的炒作倾向，难免带上哗众取宠、夸大其词的成分。如它浓墨重彩地推出的一些青年作家，后来在创作上并没有表现出更多的实力；再如或许因为有炒作倾向，"第三次浪潮"的命题后来没有得到更深入的发掘，等等。可是，另一方面，由于它的主动性和个性的发挥，内蒙古自治区的少数民族文学有了更为自由的空间，有了更为深远的拓展。比如，1992 年 8 月刊登的理论文章《浅谈草原文学的多元性》，注意到以蒙古族文学为主体的草原文学的多元性。再如，它的副主编白雪林提出"后草原文化"的命题，并概括"后草原文化"时代蒙古族青年小说创作在哲学上、情感上、文学风格上、人物选择上等方面的特征①。这些文章，既是少数民族文学创作实际的理论总结，也具有某种引领创作发展的前瞻性。它们出现在《草原》上，一定意义上正表现出《草原》对于少数民族文学的更为深入的认识和更为深远的拓展。

第二节　多民族省份的文学期刊：
以《山花》为例

在当代致力于发表少数民族作家作品的汉语文学期刊除民族区域自治省份的外，非民族区域自治省份的文学期刊也有一度致力于此的，如陕西的《延河》、吉林的《北方文学》、上海的《萌芽》、四川的《四川文学》、甘肃的《甘肃文艺》（后来的《飞天》）、贵州的《山花》等。这里也分两种情况，一种是本省

---

① 可见白雪林点评乌日嘎《独门小院》的文章《在"后草原文化"的边缘上》，载《草原》1994 年第 6 期。

内较少少数民族聚居的，如陕西的《延河》、上海的《萌芽》等；一种是本省内有少数民族聚居，由省辖的少数民族自治州、县等，如甘肃的《飞天》、贵州的《山花》等。前一种文学期刊发表少数民族文学作品的情况到60年代已经逐渐淡化，到80年代甚至对于少数民族文学特别眷顾的痕迹也消退了；后一种文学期刊对少数民族文学的"垂青"一直存在着，50年代末60年代初达到高潮，后来逐渐淡化，到80年代却又继续强化了对少数民族文学的这种"垂青"，可到80年代中后期又开始淡化，90年代时痕迹同样消退了。不过在新中国数十年的发展过程中，它们已经形成了关注少数民族文学的传统，成为传播少数民族文学的汉语文学期刊品牌。这种痕迹却不是很容易就褪去的。下面以《山花》为例，来考察有少数民族聚居却非民族区域自治省份的文学期刊与当代少数民族文学的联系。

一 《山花》简介

《山花》，文学月刊，历任主办机构是贵州省文联、贵州省作家协会，贵州省企业决策研究会90年代中后期以来也是其主办单位之一。其前身是1950年1月创刊的《新黔日报》（贵阳）副刊《新黔文艺》，《新黔文艺》同年7月停刊改为《贵州文艺》月刊，出至1951年7月停刊。1953年7月复刊，改为32开本，出至1956年12月停刊。1957年1月改为《山花》继续出刊，至1965年1月停刊。1972年5月恢复试刊，刊名《贵州文艺》，两期后停刊；1975年1月又复刊，至1978年12月。1979年1月改名《山花》出刊至今。1979年以前其历任主编是蹇先艾、邢立斌和劳郭等。1979年1月恢复《山花》刊名后的主编是胡维汉；1987年1月至1988年12月主编是叶辛；1989年1月至5月主编空缺，由文志强等任执行副主编；1989年6月至1994年

9 月主编是文志强，1994 年 4 月起由何锐任执行副主编；1994
年 10 月至 1998 年 11 月主编是何士光，从 1997 年 12 月起由何
锐任执行主编；1998 年 12 月至今主编是何锐。

二　20 世纪五六十年代的《山花》与中国当代少数民族文学

　　20 世纪五六十年代的《山花》和《草原》一样，经常刊发
经过搜集整理成文的民间文学、民族史诗、叙事诗、民歌等，重
视少数民族文学创作，彰显地方特色。在栏目设置上，它有一个
经常性的栏目"民间故事·寓言"或"民间故事"或"民间传
说"专门发表民间文学作品，少数民族的民间文学作品是其着
重发表的。同时，它也在"诗歌"、"小说·散文"等栏目下发
表少数民族作家的文学作品，有时也在这类栏目特别是"诗歌"
栏目下发表搜集整理成文的少数民族民间文学作品。一般情况如
此，下面来考察其具体体现。

　　1957 年 1 月《山花》创刊伊始，即突出民族色彩和地方特
点，它没有发刊词之类，但它发布的广告称："本刊是一个具有
民族色彩和地方特点的文艺月刊"，"它通过各种各样的文学形
式，反映祖国伟大的社会主义建设，特别是贵州各民族人民丰富
多彩的现实生活和斗争；介绍民族民间文学，刊登美术、音乐作
品，并发表文学评论、文学遗产介绍等等"①。这一点，其前身
无论是《新黔文艺》还是《贵州文艺》，虽然也发表少数民族民
间文学作品和作家文学作品，这些作品当然也显示出民族特色和
地方特点，但都没有专门突出地提出过。它们执行的主要是为指
导贵州各地文艺运动，服务于工作需要的功能，刊登的主要是供

---

　　①　《文艺报》1957 年第 8 期。

给群众的、偏向艺术类的演唱材料。《山花》对民族色彩的特别强调，表明它在这方面的自觉追求。它在创刊号上发布的《稿约》欢迎的稿件有五类："1. 反映祖国伟大的社会主义建设，特别是贵州各族人民丰富多彩的现实生活和斗争的各种文学作品，如散文、特写、小说、诗歌、剧本（包括电影文学剧本）、儿童文学以及游记、杂感、随笔等。2. 搜集整理的各民族民间文学，如民族史诗、叙事诗、民歌、传说故事、寓言等。3. 可供群众演唱的花灯、地方戏、曲艺、山歌等。4. 各种形式的美术、音乐作品。5. 有关文艺作品、古典文学、民族民间文学，以及创作思想、创作经验等的研究、评论、介绍的文章。"① 分析这份《稿约》，会发现，作为文艺月刊的《山花》欢迎的稿件中，文学作品类稿件和艺术作品类相比占了上风；同时，就我们的论题而言更为重要的是，它凸显的民族特色在第一类稿件的对各族人民生活和斗争的反映和第二类稿件的对各民族民间文学的搜集整理中得到体现。

《山花》创刊号头条在"在铁路工地上"的栏目下发表苗族作者伍略阿养悠的散文《小燕子》是一件耐人寻味的事。我认为，这是对少数民族文学作品的特别"照顾"，也正是它要突出民族特色的编辑方针的一种体现。同时，这篇并不描写少数民族生活而是反映现代的铁路工地工人生活的作品前面冠以少数民族的族别和姓名，也显示出少数民族文学的一种发展倾向。创刊号还在"小说·散文"的栏目下发表了布依族作者李桂荣的小说《小顺和阿全》，在"民间故事·寓言"的栏目下发表苗族作者唐春芳整理的苗族民间故事《三儿子》。紧接着第 2 期在"诗歌"的栏目下发表就业的《祖德勒》（苗族民间传说），在"小

---

① 《山花》1957 年第 1 期。

说·散文"的栏目下发表彝族作者苏小星的《阿爹与荞乔》，在
"民间故事·寓言"的栏目下发表苗族作者龙玉石搜集整理的
《两兄弟和两姐妹》。第3期隆重推出了一组由苗族情歌、彝族
酒歌、布依族民歌、侗族情歌等几个少数民族民歌组成的"民
歌选辑"；也是在这一期，创刊后的《山花》编辑部第一次以
"编后记"的形式站到读者面前陈述刊物的工作，对发表的作品
加以推荐介绍。首先介绍的就是"民歌选辑"，《编后记》称：
"这些民歌生动地反映了兄弟民族在生活中的真挚感情，一定会
受到广大群众欢迎的；今后将陆续选登。"① 这组"民歌选辑"
的出现当然不是空穴来风，它的后面有许多文艺工作者的搜集整
理工作，更有《山花》编辑部的约稿组稿，其出现，是为了显
示刊物的民族色彩和地方特点，是刊物落实其编辑方针的一次集
中体现。同时，我也发现，这组"民歌选辑"出现在1957年上
半年政治氛围比较自由宽松的时候，对于少数民族生活的原汁原
味的反映，是较为浓厚而充足的。接下来的几期在"民间故
事·寓言"的栏目下发表苗族作者杨正昌讲述、钟德宏整理的
《安品和满奏》（苗族民间故事），布依族作者阿智的《两兄
弟》，苗族作者唐春芳的《嘎福歌》（苗族说唱故事），在"诗
歌"栏目下发表苗族作者唐春芳整理的《苗族情歌》，唐春芳、
桂舟人、伍略阿养悠搜集整理的《下且干》（苗族"搽旱歌"），
吴耿介的《盖绕和玛柔》（长诗——苗族民间传说），在"小
说·散文"的栏目下发表苗族作者伍略阿养悠的《小燕子续
篇》，彝族作者苏小星的《春光里的花溪》，等等，都在着力彰
显刊物的民族特色。除发表作品以外，也采取别的手段凸显刊物
的民族特色。比如，第6期发表一组讨论《祖德勒》的文章，

---

① 《编后记》，《山花》1957年第3期。

不同角度的阐释在这组文章中得到交流，这无疑会促进作为少数民族文学的《祖德勒》的传播。再如，它也在"画页"里凸显民族特色，尤其表现在它的封面上：第 3 期是"苗族衣袖花纹"，第 4 期是"傣族服饰纹样"，第 5 期是"苗族刺绣图案"，第 6 期是"苗族挑花图案"，等等。这些和少数民族文化有关的画面出现在文学期刊的封面，显示出编辑的良苦用心，同时一定程度地表明了刊物的民族特色。

至此，《山花》对少数民族文学的呈现已趋于定型。我们已能从中看到《山花》对少数民族文学的呈现的特点。其中突出的是，它对少数民族文学的呈现分为两个方面：少数民族民间文学和少数民族作家文学。在它的呈现中，它显然更为侧重于少数民族民间文学，它发表民间文学作品的篇幅和篇目可以说远远超过作家文学。少数民族作家文学杂在汉族作家队列里发表，因为只是少数而显得只像是一种点缀。看来少数民族作家文学在编者那里，还没有作为一个独立的成分出现。《山花》对少数民族文学的呈现还有一个特点，它呈现的主要还是贵州本省内的少数民族文学，其他省份的少数民族文学作品偶尔有在其上发表的，但绝不多见。这是它作为地方的文艺刊物被赋予的任务所决定的。

到 1957 年的下半年，《山花》在反右扩大化中加入了政治批判运动的浪潮，发表了不少政治批判文章，加强了所谓的政治性、思想性和战斗性。不过其所彰显的民族色彩和地方特点并未受到冲击，其模式、风格基本上得以延续下来。进入 1958 年，它和《草原》一样，在边批判边鼓劲中迎来了遍及全国各个领域的大跃进。在大跃进运动鼓舞起的热情的支配下，少数民族文学似乎发展得更为迅猛。《金鸡和野鸡》（苗族民间传说）、《阿兜巴》（彝族民间故事）、《仰阿莎》（苗族叙事诗）、《嘎景空》（侗族大歌）等有名的少数民族民间文学作品都搜集整理成文在

《山花》上发表。"大跃进"运动是一个应当受到批判的运动，它对国家的政治、经济和文化都造成了极大的破坏。但是对少数特殊的领域，它还是留下了值得肯定的东西。比如，在"大跃进"中掀起的搜集整理民歌的运动对于贵州这样一个多民族聚居，而各民族主要靠口头创作和传播文学的省份的少数民族文学的发展来说，应该是非常有利的：那些丰富而宝贵的文化遗产难得有这么一次大好的机会利用国家如此大规模的投入得到搜集整理成文。这也给《山花》提供了连续不断的稿源，在接连不断却分散零星地刊登少数民族文学作品的过程中，它显然酝酿着更大的举措。

　　到9月，《山花》隆重推出了"兄弟民族文学专号"。这是一期以主要篇幅刊登少数民族文学作品的刊物，所以称为"兄弟民族文学专号"。专号正文前载社论《让民间文艺之花迅速开遍贵州山区》，可视为专号的理论依据和指导。专号由"民间文学"、"诗歌"、"小说·散文"、"短论"和"画页"五个栏目组成。"民间文学"栏刊登了几乎全由少数民族作者整理的少数民族民间文学17篇（组），其中前5组是冠以"跃进歌声震山河"标题的侗族、布依族、苗族、彝族、水族五个少数民族的新民歌，其余12篇（组）是各少数民族传统的民间叙事诗、传说、故事以及民歌之类。"诗歌"栏目刊登少数民族作者个人创作的诗歌12首（组）。"小说·散文"栏目刊登少数民族作者所作的小说、散文4篇和汉族作者描写少数民族生活的作品1篇。"短论"收入关于民间文学的文章3篇，内有苗族唐春芳的《大规模搜集整理民族民间文学》。如此集中地刊发少数民族文学作品，最可以见出刊物在其中所起的作用。《编后记》说："一年多来，本刊曾不断地发表了一些民族民间和兄弟民族作者的作品，但这样的作品如此集中，如此声势浩大地出现在刊物上，还是第一次。这是文化大跃进中，我省兄弟民族文学迅速发展，兄弟民族作者迅速成长的结果之一。"显然地，《山花》采取了主动的措施，来对少数民族文学加以呈现，而这样的呈现被有意识地认为是"我省兄弟民族文学迅速发展，兄弟民族作者迅速成长的结果之一"。少数民族文学就在这样的期刊行为中被突出出来。在《山花》对少数民族文学这种集中的呈现中，还可以发现，在它所发表的"兄弟民族文学"作品中，少数民族作者个人独立创作的作品的比重，虽然在篇幅上没有民间文学作品占得多，在篇目上两者却基本持平，如果算上列在"民间文学"里的新民歌——评论时，它们是被列入少数民族新文学的范畴的，那么，这里的比重在悄悄地向作家文学倾斜。而编者向读者推荐的，首先也是这些会被称为少数民族新文学的作品："这一期所发表的一些散发着新生活芳香的作品，也交织成了一幅兄弟民族生活的崭新图画。《跃进歌声震山河》中的几十首新民歌，反映了各兄弟民族人民对党和毛主席的爱戴，对新生活的欢呼，以及在总路线光辉照耀下建设社会主义的豪迈气概，感情是热烈而真挚的。小说《铁》用热情的笔触，描绘了彝族山区的工业大跃进，有比较强烈的时代气息。小说《黄花之歌》与《吉娜》，刻画出了生产大跃进中一个先进的彝族姑娘和一个先进的侗族姑娘的生动形象。这些作品，都是值得向读者推荐的。"这样的介绍表明在《山花》中传播的少数民族文学内容的改变，对少数民族的新生活的反映和描绘构成了改变的实质。这些"散发着新生活芳香的作品"在今天看来多是一些狂热而单调的嘶喊，更有价值的还是那些从远古流传下来的民族民间文学。而用大量的篇幅刊登这类作品一直是五六十年代的《山花》充实版面的重要内容。这是《山花》和《草原》相比的一个区别，在《草原》上固然有民间文学的呈现，可是其所占比例远不及作家文学。在《山花》这里，尽管作家文学在少数民族文学中的比例逐渐加大，可是总体上仍不及民间文学。我认为，这倒不是《山花》有意偏向民间文学，而是贵州的各个少数民族，本身缺乏深厚的书面文学的传统，要像蒙古族那样发展起具备一定规模的当代文学，短期内是无法实现的。因而在《山花》上留下更为深刻的印记的，还是各个少数民族的民间文学。

　　然而，少数民族的作家文学，由于代表了少数民族文学在新时代发展的方向，也一直在《山花》这片园地上展现着自己。事实上，《山花》还在《贵州文艺》期间，就集聚了一批出自贵州的少数民族作家。到《山花》创刊后，由于向文学作品倾斜，更由于在凸显民族色彩中重视少数民族文学创作，这批作家都得到较好的发展。这里面，伍略（即伍略阿养悠）、刘荣敏、苏小星（也作苏晓星）、熊正国、滕树嵩、袁仁琼、谭良洲、龙志毅、汛河、弋良俊、潘俊龄等是在全国都有一定影响的少数民族作家。

　　进入 1959 年，《山花》对少数民族文学的呈现借"大跃进"的风潮，依然保持着迅猛的势头。2 月，辟"兄弟民族在前进"和"各族民间文学之花"专栏，几乎全发表少数民族作者写作、整理的少数民族文学作品或汉族作者整理的各少数民族民间文学作品，持续到第 5 期。6 月，辟"望谟县猴场人民公社史"专栏，猴场是少数民族聚居区，本栏目的文章多由少数民族作者口述，汉族作者整理。10 月，刊登作协贵阳分会筹委会、贵州省语委会和贵州大学三家单位组成的苗族文学编写组编写的《苗族文学概况》。同期发表彝族苏晓星小说《山上红花》。11 月，继续刊登苗族文学编写组编写的《颂歌》（《苗族文学史》第五编第二章），同期还在"吹起芦笙唱公社"的栏目下发表苗族作者亚青的《金色的芦笙》、布依族作者汛河的《红水河里出黄金》和侗族作者彭祖银的《欢乐的夜》。

《山花》对少数民族文学的热情到了 1960 年虽然仍保持着，可已在逐渐消退。这一年，它发表了侗族民间艺人原著、贵州省侗戏工作组整理的侗戏《朱郎娘美》，微山的电影文学剧本《蔓萝花》，布依族作者汛河搜集整理的布依族民间故事《茫耶寻谷种》和向日征等搜集整理的苗族民间故事《聪明的长工》，彝族作者代俄沟兔汝搜集的《彝族民歌三首》，新克整理的凉山彝族民歌《毛主席派来的人》，贵州侗族文艺工作组搜集的《侗家永远跟着党》（三首），《苗岭战歌（67 首）——黔东南苗族、侗族自治州民歌选》，彝族作者吴琪拉达的《颂歌二首》，苗族作者亚青的诗作《回乡歌》，苗族作者伍略写的《普通一木工》、小说《心事》，侗族作者滕树嵩的小说《花开时节》，彝族作者熊正国的小说《雪山湖泊的序曲》，等等。可是这些一方面看起来只像点缀，另一方面民族色彩淹没在政治颂歌中。接下来的几年，它的热情更多投注到工人作品特辑、农民作品特辑、工厂史、人民公社史、革命斗争回忆录等直接地为政治服务的专栏或专辑上面，其中人民公社史就有诸如大方县长石人民公社史、绥阳县募阳人民公社史、安顺市华严人民公社史等十来种。同时，演唱材料和批判文章也占据了不少版面，文学作品所占的空间萎缩了。到后来，它欢迎的稿件变成了如下三类："（1）反映当前火热斗争和各个革命历史时期斗争的各种形式的作品。如小说、诗歌、散文、特写、剧本、小演唱、革命回忆录、报告文学等。（2）作品评论，以及有关文艺创作、思想、研究等方面的理论文章、言论、杂感随笔。（3）各种形式的美术作品。"[①] 在它对稿件的规约中，"当前火热斗争和各个革命历史时期斗争"的反映代替了以前"各族人民的生活和斗争"的反映的提法；同时，

---

① 《本刊稿约》，《山花》1963 年第 12 期。

民族民间文学已不在它所欢迎的形式之内，相应地，在它设置的栏目中，也没有了"民间文学"或"民间故事"的席位。另一方面，少数民族作者在《山花》上发表作品，已不再像以前那样标注族别。如此种种，表明《山花》不再以主动的行为凸显刊物的民族特色，而它对少数民族文学的呈现也消泯在越来越加剧的政治批判运动的浪潮中，直至1965年难以为继而停刊。

尽管消泯了民族色彩，却并不证明《山花》已和少数民族文学无缘。民间故事仍混杂在"小说·散文"的栏目里得到发表，虽然规模已不及以前。不过少数民族作家文学此期间在《山花》中的境遇似乎要比民族民间文学好些，前面述及的少数民族作家仍可以不断在"小说·散文"、"诗歌"等栏目下发表作品，如刘荣敏1962年3月发表了在当时颇受好评的小说《山寨棋风》，8月发表《铁打的爱情》；滕树嵩则分别于1961年第7期、1963年第1期和第11期发表短篇小说《新人》、《屋》、《席上》；苏晓星1964年7月发表小说《乃年康》，等等。这些作品在发表的时候一般不标明作者的少数民族族别，刊物也没有通过别的方式表明它们是少数民族文学。它们被融合在汉族作家作品中，以一种隐蔽的方式显示着自己的存在。

三　新时期的《山花》与中国当代少数民族文学

《山花》70年代复刊后以《贵州文艺》的刊名存在了几年。《贵州文艺》对少数民族文学的呈现基本上和60年代的状况相同，即虽然发表少数民族文学作品，但没有主动的期刊行为加以凸显。70年代末期我国在"拨乱反正"中开启的新时期同时也开启了《山花》的新时期，它对少数民族文学的呈现也有了新的发展。

1979年1月，《山花》由《贵州文艺》恢复原刊名。这其实是拨乱反正意义上的恢复，其中一个重要方面就是《山花》一直就有的对于贵州的多民族性的重视。这也是复刊词在说到以后的任务时着重强调的一个方面："贵州是一个多民族的地区，有着勤劳勇敢的人民，可歌可泣的历史，明媚俊秀的山川，绚丽多彩的风物，还有非常丰富的民族民间文艺蓄藏。这些都需要我们的文艺创作者挥动革命的彩笔，去描绘，去发掘，用以鼓舞人民的前进意志，陶冶人民的健康情操，增益人民的聪明智慧。"①这些话最主要的意义是，宣布少数民族文学又即将回到《山花》所开辟的传播空间中，又将名正言顺地占有重要的席位。同时，作为任务，这里隐含的要求是，对于多民族人民的生活，要"去描绘"，对于"丰富的民族民间文艺蓄藏"，要"去发掘"；这样就无形中照顾了少数民族文学的两个组成部分：民间文学和作家文学。

规定了任务之后，就是对于任务的落实。复刊号发表苗族作者潘俊龄的诗歌《此是人民心底花》和布依族作者罗国凡的小说《换肩》。2月发表布依族作者李箐整理的民间故事《田鸡和老虎》、彝族作者黎明轩搜集整理的《彝族情歌二首》、苗族作者龙从汉搜集整理的《苗族情歌三首》和彝族作者余宏模文章《水西彝族爱国历史人物奢香》。3月刊登汛河整理的《少数民族情歌四首》，同期还刊登云南作者杨昭《关于小说〈侗家人〉的通信》，给以前受到批判的侗族作家滕树嵩在云南《边疆文艺》发表的该小说平反。7月发表苗族作者潘俊龄的诗歌《银碗又斟糯米酒》。8月发表彝族作者李乔的文章《周总理永远活在各族人民心中》。12月是它的诗专号，刊登苗族作者潘俊龄的诗歌《"苗家董存瑞"之歌》（发表时未注族别；后来获全国少数

---

① 复刊词《待到山花烂漫时——致读者、作者》，《山花》1979 年第 1 期。

民族文学创作奖）等。如此种种，可以看出，在对任务的落实
上，《山花》是认真而积极的。

五六十年代，对少数民族民间文学作品，《山花》往往集中
在某期用专辑的形式刊出，以后一般不再刊出。对少数民族作家
文学作品则混杂在汉族作家作品中随机发表，发表时通常注以作
者的族别。进入 1980 年同样如此。6 月，它在"民间文学"的
栏目下刊登一组少数民族民间文学作品，计有苗族人岩公和张凤
宝唱、苗族作者唐春芳整理的《苗族情歌》（三首），水族人王
老和唱、杨有义整理的《金凤凰飞过水寨》，彝族作者安文新整
理的彝族民间故事《仙石》和苗族作者唐德海的遗作、苗族作
者喜农整理的《简文柱的故事》。同期还发表苗族作者潘俊龄的
散文《唐德海和他的歌》，在"风物志"栏目下发表布依族作者
罗国凡的散文《跳花会》。7 月，刊登侗族作者袁仁琮的小说
《山里人》和侗族作者刘荣敏的小说《风雨桥头》。9 月，刊登
彝族作者苏晓星的短篇小说《遮荫树》，后来获全国少数民族文
学创作奖。同期刊登彝族作者安文新的小说《兰花烟》和布依
族王泽洲的诗作《柳·月光》。10 月，《山花》本期为"青年作
者小说专号（上）"，发表了苗族作者石定的《人世的烟尘》
（发表时未注族别）和布依族作者罗国凡的《青竹林来苦竹丫》。
《编者的话》说前一篇小说"颇具新意"，"真实地反映了多年来
左的路线对人们思想精神的戕害，表达了对缺乏抵抗力的平民百
姓的无限同情和深切忧愤"[1]。12 月，发表土家族孙健忠小说
《彭老三趣事》和彝族安文新小说《绣花枕头》。

我们从《山花》1979 年以后对少数民族文学的呈现中会触
摸到某种新变的苗头，这种新变的苗头到 1981 年后逐渐明朗起

---

① 《编者的话》，《山花》1980 年第 10 期。

来。这种新变的最重要的表现是，少数民族作家文学受到异乎寻常的关注，对它的呈现很快超过少数民族民间文学而具独占鳌头之势。本年1月，《山花》刊登纳西族作者和国才的小说《降压灵》，同时开始连载苗族作者李必雨的中篇小说《野玫瑰与黑郡主》（刊载本小说时未注明族别），分四期续完；两篇小说都引起广泛关注。本年的开局就不凡。4月发表彝族作者苏晓星的小说《乌呐和宝马》。5月，刊登重要广告：九省区文学期刊《飞天》、《广西文学》、《边疆文学》、《西藏文艺》、《草原》、《青海湖》、《朔方》、《新疆文学》、《山花》由于"地处边疆，系民族自治区或多民族省份"而发布联合广告，以征求订户，扩大发行。广告词提出要"创民族之新　放地方异彩"，"注意发表带有地方特色、民族特色的文艺作品和评论"。[1] 9月和10月再度刊登。《山花》以三次之多如此浓墨重彩地发表这样的广告，这在它的历史上是绝无仅有的。广告无疑更加突出了少数民族文学在《山花》这片园地里的重要地位，也预示少数民族文学即将在这片园地里占据更为重要的地位。《山花》发表这样的广告也表明，它对少数民族文学的重视，只是声势浩大的阵容里的一个组成部分。而这个声势浩大的阵容，其实是应和当时蓬勃兴起的少数民族文学热潮组成的；而这一热潮是偏向少数民族的文学创作的。全国少数民族文学创作会议刚召开没多久，会上下达的任务正在落实，少数民族文学创作评奖也正在紧张地开展。贵州本省内也感应到这一热潮，在6月初至8月初用了整整两个月的时间，由贵州省民委、中国作家协会贵州分会、贵阳市文联、《山花》编辑部、《花溪》编辑部共同举办了贵州有史以来第一次少数民族文学讲习会。所有这些，自然会把文学期刊关注的重点引

---

① 　可见《山花》1981年第5期。

向创作，引向少数民族的作家文学。这样的指向很快在《山花》里体现出来。10 月，它编发少数民族文学特辑"花的高原"，收入蒙古族作者玛拉沁夫、布依族作者罗国凡、苗族作者伍略、侗族作者刘荣敏、布依族作者王运春和彝族作者安文新六人发表的小说 6 篇，侗族作者滕剑鸣的散文 1 篇，水族作者石尚竹、布依族作者王泽洲和苗族作者潘俊龄的诗歌 1 组和苗族作者紫戈等的评论 1 篇。编者评价这些作品"象一束带着高原露珠的山花，它们的颜色或深或浅，香味有浓有淡，但无不浸透了山里人的意志和感情"①。这束"带着高原露珠的山花"是《山花》第一次辑录的少数民族作家文学的专辑。在发现《山花》第一次发表少数民族作家文学专辑的同时，我注意到一件耐人寻味的事，发表过这一辑少数民族作家作品之后，以后再也没有见到《山花》发表过少数民族民间文学的专辑，有的只是少数民族作家文学的专辑。而且这两年刊登的理论文章如 1980 年第 6 期卓钺的《繁荣民族文艺　促进四化建设》、1981 年第 8 期阳发的《少数民族新人的生动形象》、1982 年第 4 期苏晓星的《热爱生活　赞美生活——读罗国凡短篇创作有感》、1983 年第 5 期王鸿儒的《表现新生活　发现人性美——苗族作家伍略小说简评》等也多是针对少数民族作家文学的，显然会对少数民族作家文学的突出起推波助澜的作用。这些事实使我们有理由判断，《山花》对少数民族文学的呈现，已从以少数民族民间文学为主转变为以少数民族作家文学为主。至此，《山花》对中国当代少数民族文学的呈现进入了 50 年代末期之后的另外一个高峰期。

　　80 年代前期的《山花》以专辑的形式发表少数民族文学作品当然不止一次。1983 年 9 月，它在"小说散文"栏目下刊登

---

　　①　《寄语读者》，《山花》1981 年第 10 期。

一组少数民族作家作品，计有鄂温克族作者乌热尔图的《一个清清白白的人》、哈萨克族作者艾克拜尔·米吉提的《潜流》、布依族作者运春的《刺藜花开的时节》、布依族作者卢朝阳的《带花园的小屋》、布依族作者罗国凡的《同娘》、回族作者马犁的《花溪赋》和苗族作者杨明渊的《登上苗岭主峰》，并特别注明，"本栏作品，除《同娘》、《登上苗岭主峰》外，均系全国少数民族文学翻译、创作会供稿"。同期还发表满族作者佟明光的《黔行诗稿》（三首）。发表这组作品，是全国少数民族文学翻译、创作会议在贵阳花溪召开的契机促成的。从这个专辑，再联系它前两年所发的少数民族文学作品可看出，它对少数民族文学的呈现，越出本省，扩展到全国都颇有影响的少数民族作家如玛拉沁夫、孙健忠、乌热尔图、艾克拜尔·米吉提等的作品。

如果说 1981 年标志着《山花》对中国当代少数民族文学的呈现进入了一个高峰期，1984 年则是这个高峰期的顶点。一个突出的表现是发表少数民族文学作品的专辑增多：3 月，《山花》"诗歌"专栏辟"兄弟民族之页"专辑发表少数民族作者诗作，计有：苗族作者彭世庄的《三月，在华夏的土地上》、布依族作者王泽洲的《郊野》（三章）、苗族作者潘俊龄的《昙花，你》、蒙古族作者阿拉坦托娅的《晨曲》、侗族作者石新民的《金秋》、白族作者栗原小荻的《初恋》和水族作者潘世质的《纺车》。6 月在"诗歌"栏目下再辟"兄弟民族诗页"专辑发表少数民族作者诗作，计有：水族作者石尚竹的《竹叶声声》（外一首）、苗族作者潘俊龄的《一片清辉》、回族作者达丹的《春日印象》、水族作者潘朝霖的《夜渔》和布依族作者吴开国的《我羡慕》。这样，它在间隔很短的时间里连发了两个少数民族文学专辑。紧接着，在"热烈庆祝中华人民共和国成立 35 周年"之际，它作出严肃的承诺："贵州是个多民族的省份，每一个民族聚居的地方，都有旖旎的山光水色，优美的风物民情。我们将组织各民族作家积极抒写各族兄弟姐妹们的动人形象，热情描绘各民族地区变革的现实面貌，使广大读者增加对各族人民的理解，从中受到启迪并获得美的享受。"① 这种承诺，不仅是要大量发表少数民族文学作品，还"将组织各民族作家积极抒写"。这样的承诺，无疑会突出它在传播当代少数民族文学中的主体能动作用。在作出承诺的同一期（第 10 期）里，《山花》新辟的"作家摇篮"栏目就发表了苗族作者龙潜的小说处女作《虮根》并作署名"本刊编者"的点评《生活的逻辑》。接下来，第 11 期的"作家摇篮"继续发表苗族青年女作者刘霞的小说《鸟蛋》，并加编者短评《力求准确判断自己》。第 12 期发表布依族作者罗吉万小说《茅盖王》、彝族作者安文新《阿瓦山迷雾》和布依族作者罗国凡小小说《拾婴记》。1985 年 1 月，《山花》发表苗族作者刘霞小说《红色达露花》并加戴明贤的短评《珰瑙的追求与刘霞的追求》；同期还发表纳西族作者和国正讽刺小说《招风耳和马屁精》和乔梁的评论《他终于成为生活的强者——喜读罗吉万的新作〈茅盖王〉》。如此密集地刊登少数民族文学作品及其评论，算是《山花》对自己所作承诺的积极兑现了。

　　1985 年以后，《山花》对当代少数民族文学的呈现发生了微妙的变化。一方面，它基本上不再用专辑的形式集中发表多个少数民族作者的作品，而是混融在汉族作者的作品里一起发表出来；在发表时有时注明作者的族别，有时却不加标注。这样的变化，就产生某种集体性效应而言是淡化了。但是另一方面，这并不意味着《山花》着力呈现的贵州少数民族文学的退化，贵州

---

① 《敬告读者》，《山花》1984 年第 10 期。

的少数民族文学创作在经历了主要由政治激情掀起的热潮后反而沉潜下来，在 80 年代中后期取得了进一步的发展；也不证明《山花》对贵州少数民族文学的呈现减轻了力度，它仍是贵州少数民族文学进一步发展的见证，在这进一步发展中发挥着自己的作用。1987 年，一篇署名"本刊编辑部"的文章指出："近年来，我省少数民族文学创作取得了引人注目的进展，一支由多民族组成的文学创作队伍活跃在我省文坛。""少数民族作家已成为我省文学创作的不可忽视的力量。"同时承认："《山花》作为省级文学刊物，近几年在培养少数民族作者，引导他们更好地反映少数民族前进的生活面貌，给读者以启迪和鼓舞方面，做了一些工作。"① 从这篇文章里，不仅可以看到贵州少数民族文学在前进的论证，也可以看到编辑部的"努力反映"的表态，还可以看到它"做了一些工作"的总结。

80 年代中后期，一些已成名的作家如潘俊龄、石定、龙志毅、罗吉万等时有作品在《山花》上见到，同时我们更能看到新作者作品的增多。除前面已提到的龙潜、刘霞外，覃智扬（苗族）、戴绍康（仡佬族）、蒙萌（布依族）、韦文扬（苗族）、吴恩泽（苗族）、吴凯洪（苗族）、邓全中（布依族）等陆续在《山花》上登场。这些新人的出现，无疑有《山花》"培养"的功劳。80 年代的文学期刊多把培养青年作家，扶持文学新人作为刊物的重要任务，《山花》自然也不例外："我刊将一如既往，努力为发现、扶持、培养文学新人，帮助他们健康成长，为多出优秀人才、多出优秀作品竭尽绵薄之力。"② 像这样的表示在《山花》里并不少见。在贵州这样一个多民族聚居的省份，它对

---

① 本刊编辑部：《努力反映前进中的少数民族生活》，《山花》1987 年第 9 期。
② 《卷首漫语》，《山花》1989 年第 10 期。

文学新人的培养，自然也包括少数民族作者。《山花》对文学新人或者进一步说少数民族文学新人的培养有多方面的表现，其中一个具体的表现是设"作家摇篮"专门发表文学新人的作品，以对新人加以突出。我们已经见到，"作家摇篮"最初的两期就留给了少数民族青年作者龙潜和刘霞。接下来，韦文扬、邓全中、蒙萌、吴凯洪等都在"作家摇篮"里被推出。在"作家摇篮"里，除了作者的作品外，还有编者的点评，有时还有作者本人的创作谈。除"作家摇篮"外，还有包括少数民族文学作品在内的专辑。这类专辑不是以前那种多个少数民族作者作品的集中，而是单个少数民族作者作品的集中。如1988年2月的蒙萌作品小辑和1989年2月的韦文扬作品小辑；1989年12月发表蒙萌遗作《双桦小板凳》（外二篇）和戴明贤《送蒙萌》及周青明《悼蒙萌》也属这类性质。这是对已经在"作家摇篮"里亮相的少数民族作者作品的再次集中和再度突出。这样的集中和突出，表明它对少数民族文学的呈现，已由对多个作家的总体辐射转到对单个作家的专一聚焦，由辑录多个作家的多篇作品集中推出到辑录单个作家的多篇作品集中推出。由群体转到个体，揭示出《山花》对贵州当代少数民族文学的呈现方式的转变，隐含的内在意义是当代少数民族文学在思想内容和艺术探索方面向纵深的推进。

进一步地，我发现，贵州当代少数民族文学在思想内容方面和艺术探索方面向纵深的推进不只是《山花》在呈现少数民族文学的过程中所隐含的一种意义，实际上是它的一种有意识的追求。这一点，从它所发表的作品，以及它在发表作品时和发表作品后对一些作品突出的推举和评论，可以大致看出。在它这几年发表的众多作品中，《茅盖王》（1984年第12期）、《乌江魂》（1986年第4期）、《鸟斗》（1986年第5期）、《滚厂》（1987年第 10 期）等受到特别推举。罗吉万的《茅盖王》被认为"写出了新的生产方式和新工具、新技术对边远民族山区旧的生产方式的冲击，展示了一代新农民所面临的挑战和选择"。这里受到标举的是一种面向时代，紧贴生活的创作态度。这也是改革开放带来的剧烈变化的生活现实所激发、要求于作家的，少数民族作者也只有"努力投身于改革的时代洪流，自觉地跟上时代生活步伐"①，才能取得创作的进展。与此类似，《滚厂》也以"真诚的态度和敏锐的眼光面对少数民族山区的活生生的现实"，"以特有的艺术视角为读者展现了少数民族偏远山区在历史进程中突变时的真实情景：新与旧交织、开化与愚昧并存、兴旺与混乱杂糅、美的升华与丑的陨落相伴、欢乐与痛苦共生"②，等等。另一方面，在面向时代，紧贴生活受到重视的同时，立足于少数民族的生存现实，而又突入到历史深处，对传统民族文化进行批判性反思在一度被视为雷区而小心对待之后也受到推举。如 1987 年 2 月，《山花》头条隆重推出苗族作者韦文扬的中篇小说《蛊》，描写古老文化中的禁忌，"带着强烈的感情对传统文化进行了批判的反思"③。但很快受到批判，编辑部为此作检讨。到 1989 年 2 月，《山花》再度隆重推出韦文扬的小说，《卷首漫语》中说："在这期《山花》里，我们把苗族作者韦文扬的新作《山》和《忌雷》奉献给你。恰好在两年以前，这位作者发表在我刊的中篇小说《蛊》曾引起过一场不大不小的风波。但他并没有停止耕耘，文扬仍一如既往地怀着对他那个民族远非尽美的生存状况的关切和忧虑，吟唱一支支愤懑而深情的歌。"④ 而另

① 本刊编辑部：《努力反映前进中的少数民族生活》，《山花》1987 年第 9 期。
② 白崇人：《从戴绍康〈滚厂〉得到的启示》，《山花》1988 年第 2 期。
③ 祖康：《写在〈蛊〉的后面》，《山花》1987 年第 2 期。
④ 《卷首漫语》，《山花》1989 年第 2 期。

外一位曾经面向时代，紧贴生活写出《茅盖王》这样颇受好评的少数民族作者罗吉万在被认为"对民族心理的追踪采取一种近距离的摄入"之后，现在却被指责"忽略了对民族文化、生存结构及历史渊源的开掘与深入，因此作品缺乏厚重感和历史感，蕴含不丰富"①。除用自己的影响力在思想内容方面把贵州当代少数民族文学向纵深推进外，《山花》也把这种影响力施加于贵州少数民族文学创作的艺术探索上。它注意到"新时期文学在创作上出现了艺术风格和艺术形式多元化发展的新格局"，而"我省少数民族作者不自外于艺术变革的潮流，在创作中进行了可喜的探索和试验，出现了一批具有创新特色的作品"。如《乌江魂》"将现代小说的内心独白和传统的故事叙述手法较好地结合起来，准确地表现了人物的内心世界"。而《鸟斗》等则"虽然采用传统手法，但由于在结构上和悬念的设置上的苦心经营，仍给人以新鲜感"②。显然地，这些作品之能发表在《山花》上，并被给以如许的评价，代表着《山花》的取稿倾向和标准。贵州的少数民族作家要在作为贵州省最重要的文学期刊上发表作品，必然会受到《山花》的倾向的影响，也受到《山花》标准的筛选。在发表和评论作品的过程中，它已充分发挥了自己的影响力。

三　20 世纪 90 年代的《山花》与中国当代少数民族文学

进入 20 世纪 90 年代，《山花》对于中国当代少数民族文学，或者准确点说是贵州当代少数民族文学的呈现从总体上说

---

① 　任立新：《改善与重构民族心理——罗吉万作品讨论会综述》，《山花》1989年第 2 期。

② 　本刊编辑部：《努力反映前进中的少数民族生活》，《山花》1987 年第 9 期。

是淡化了，到最后甚至可以说褪去了这方面的痕迹。然而这里面的情况复杂微妙，就其主要的表现而言，我认为有前期和后期之别。所谓前期后期，是以 1994 年为界划分的。

前期《山花》对贵州当代少数民族文学的呈现基本上一如 80 年代中后期。它的"作家摇篮"继续密切关注本地少数民族青年作者。如 1990 年 12 月的《山花》"作家摇篮"发表苗族作者赵朝龙小说《祭江》和吉万的点评《似还可再深厚些——短篇小说〈祭江〉读后》。1991 年，为给"本省作者特别是崭露头角的新人提供一片集中发表作品的园地"，它又恢复"作品小辑"这一栏目。恢复之后的"作品小辑"首期推出的就是少数民族作者的作品小辑："帕尼作品小辑"，收入侗族作者帕尼的小说《种》和散文《戒酒三令》等。作品得到的评价也属于少数民族文学话语——"民族风情渗于生命的种种体验之中，让人感受到浓厚的侗家人生活气息"[1]。8 月，它推出"思南作品小辑"，其中有苗族作者赵朝龙的小说《野鹰岩》和土家族作者许子的小说《相亲》。1991 年 11 月，推出"杨打铁作品小辑"，收入布依族青年女作者杨打铁两篇作品：《远望博格达》和《全家光荣》，同时刊登罗吉万的评论《现实与梦想之间》。除"作家摇篮"和"作品小辑"外，它也通过别的方式突出对少数民族文学的呈现。一种方式是充分利用《卷首漫语》，编者直接站出来对作品推荐介绍。如 1991 年 1 月，头条隆重推出仡佬族作者戴绍康的小说《塬上风》，《卷首漫语》中赞誉有嘉，说作品"光彩熠熠，文笔斐然，使我们既惊且喜"，"以这么一件不可多得的作品开始新的一年，使我们对 1991 年贵州文坛凭（似应为

---

① 《卷首漫语》，《山花》1991 年第 2 期。

"平"——引者注）添了许多的信心和神往"①。5 月，发表布依族青年作者王万铭的小说《野山落日》，《卷首漫语》提到作者说："他是个布依族青年，前两年还在乡村公路上开汽车。不知怎么一想，卖了汽车，跑到满目艰辛的文学这条路上跋涉来了。《野山落日》是他的发轫之作，我们不想说什么'出手不凡'之类的恭维话，尽管这篇作品有许多令我们喜爱之处。"② 在发表少数民族文学作品的时候，《山花》一般会注明作者的族别，或在《卷首漫语》里加以说明；然而我们也注意到，不注明作者族别也不加以说明的情况逐渐多起来，如 1990 年 5 月发表龙潜的中篇小说《虚缘》，1991 年 7 月发表龙志毅的中篇小说《省城轶事》和吴恩泽的中篇小说《洪荒》，1992 年 7 月发表帕尼的《月地歌谣》，1992 年 11 月发表吴恩泽的小说《无妄》和《绝响》，1993 年 6 月再发吴恩泽的短篇小说《宿慧》和《狼烟》，等等，都没有注明族别，但这些作品都是颇受好评的少数民族文学作品。

《山花》对贵州当代少数民族文学的呈现也通过一些评论或理论文章表现出来。这些文章对少数民族文学的思考有了和 80 年代不太一样的地方。如白崇人据《啊，枫叶》对枫树这一苗族先民的图腾在作品中的象征化处理，发现"作品浸透着对自己民族历史的回顾和对前途的展望的悲壮情调"③。彭晓勇从罗吉万的小说集《蛇、龙、人》中看出，罗从本民族社会文化发展变异的角度，循着民族文化心理的变异轨迹，"寻求着人类社会理想的伊甸园"④。余达忠从生命、意识、神等多层面逼近少

---

①　《卷首漫语》，《山花》1991 年第 1 期。

②　《卷首漫语》，《山花》1991 年第 5 期。

③　白崇人：《读伍略的〈啊，枫叶〉》，《山花》1990 年第 9 期。

④　彭晓勇：《寻找伊甸园——读罗吉万的〈蛇、龙、人〉》，《山花》1990 年第 9 期。

数民族文学本体，对少数民族文学作了深入思考，提出少数民族
作家"应该有一种主动精神，深入到民族的神话和歌谣中去，
深入到民族艺术的一切方面，接受民族感情的熏陶，培养民族自
觉意识，感受民族生命的快乐、悲伤、希望、恐惧"①。帕尼则
在忧患中思考贵州文学的前景，击碎了一种流行的乐观幻想：贵
州由于民族众多，文化多呈原始色彩，因此文学带有先天性的人
类学优势，可望像拉美文学一样有一天"爆炸"起来。他指出，
由于文学生成的社会、经济、文化背景，也由于作家知识结构等
的不同，"贵州文学与拉美文学根本就不存在可比性"②，从而也
把连带着贵州地域文学的少数民族文学的思考引向了深入。这些
针对少数民族文学的文章出现在刊物上本身即表明了刊物关注少
数民族文学的倾向，而它们超越以往年代的思考也在把一些问题
引向深入。这里一个重要的表现是，它们几乎都着眼于少数民族
文学本身的发展，深入到少数民族自远古以来的文化中去评论少
数民族文学作品，思考当代民族文学的未来。

　　后期《山花》在经济大潮的冲击下从 1994 年起进行了引人
注目的改革。首先是争取到企业的雄厚的资金援助，继而大刀阔
斧地改版，刊物的内容、风格、版式、装帧、印刷质量等都和以
前不同，标举的立场也和以前立足于本地，发展本地文学大不一
样，其所持立场是开放、兼容、前卫，以关注文学生长点，提举
新锐，推进文学发展为己任。看来是要力争在全国文学期刊中都
占有一席之地。《山花》的改版似乎为边远省份的文学期刊走向
中心提供了成功的范例，或许还可视为对新中国成立以来几十年
形成的文学期刊等级体制的一种冲击。不过，在改版的过程中，

---

①　余达忠：《生命·意识·神——民族文学断想》，《山花》1992 年第 7 期。
②　帕尼：《贵州文学之我见》，《山花》1993 年第 1 期。

它对少数民族文学的关注逐渐淡化乃至淡漠。改版后的《山花》也发表本省少数民族作者的作品，如 1994 年 9 月发表帕尼的短篇小说《花蝴蝶》，1995 年 9 月发表吴恩泽的小说《爱情》和布依族作者罗莲的《最后的园邸》（组诗），1998 年发表苗族作者吴恩泽的《寻找作家》等；甚至发表省外少数民族作者作品，如 1995 年 6 月在"短篇选萃"栏目发表藏族作者才旦的《界地风景》，1999 年 5 月发表满族作者叶广芩的中篇小说《不知何事萦怀抱》，9 月在"三叶草"栏目下发表满族作者巴音博罗的小说《狗债》、《散文三题》以及诗作《日全食》，同期还发表达斡尔族作者萨娜的小说《一个犯罪嫌疑者的告白》，10 月发表土家族作者冉正万的小说《露草珠花》和满族作者边玲玲的散文《穿越塔克拉玛干》，等等。但是，所有这些作品在发表时基本上不注明族别，编者对此也没有任何说明。发表少数民族作者的作品和发表汉族作者的作品并没有什么两样。它也有不少版面（应该比改版之前多）刊登理论文章，但是不再有关于少数民族文学的。长期以来在这片园地里热闹繁盛的少数民族文学悄无声息地撤退了。

作为一种大众传播媒介，90 年代的《山花》比《草原》成功，它身为边远地区的文学期刊，却通过努力不断走向中心，制造了热闹的看点，获得了来自主流文化的某种认可。在这方面，《草原》显然不如《山花》，《草原》这片园地在 90 年代似乎显得分外冷清。但是，在传播少数民族文学，把少数民族文学特别是把本省区的少数民族文学推向纵深方面，《草原》胜过《山花》。

第 六 章

汉语文学期刊对中国当代少数
民族文学的呈现(二)

从期刊本身的角度考虑，笔者也选择了《民族文学》杂志
来作个案考察。《民族文学》是专门刊登中国少数民族文学作品
的文学期刊，是中国最著名也最重要的少数民族文学期刊。它的
创刊，是中国当代少数民族文学发展过程中的一件大事，当代少
数民族文学从此有了一个属于自己的舞台，一个专门的媒介。
《民族文学》的存在，为当代少数民族文学提供了重要的载体。
同时，它的办刊方针和策略，也必然规范、整合、统一、筛选着
当代少数民族文学，一定意义上决定了少数民族当代文学的发展
路向。

第一节　20世纪80年代的《民族文学》与
中国当代少数民族文学

一　《民族文学》创刊之初

1981年2月25日，中国国家民族事务委员会和中国作家协
会主办的全国性少数民族文学刊物《民族文学》在北京创刊。
首任主编陈企霞，副主编玛拉沁夫。第二任主编是玛拉沁夫，第
三任主编是金哲，从1995年11月起由吉狄马加任主编至今。从

1997 年 10 月起，副主编艾克拜尔·米吉提曾主持工作，名义上的主编仍是吉狄马加。创刊以来担任副主编的还有金哲、白崇人、特·赛音巴雅尔等。《民族文学》先是双月刊，1982 年后改月刊。到 1999 年 12 月共出刊 221 期，发表 56 个民族 6000 多位（人次）作者的各类体裁作品 3000 多万字。

　　《民族文学》的《发刊词》述其办刊宗旨和任务道："我们的《民族文学》，将努力贯彻落实党的民族政策和'百花齐放、百家争鸣'的方针。在这一宗旨下，我们的刊物，要团结各民族的作家和广大文学工作者，为大力发展和繁荣我国各少数民族的文学创作，积极培养和扩大我国各少数民族的文学队伍，贡献出自己的一份力量，使我们的刊物，更好地为人民、为社会主义、为各民族的团结服务。"① 《民族文学》的创刊背后有着多种因素的助推作用。这里不可忽视的是国家力量的支持，对此当时中国作家协会主要领导人之一冯牧有这样的描述："粉碎'四人帮'之后，党和国家一再强调我国是一个多民族的国家，发展少数民族的经济和文化，促进各民族团结，对于保持国家安定团结的政治局面，共同建设'四化'大业具有重大而深远的意义。根据这一方针，五年来中国作协及各地分会都把发展和繁荣少数民族文学事业提到了重要议事日程，并给予了有力的支持和帮助。"② 有了国家力量的支持，似乎一切都顺理成章。《创刊词》写道："具有重要历史意义的全国第四次文代会后，党中央强调指出：'各级党委要重视和加强对少数民族文化艺术的领导，发展和繁荣少数民族文化艺术。'为了

---

　　① 《创刊词》，《民族文学》1981 年第 1 期。
　　② 冯牧：《大力发展少数民族文学——在中国作家协会第四次会员代表大会上的报告（摘要）》，《民族文学》1985 年第 3 期。

认真贯彻第四次文代会精神，进一步体现党对少数民族文学事业的关怀，国家民委和中国作协，于一九八〇年七月召开了全国少数民族文学创作会议。"而根据《创刊词》引述周扬讲话所说的："为了发展少数民族文学，有必要按照需要和可能出版介绍和传播各民族的文艺书刊，一方面发表自己的作品，交流创作经验和研究成果，另一方面在各少数民族文学和汉族文学之间，进行互相翻译介绍的工作，这是建设我国多民族的社会主义文艺不可缺少的"①，《民族文学》的创刊就是必然的了。它的创刊，既然是在"党和国家一再强调"的精神指导下，既然是"建设我国多民族的社会主义文艺不可缺少的"，就证明它不仅是一场发生在文学领域内的事件，也是发生在政治领域内的事件。而它的运作，也就有了和中国当代其他汉语文学期刊一样的大前提，那就是必须在党的领导下进行。它的主办单位是中国作协和国家民委这样两个国家机构也表明了这一点。在这一前提之下，《民族文学》"贯彻落实党的民族政策和'百花齐放、百家争鸣'的方针"，"团结各民族的作家和广大文学工作者"，"大力发展和繁荣我国各少数民族的文学创作，积极培养和扩大我国各少数民族的文学队伍"的办刊宗旨、原则和任务等也就属于题中应有之义。这样，《民族文学》一开始就和整个国家的大政方针联系在了一起，和国家正在进行的现代化宏伟事业联系在了一起；用一句时下流行的理论话语来说就是，和整个国家正在进行的现代性宏大叙事联系在了一起，是现代性宏大叙事的一部分。

　　《民族文学》刊登的《稿约》欢迎如下稿件：

---

① 　以上两则引文见《创刊词》，《民族文学》1981 年第 1 期。

　　反映各族人民生活的小说、散文、报告文学、诗歌、回忆录等作品；

　　各少数民族的神话、传说、故事、寓言、史诗、叙事诗、民歌、民谣等优秀民间文学和传统文学作品；

　　介绍各少数民族特有的丰富多彩的风土人情，风光景物，习俗时事和文物古迹的随笔、游记、速写等文学小品；

　　有关我国各民族文学之间互相影响、借鉴、促进发展等方面的研究、探讨和对各少数民族作家与作品的评介文章。①

可以看出，它欢迎的稿件有四类：个人创作的作品、民间文学作品、文学小品以及评介文章。四类稿件中，现代意义上的、个人独创的小说、诗歌、散文等当仁不让地占了第一位，与此同时，口传的民族民间文学作品也受到重视，占了第二位。此外，文学小品显然是针对少数民族物质类文化遗产的，其实归入第一类的散文中也无妨，在后来的编排中，这类文章其实也多归入散文，但《稿约》把它单列出来，表明对反映少数民族物质类文化遗产的重视，这是很有眼光的，显示出某种超前性。

　　创刊号头条发表锡伯族著名作家哈拜的诗歌《献给祖国——为祝贺〈民族文学〉创刊而作》最后一节写道："感谢您啊，亲爱的祖国！／您为我们开辟了一所新的艺苑。／看吧，千万条欢腾的希望的泉水，／将从四面八方流向满是蓓蕾的花甸。／祖国啊，但愿这块特意开辟的园地，／能真正体现您慈母

---

① 此稿约多期刊登，如《民族文学》1981年第1期。

的良好心愿。/即使是一株无名的山野的小花，/也能在园丁的栽培下斗芳争艳。/也许在未来的漫长的岁月里，/还含有狂风暴雨的袭击、进犯，/就让我们筑起坚韧厚实的花墙吧，/去阻挡来自任何一方的风雪严寒！"诗为祝贺一家文学期刊创刊而作，标题却耐人寻味地叫做"献给祖国"，诗中表达的感激、热爱、希望和信念，与其说是对作为文学期刊的《民族文学》的，不如说是对"亲爱的祖国"的；但是，这样的感情，传达了祖国的关怀和团结的意愿，正好和《民族文学》的办刊宗旨和任务联结了起来，表达的正是一种适合于那时的氛围因而也恰如其分的感情。

　　创刊号某种程度上是为以后办刊定调定型，至少提供一个可资比较的模式，因此显得特别重要。分析《民族文学》创刊号，可以看出编辑的一片苦心。本期发表的作品有5类：小说6篇、诗歌10篇（组）、散文4篇、民间文学1篇、理论文章3篇，其中民间文学一项显得较为薄弱，刊登的是蒙古族的鄂嫩吉雅泰搜集的《少数民族谚语集锦》，像是急就章，看起来这类作品一开始就没有引起重视。在开始的几年内，不定期的"民间文学"或者偶尔的"古典文学"栏目一直维持着；但从1985年起，再难见到。现代意义上的个人创作类作品一开始就在这片园地里占了绝对优势。就这些作品本身而言，其主体部分，无论小说、诗歌还是散文，都是反映少数民族生活、抒写少数民族情感、描写少数民族地区风土民俗的。5类作品在编目时按小说、诗歌、散文、民间文学、理论的先后顺序排列，在具体的版面安排中却分散开来，以免显得单调枯燥。在创刊号上发表小说的，有蒙古族的扎拉嘎胡、鄂温克族的乌热尔图、布依族的罗吉万、纳西族的戈阿干、维吾尔族的买买提巴格拉西、回族的白练。发表诗歌的，除前面已提到的锡伯族的哈拜外，还有维吾尔族的铁衣甫江、藏族的饶阶巴桑和丹真贡布、白族的晓雪、朝鲜族的金哲、壮族的莎红、回族的高深、苗族的潘俊龄。发表散文的，有蒙古族的乌雅泰、维吾尔族的乌铁库尔、苗族的吴雪恼、彝族的普飞。这些作者，差不多是当时已有名气或小有名气的少数民族作家，他们的作品显然大都是《民族文学》的编辑组稿而来，这显示出《民族文学》作为全国性刊物的凝聚力及其分量。同时，这些作家，来自全国各地，包括了 13 个少数民族，也显示出它要团结全国各少数民族作家的意图。在刊物的外在形象上，也由蒙古族的思沁设计了具有民族特色的封面。从里到外都弥漫着作为中国唯一的全国性少数民族文学期刊的少数民族气息，《民族文学》的首期就这样打造出来了。

　　有了首期建立的对少数民族文学的呈现模式，接下来各期基本上在此基础上进行。随着各期的陆续推出，更多的少数民族作家出现在这片"艺苑"里，如蒙古族的敖德斯尔、巴·布林贝赫、特·达木林，维吾尔族的柯尤慕·图尔迪、克里木·霍加，藏族的益西单增，回族的张承志，彝族的李乔，苗族的伍略，土家族的孙健忠、汪承栋，朝鲜族的金哲，满族的胡昭，白族的杨苏、那家伦，仡佬族的包玉堂，等等。他们都是已经产生影响或正在产生影响的作家，现在用他们颇具实力的写作来丰富这片"艺苑"。不过更具亮点的是，这片"艺苑"上开始出现了不少新作者的名字如蒙古族的齐丹、巴彦布，哈萨克族的艾克拜尔·米吉提，壮族的蓝汉东、岑献青，土家族的李传锋、颜家文，白族的景宜，藏族的意西泽仁、扎西达娃，布依族的王泽洲等。这些新作者的出现不是偶然的，是《民族文学》有意提携培养的结果，是其培养和扩大少数民族作家队伍的编辑任务的落实。如果说这样的意图在开始的 4 期算是若隐若现的话，在其第 5 期"青年作家作品特辑"刊出时，就变得

昭然若揭了。当然，这样的意图指向的是多民族社会主义文学
事业的发展和繁荣，而"大力发现和培养各民族的文学作者，
这是最为重要的"。"只要认真贯彻了党的民族政策和'双百'
方针，新的作者和作品就会不断涌现。"现在正赶上党的民族
政策和"双百"方针得到贯彻的好时机，"近几年文学新人辈
出的盛况，就是一个很好的例证。'一年好景君须记，正是橙
黄橘绿时'，我们希望这一好景更加发展，越来越好。本刊愿
为此作出最大努力"。① 在本期露面的青年作家乌热尔图、李传
锋、意西泽仁、查干、岑献青、李甜芬等，后来证明都有不俗
的表现。他们发表在本期的作品中，《一个猎人的恳求》（乌热
尔图）、《退役军犬》（李传锋）、《阿口登巴的故事》（意西泽
仁）、《写在国境线上》（李甜芬）是在各种场合得奖的作品，
后来都被收进了《中国新文艺大系 1976—1982 少数民族文学
集》；以一期的有限篇幅，就有四篇作品收入《中国新文艺大
系》，可见《民族文学》在呈现中国当代少数民族文学方面发
挥的重要影响。

　　在有意发表少数民族文学新人的作品的同时，注重翻译作品
的刊登也是《民族文学》新增加的亮点。创刊号说要"发表我
国各少数民族作家和作者创作的各种题材、体裁、形式、风格的
文学作品，也要介绍、发表各少数民族优秀民间文学与传统文
学，刊登有关少数民族文学的评论文章"②。这里并没有给翻译
作品留下独立的空间；它的《稿约》也没有把翻译作品作为约
稿的种类加以突出；第 1 期和第 2 期虽然有翻译作品，却不在目
录里标明，如此种种，显出在《民族文学》编辑部最初的视野

----

① 以上引文见《编后》，《民族文学》1981 年第 5 期。
② 《创刊词》，《民族文学》1981 年第 1 期。

里，翻译作品是受到忽视的种类。但是它很快意识到翻译作品的重要，在第 2 期刊登了如下启事：“为了大力鼓励和繁荣使用少数民族文字创作的文学作品，促进我国各民族之间的文学交流和加强民族团结，本刊欢迎翻译用少数民族文字创作的文学作品的稿件。希望各地翻译家踊跃投稿。稿件一经发表，按规定将发双重稿酬，即翻译者和原作者均有稿酬。我们热切地希望各省区用少数民族文字进行创作的作家们和用少数民族文字出版的文学刊物编辑部，向我们推荐和介绍用少数民族文字创作的优秀作品。”① 这一启事表明，翻译作品也加入了《民族文学》所欢迎的稿件的行列，而且采用双重稿酬给以鼓励。这种双重稿酬制和老舍报告中所说的稿酬极低，少数民族作家为经济方面的原因，即使能用本族文字写作也会避免的状况比起来，有了显著的不同。为了落实对翻译作品的重视，接下来的第 3 期和第 4 期明显加强了翻译作品的刊登。从此，翻译作品就成为《民族文学》着力呈现的一个作品种类。除双重稿酬外，也采取别的措施加强这方面的工作，如 1983 年 5 月与民委文化司在贵阳联合召开少数民族文学作品翻译创作会议，从发稿制度上规定每期保证发表一定数量的翻译作品，1986 年 6 月还出过一期翻译专号。“据统计，从 1981 年到 1988 年 10 月，《民族文学》共发表 120 余万字的翻译作品。”② 不过，和《民族文学》在这几年来发表的上千余万字的作品比起来，这一种类作品的数量还是远不及用汉语创作的作品。

　　《民族文学》创刊之初还有一个亮点，那就是专辑专号的刊

---

① 　《民族文学》1981 年第 2 期。

② 　民族文学杂志社：《促进民族团结的舆论阵地——〈民族文学〉》，《民族文学》1989 年第 1 期。

登。我们已经在第 5 期看到它的"青年作家作品特辑",在年底
又看到它的小说选载专号。这是从全国各地文学刊物发表的少数
民族作者所作短篇小说中遴选出来的小说结集。它在第 5 期刊登
的预告说第 6 期是"少数民族小说选刊","集中选载全国各有
关省、自治区文学刊物发表的少数民族作家优秀短篇小说十余
篇。内容丰富,形式多样,具有浓郁的民族特色和鲜明的时代精
神"。它选载的小说有藏族作者扎西达娃的《朝佛》,土家族作
者孙健忠的《彭老三趣事》,哈萨克族作者艾克拜尔·米吉提的
《哦!十五岁的哈丽黛哟》,蒙古族作者玛拉沁夫的《大地》,白
族作者张晖的《闷葫芦》,维吾尔族作者阿布杜克热木·铁木尔
作、罗马译的《火热的心》,回族作者马知遥的《"业余社员"
轶事》,哈萨克族作者卡依洛拉·巴扬拜依作、肖嗣文、朱曼·
艾比希译的《猎人们》,壮族作者蓝汉东的《卖猪广告》,等等。
这些作品由省、自治区的文学刊物进入《民族文学》中,其传
播效果就发生了变化,在本省身价大增,在各种场合被提起,获
得各种奖项,其中《哦!十五岁的哈丽黛哟》、《猎人们》、《卖
猪广告》三篇还被收入《中国新文艺大系 1976—1982 少数民族
文学集》。这些作品,因为"具有浓郁的民族特色和鲜明的时代
精神"而被选载,显然地,这同时也在为后来的作品之能出现
在《民族文学》上提供某种范例。与这些作品一起发表的,还
有王文平的评论。在王文平的认识中,他把这些小说的出现和当
时文坛的整体形势联结了起来:"不久前,当我国的短篇小说异
军突起,兀立文坛的时候,有人担心少数民族的创作是否落后了
一步?然而,现在看来,这种担心是不必要的。"在"党的十一
届三中全会的路线、方针"带来的大好形势下,和整个文坛一
样,"少数民族短篇小说亦如雨后春笋,很快呈现出一派多姿多

彩的繁荣景象"。① 这样一种认识，表明的不仅是"少数民族短篇小说"发展和"我国短篇小说"发展的同步性，在这种同步发展的描述中，"少数民族短篇小说"被拉进了"我国短篇小说"前进的队伍里，成为其中的一个组成部分。《民族文学》选编的这个专号，二十多年后，它的具体编辑之一那家伦还记忆犹新："《民族文学》第一年末期，由王文平和我编了一期全国发表的短篇小说选刊，他（指玛拉沁夫——引者注）很满意，把我写的编后语工笔成书法赠我。那本选刊中的作者，而今有的已是成熟的作者，是有影响的作家，如扎西达娃。"② 这样的回忆，表明编者对本期刊物的倾力打造，也显示了它的成功。事实上，本期在《民族文学》二十几年的发展历程中开了一个头，在当时就被认为"对总结与检阅少数民族文学创作成果、及时发现与介绍新涌现出来的文学青年、加强各兄弟民族刊物之间的联系，都能起很好的作用。既然这是一件有积极意义的工作，当然应当继续做下去"③。《民族文学》的选刊专号连续出了三年，后来虽然不再出专号，可是选载作品时常出现。选载其他省、自治区刊物的作品成为《民族文学》乐此不疲的行为，可视为它传播当代民族文学的一种策略，也是它在呈现当代民族文学中形成的一个模式。

　　《民族文学》创刊的第一年即获得了成功。1981 年 12 月，《文艺报》刊登吴重阳、白崇人的文章《百花园中的一株新花——读新近创办的〈民族文学〉有感》对其表示赞赏。由于最初的成功，到 1982 年，它改成月刊，可以容纳更多的内容，

---

① 王文平：《少数民族短篇小说的新收获——读〈民族文学〉第六期的短篇小说》，《民族文学》1981 年第 6 期。

② 那家伦：《中国的证明》，《民族文学》2006 年第 1 期。

③ 《编后絮语》，《民族文学》1982 年第 12 期。

承载更多的信息，当然在上面发表作品的作家也更多。本年它发表的特辑、专辑之类更多：3 月推出"女作者特辑"，发表少数民族女作者的小说、诗歌、散文作品；6 月推出"露珠集——献给孩子们"诗歌专辑，发表儿童文学作品；7 月是"短小说一束"；8 月是"新作短评"，评论发表在《民族文学》上的新作；10 月是"诗的怀念"，推出已故少数民族诗人鲁特夫拉·木塔里甫、纳·赛音朝克图、尼米希依提的翻译过来的诗作；11 月是"散文诗之页"；12 月则照例和上一年一样，推出了一期"小说选辑"。其中"女作者特辑"引起较大的反响，著名作家草明写信给编辑部说道："它不仅给予我艺术的享受，还使我了解到兄弟民族妇女的欢乐、勇敢、为社会主义祖国建设的献身精神。"对特辑里的作品评论了一番后，她总结道："这些少数民族女作者的涌现，正说明祖国的日趋繁荣兴旺，象征着这个多民族的国家的团结。"① 无论是对特辑所刊作品的阅读，还是对"少数民族女作者的涌现"这一现象的理解，都归结到多民族国家的建设上，这是一种时代所需要、自然也适合于时代的趋于共同性的理解。

全国少数民族文学创作评奖活动于 1981 年末 1982 年初举行，38 个民族的 100 多名作者获奖，这被认为是民族团结的象征。在文学领域，这是以国家的名义对当代少数民族文学进行的一次鼓励，当代民族文学在这样的激发下会更加迅猛地发展。同时，这也提供了方向、规范和标准，引导着当代民族文学发展的航向。正如当时主管少数民族事务的国家领导人乌兰夫在颁奖大会上所说，这是"少数民族文学的一次大检阅，也是一次庆功会"，"必将极大地调动少数民族文学作家的创作积极性，必将

---

① 草明：《向少数民族女作者致意》，《民族文学》1982 年第 7 期。

极大地推动我国少数民族文学创作的发展和繁荣"。"而这次获奖的作品不少是宣传党的民族政策，歌颂民族的团结和祖国的统一的。"① 这样意义重大的活动是以《民族文学》为中心举办的。在编者那家伦的认识中，"少数民族的全国性文学评奖，其实是《民族文学》升华的一种国家具体行为"。据他回忆："第一届评奖评选作品没处放，就一堆一摊地放在他（指玛拉沁夫——引者注）家地板上。我去过，每一步都得小心别踩到作家们的'心血'上。"② 那家伦是 50 年代就成名的著名散文家，他的回忆充满人情味，里面显露的，却是《民族文学》在全国少数民族文学创作评奖活动中发挥的实际作用；这样的实际作用，联系着当代少数民族文学的发展。

　　中国当代少数民族文学到新时期被认为"获得了历史的突破性的进展，而《民族文学》就是推动这一进展的敞亮明净的窗口"③。在它的"进展"中，1982 年应该是一个标志性的年份；以此为界，"新时期文学六年"的提法随处可见，有人以此为题出版了学术著作，权威的《中国新文艺大系 1976—1982 少数民族文学集》收录作品就于本年截止。《民族文学》特约评论员在本年发表的一篇重要文章的总结中说，"少数民族文学创作兴旺繁荣的新局面已经出现"④。笔者前面的分析或可一

---

　　① 乌兰夫：《在全国少数民族文学创作评奖发奖大会上的讲话》，《民族文学》1982 年第 3 期。

　　② 那家伦：《中国的证明》，《民族文学》2006 年第 1 期。

　　③ 邢莉：《写给高擎火炬的人——祝〈民族文学〉创刊十周年》，《民族文学》1991 年第 1 期。

　　④ 《民族文学》特约评论员：《文苑探步——党的十一届三中全会以来少数民族文学巡礼》，《民族文学》1982 年第 9 期。该文收入《当代文学研究参考资料》1982 年第 12 期和《中国新文艺大系（1976—1982）史料集》（中国文联出版公司 1990 年版）。

定程度地表明作为全国性的传播少数民族文学的媒介，《民族文学》创刊两年已经发挥了重要作用。这一点，我们还可从《中国新文艺大系1976—1982少数民族文学集》收录作品所出媒介中看出（具体可见第二章所列表）。在《大系》所选122篇（组）文学作品中，已经初步认定109篇选自汉语文学期刊。这里面，注明"原载《民族文学》"的就有41篇①，占38%。这样大的比例，自然是其他任何一家文学期刊都不具备的。分析这个数据，再考虑到《民族文学》是1981年才创刊，只在《大系》所涉及的六年时间中占了两年的事实，可见"大系"收入《民族文学》所出作品是非常密集的，显示出《民族文学》新时期以来在呈现当代民族文学方面独一无二的中心地位，透露出它在中国当代少数民族文学发生巨大变化方面所起的作用。这种作用当然是以对各民族文学的集中展示为其突出特点的。1982年有人对《民族文学》做过这么一种形象的比喻："如果把全国各地的文学期刊，比作姹紫嫣红的百花园，那么《民族文学》这个刊物，把它说成是百花园中一个别致的花坛，我以为是不过分的。这里盛开着那日花、金达莱花、山茶花、杜鹃花、雪莲花、白菱花……带着边疆沃土的芳香和山泉的清新，以鲜明的色彩，独特的风格，把祖国的春天装扮得更加艳丽多姿。"② 这样一个聚集边疆沃土各种鲜花的"花坛"，构造的是一片跨文化传播的场域，可以使各少数民族文学都在这里得到展现和交流。

---

① 而没有注明的一些作品，如《哦！十五岁的哈丽黛哟》、《猎人们》等，也曾在《民族文学》上选载过。某种程度上，这些作品出现在《大系》中，正是《民族文学》选载促成的。

② 毛宪文：《"花过雨，又是一番红素"——谈一九八一年〈民族文学〉发表的小说》，《民族文学》1982年第7期。

二　接下来的关注

笔者以上的分析表明，《民族文学》创刊之初，即对中国当代少数民族文学施以特别的关注，通过主动的期刊行为，对当代少数民族文学的发展发挥了实际作用。接下来这种关注可以说一如既往地延续着，贯穿了整个20世纪80年代。且看其中一些突出的方面。

《民族文学》从第二年起开始有意识地介绍一些创作业绩突出的少数民族作家。其常设栏目"作家介绍"持续到80年代结束，中间又以交替或者改为"少数民族作家剪影"的形式放在封三一直维持到1992年。1982年首期介绍维吾尔族诗人铁衣甫江，第2期介绍蒙古族作家扎拉嘎胡，第3期介绍朝鲜族诗人金哲，接下来是李惠文（满族）、苗延秀（侗族）、伊丹才让（藏族）、孙健忠（土家族）、晓雪（白族）、李乔（彝族）、乌热尔图（鄂温克族），除第8期、第12期缺外，基本上每期一位。这些作家除乌热尔图外，都成名于新时期以前，而乌热尔图那时已经因为连续三届获得全国短篇小说奖备受关注。1983年是壮族诗人莎红、蒙古族诗人巴·布林贝赫、满族作家关沫南、白族作家张长、苗族作家伍略、回族作家张承志、藏族作家扎西达娃、土家族作家蔡测海、哈萨克族诗人库尔班阿里、藏族作家益西单增、维吾尔族诗人及翻译家克里木·霍加、蒙古族作家敖德斯尔、壮族作家陆地、苗族诗人石太瑞，每期一位，第6期是三位：张承志、扎西达娃、蔡测海。除这三位之外，其他作家都是在新时期以前成名的，而三位青年作家都是全国短篇小说奖得主。1984年是维吾尔族作家柯尤慕·吐尔迪、满族作家寒风、蒙古族作家佳峻、朝鲜族诗人任晓远、藏族作家意西泽仁、回族作家马犁、达斡尔族作家孟和博彦、

维吾尔族作家卡哈尔·吉里力、白族作家景宣、满族诗人胡昭、
朝鲜族诗人金成辉，第 10 期是新中国成立 35 周年诗歌、散文
专号，故缺。其中佳峻、意西泽仁、景宣是新时期成名的作家，
其余都是新时期以前成名的作家。1985 年是东乡族诗人汪玉
良、壮族青年作家韦一凡、仡佬族诗人包玉堂、哈萨克族诗人
夏侃·沃阿勒巴依、壮族作家福林、回族作家马瑞麟、蒙古族
作家安柯钦夫，第 7 期、第 10 期、第 12 期三期空缺。1986 年
是苗族青年作家吴雪恼、彝族女作家李纳、彝族作家苏晓星、
苗族诗人潘俊龄、朝鲜族作家林元春、满族作家边玲玲、彝族
青年诗人吉狄马加、纳西族作家戈阿干，第 1 期、第 8 期、第
9 期、第 12 期缺。其中吴雪恼、林元春、边玲玲、吉狄马加是
新时期出现的。1987 年是白族作家杨苏、壮族诗人黄勇刹、纳
西族女作家赵银棠、藏族作家降边嘉措、壮族作家杨柳、黎族
作家龙敏，第 5 期、第 8 期、第 9 期、第 10 期、第 11 期缺。
1988 年是土家族诗人汪承栋、蒙古族作家李凖、维吾尔族作家
祖尔东·萨比尔，只有三位。1989 年也只介绍了三位：土家族
作家李传锋、回族作家马宗融、维吾尔族作家柯尤慕·吐尔迪，
而柯尤慕·吐尔迪已在 1984 年介绍过。从 1986 年起，《民族文
学》"作家介绍"栏目介绍的作家似乎在减少，但这并不意味
着它在介绍作家方面工作的削弱。从次年起，它的封三一般都
用来刊登少数民族作家剪影，这样图像传播和文字传播交替对
作家进行介绍。不过，到 90 年代，"作家介绍"栏目消失，留
下封三的剪影维持到 1992 年。值得注意的是，第一年的作家剪
影全部留给了中青年作家，首期即是在当时已享盛名的张承志，
接下来是佳峻、边玲玲、蔡测海、扎西达娃、吉狄马加、意西
泽仁、严亭亭、柯尤慕·吐尔迪、赵大年、乌雅泰，第 5 期缺，
几乎全是在当时比较活跃的少数民族中青年作家，显示出刊物

对中青年作家的高度关注。1988 年介绍敖德斯尔、周民震、景谊（也作景宜）、杨苏、李根全、祖尔东·萨比尔、高深、唐海涛，同时也刊登"山丹奖"颁奖大会剪影、宁夏少数民族作家剪影、广西少数民族作家剪影等。1989 年作家剪影介绍李乔、朱春雨、董秀英、苏晓星、李传锋、马治中、李必雨、胡昭、马犁、伊丹才让、穆·巴格拉西，另有一期（第 10 期）是《民族文学》编辑部剪影。不管是"作家介绍"栏目还是封三的"少数民族作家剪影"，都显示了《民族文学》对少数民族作家的关注。从这样的关注中，它实际上对全国少数民族作家进行了一轮筛选，能够进入这一栏目，对少数民族写作者来说，无异于对他们作为少数民族作家作了一种身份的确认。而这批少数民族作家的写作，在这样的确认后会很快地进入中国当代少数民族文学的知识谱系，甚至提供一种标准、范型，供别的少数民族写作者参考或者跟随。

1983 年之后的《民族文学》在发表作品方面仍是专辑、专号不断，而且不断翻新。1983 年 2 月出"边塞之歌"诗歌专辑，4 月出"小小说辑丛"，12 月继续出小说选刊专号。1984年 10 月隆重推出"热烈庆祝中华人民共和国成立四十五周年"诗歌散文专号，设计了"祖国山高水也甜"、"黎明马嘶处处闻"、"何处山花不芬芳"、"地北天南试新曲"等几个小专辑把众多的诗歌纳入进去；散文类除发表多篇散文外，首次辑录了散文诗专辑——"散文诗页"。12 月是小说散文专辑，其中还有一束"短小说特辑"。1985 年 6 月出"短小说一束"。7 月首次推出"中篇小说专号"。8 月首次推出"大学生诗页"，发表高校少数民族学生的诗歌。9、10 月分别隆重推出"献给西藏自治区成立二十周年"专号和"庆祝新疆维吾尔自治区成立三十周年"专号，这是《民族文学》创刊以来第一次有机会给省

级民族自治区出专号，专门发表自治区内少数民族作者或和两
个自治区代表的民族有直接关联的少数民族作者的作品。两期
专号里面，第 9 期发表的诗歌辑录为"雪域诗丛"推出，第 10
期发表的多为翻译作品，看起来倒像一个翻译专号。12 月出
"外国少数民族诗人作品选"。1986 年 1 月有一个创刊五周年纪
念专辑；3 月出少数民族女作者专号，这是 1982 年 3 月的女作
者作品特辑之后更为有力的动作；6 月出翻译专号，更加凸显
对翻译作品的重视。1987 年 3 月是女作者专辑；5 月隆重推出
"热烈庆祝内蒙古自治区成立四十周年"专号；8 月出中篇小说
专号。1988 年 7 月出中篇小说专号；9、11 两个月分别隆重推
出"热烈庆祝宁夏回族自治区成立三十周年"专号和"热烈庆
祝广西壮族自治区成立三十周年"专号，至此，《民族文学》
为中国五个自治区的少数民族文学都出了专号；12 月则是诗歌
专号。1989 年 4 月出了一个土家族作家温新阶的散文专辑，这
是《民族文学》第一次推出作家个人作品专辑。各种各样的专
辑专号使这片园地变得异常热闹繁盛，表明《民族文学》主体
能动作用的充分发挥，体现出它在呈现中国当代少数民族文学
中的多种手段。

　　除发表作品之外，《民族文学》发挥主体能动作用颇为突
出的一方面是举办各种形式的读书会、组稿会和笔会。80 年代
特别是 80 年代前期中国文学期刊各类笔会、组稿会等是相当
多的，《民族文学》由于和国家民委的联系，得到的赞助更多，
举办的各类会议可能也更多。一篇署名"本刊记者"的报道性
短文记述道："本刊编辑部在整党和改革的高潮中，在人员少、
财务紧的情况下，全体同志团结一致，在办好刊物、保证刊物
按期出版的同时，按照《中国作家协会 1984 年工作计划要点》
的精神，从今年 1 月至 7 月连续在六个地方举办了四次（南

宁、通化、银川、黄山）少数民族作家笔会和两次（乌鲁木齐、呼和浩特）少数民族创作座谈会。"召开这类会议被视为编辑部的工作，这样连续不断地召开会议被形象地描绘为"马不停蹄地连续作战"，其成效被认为是显著的，甚至和创造"新局面"有关："26 个少数民族的 400 多名老中青作家、作者，参加了上述活动。与会者给《民族文学》带来了 280 万字的作品，经过与编辑部同志共同筛选与修改，其中现已达到发表水平的作品约 105 万字。在改革之年，少数民族文学又创新局面，呈现出这样好势头，令人十分欣慰。"① 对于《民族文学》开展的这类活动，冯牧总结道："一九八三年五月，根据少数民族文学的翻译介绍工作薄弱这一情况，《民族文学》编辑部与民委文化司在贵阳联合召开了少数民族文学作品翻译创作会议，有力地推动了这方面工作的开展。此外，《民族文学》编辑部还与国家民委和一些省、区民委联合在云南、贵州、广西、吉林、宁夏、内蒙、新疆、安徽等地召开了各种形式的读书会、组稿会和笔会几十次，五十多个少数民族、四百六七十人次参加了这些活动。"② 1991 年 1 月，在创刊十周年纪念活动中，主编金哲总结说，《民族文学》10 年里在全国各地先后举办了 13 次各种笔会和采访团活动，培训了 30 多个民族 1000 多人次的各民族作家③。这些活动的直接作用是培养作家，促进创作。蒙古族作家邢莉写道："为培养少数民族作家，《民族

---

① 以上引文见"本刊记者"《马不停蹄地奋进——本刊编辑部 1—7 月工作简况》，《民族文学》1984 年第 8 期。

② 冯牧：《大力发展少数民族文学——在中国作家协会第四次会员代表大会上的报告（摘要）》，《民族文学》1985 年第 3 期。

③ 可参见报道《55 个少数民族拥戴的文学阵地〈民族文学〉庆贺创刊 10 周年》，《文艺报》1991 年第 3 期。

文学》举办了多次笔会，在昆明、在银川、在延边、在贵阳、在呼伦贝尔草原……老中青作家，同堂共济，切磋、勉励、提示，老作者敞开心扉、新作者豁然开朗。就这样，一批批新人成长了，一篇篇新作诞生了。"① 除培养作家，促进创作外，笔会把各民族的作家聚集在一起，这又产生了另外的作用："通过笔会活动，相互了解，增进友谊，增强了全国少数民族文学队伍的团结。所以，少数民族作家们称赞这些笔会是民族团结的大聚会。"② 冯牧指出："通过这些活动，交流了经验，同时对提高这些地区创作队伍的思想和艺术水平，进一步发展和繁荣少数民族文学创作，起到了积极而又实际的推动作用。"③ 看来，这些发表作品之外的活动对于当代少数民族文学的作用已经不仅仅是呈现，而是"积极而又实际的推动"了。

发表理论、评论文章和领导讲话、报告也是 80 年代的《民族文学》在呈现中国当代少数民族文学中的重要手段。领导讲话或报告，如乌兰夫和周扬分别所作的《在全国少数民族文学创作评奖发奖大会上的讲话》（1982 年第 3 期），张光年的《祝多民族的社会主义文学百花齐放——在全国少数民族文学创作发奖大会上的讲话》（1982 年第 12 期），冯牧的《更高地举起社会主义的旗帜——给少数民族文学讲习班的贺词》（1983 年第 10 期）、《大力发展少数民族文学——在中国作家协会第四次会员代表大会上的报告（摘要）》（1985 年第 3 期）

---

① 邢莉：《写给高擎火炬的人——祝〈民族文学〉创刊十周年》，《民族文学》1991 年第 1 期。

② 《民族文学》杂志社：《促进民族团结的舆论阵地——〈民族文学〉》，《民族文学》1989 年第 1 期。

③ 冯牧：《大力发展少数民族文学——在中国作家协会第四次会员代表大会上的报告（摘要）》，《民族文学》1988 年第 3 期。

等，对少数民族文学创作无疑起了导向作用。80 年代前期的
《民族文学》有意刊登一些著名作家主要是汉族作家谈创作的
文章或演讲，以对少数民族作家创作作技术上的指导，如冰心
的《创作谈》、王蒙的《热爱和了解》（1981 年第 4 期），李
准的《谈谈塑造人物》（1982 年第 1 期），秦兆阳的《学习与
探讨》（1982 年第 2 期），艾芜的《写作漫谈》、刘绍棠的
《要使社会主义文学富起来》（1982 年第 5 期），唐弢的《生活
真实和艺术真实》、蒋子龙的《作家要全身心地拥抱生活》
（1982 年第 9 期），韦君宜的《从编辑角度谈创作》（1983 年
第 1 期），王蒙的《文学现状断想》（1983 年第 2 期），李乔的
《谈长篇小说的结构》（1983 年第 4 期），邓友梅的《小说写作
的几点体会》（1983 年第 10 期），刘真的《回顾我的创作之
路》（1984 年第 5 期），张志民的《路，在我们脚下！——和
爱好诗歌的青年朋友谈诗》（1984 年第 7 期），孔捷生的《文
坛寄语》（1984 年第 8 期），贺敬之的《在民族文学笔会上的
讲话》（1985 年第 11 期）等。理论文章方面，首期的《少数
民族文学与汉族文学的互相影响与交流》（白崇人、刘俊田、
禹克坤）在对少数民族文学与汉族文学互相影响和交流的历时
性梳理中，凸显出少数民族文学作为中国文学重要组成部分的
地位和意义，同题文章在《文学评论》发表并被《新华文摘》
转载，是一篇有影响的重要论文；接下来如玛拉沁夫的《火光
与灯火——读胡耀邦同志〈在剧本创作座谈会上的讲话〉》
（1981 年第 2 期），《不尽长江滚滚来——〈中国新文艺大系·
少数民族文学〉分集导言》（1983 年第 12 期），《少数民族小
说家六人谈》（1983 年第 3 期），张承志的《所谓民族文学第
一特性》（1983 年第 9 期），丹珠昂奔的《时代、文化、哲学
与少数民族文学创作》（1987 年第 2 期），白崇人的《立足点

与超越意识——少数民族文学创作新课题》（1988 年第 1 期），
关纪新、朝戈金、尹虎彬的谈话录《多重选择的世界》（1988
年第 10 期），奎曾的《草原文学：开放在祖国北疆的艺苑奇
葩》（1989 年第 7 期），等等。评论文章如崔道怡的《映日荷
花别样红——全国获奖短篇小说中的少数民族作品》（1981 年
第 3 期），李鸿然的《清末社会矛盾和民族关系的艺术画
卷——读老舍的〈正红旗下〉》（1981 年第 4 期），邹荻帆的
《万方奏乐——读〈诗刊〉近几年少数民族诗歌札记》（1981
年第 5 期），毛宪文的《"花过雨，又是一番红素"——谈一
九八一年〈民族文学〉发表的小说》（1982 年第 7 期），阎纲
的《鄂温克人得奖了——评乌热尔图的优秀短篇小说》（1983
年第 5 期），吴重阳的《春雨后，又是一番新绿——一九八三
年少数民族短篇小说概评》（1984 年第 6 期），特·达木林的
《民族文学创作的新突破——赞佳峻新作〈虎门"犬"子〉》
（1985 年第 1 期），向云驹、尹虎彬的《历史嬗变中的自足与
突奔——〈民族文学〉一九八五年小说述评》（1986 年第 1
期），杜国景的《现代意识观照下的侗族历史文化心态——读
侗族作家滕树嵩的长篇小说〈风满木楼〉》（1987 年第 12 期），
段和平的《折射的时代之光——读鲍尔吉·原野的新作〈这里
通向天堂〉》（1988 年第 8 期），杨继国的《民族性与历史性的
统一——评张承志回族体裁的作品》（1989 年第 5 期），等等。
此外，《民族文学》还对一些作家作品进行集体研讨，来对这
些作家作品加以突出，如 1984 年第 3 期的《从〈开拓者〉谈
起》（座谈记录）（冯牧、唐达成、谢永旺），1985 年第 6 期对
于《醉乡》的讨论（刊登何镇邦、谢明清、张炯、李元洛、吴
重阳的评论文章），1986 年第 2 期对玛拉沁夫的《爱，在夏夜
里燃烧》的研讨（刊登王蒙、阎纲、金一的评论以及高深和吴

重阳通信的作家书简）等。这些文章一路发展下来，使我们看到，当代少数民族文学无论理论或评论，其实都有一个由凸显政治性到凸显时代性，再到和时代紧密联结的民族生活中寻找民族性的变化，涉及其作为文学的本性的艺术追求则随时而化地一直贯穿始终。80 年代的《民族文学》尤其喜欢以本刊特约评论员的身份对当代少数民族文学整体状况发言，如 1982 年 9 月发表署名本刊"特约评论员"的《文苑探步——党的十一届三中全会以来少数民族文学巡礼》，如 1984 年第 10 期的《新中国的产儿——三十五年来的少数民族文学》，再如 1986 年 4 月，《民族文学》杂志社主办的"首届少数民族文学创作理论讨论会"在北京举行，会议的理论成果，就集中体现在当年同时发表在《民族文学》和《民族文学研究》两家刊物上的署名两刊评论员的文章《民族特质·时代观念·艺术追求——对少数民族文学创作理论的几点理解》（1986 年第 8 期）中。从 1982 年漫步式的"巡礼"到 1984 年拓展视野把 35 年来的少数民族文学概括为"新中国的产儿"，再到更为深入地对少数民族文学创作进行理论的探讨，总结出当代民族文学三个基本的支撑点——民族特质、时代观念和艺术追求，可以看出《民族文学》把当代少数民族文学创作引向广泛和深入的企图。一篇写在《民族文学》创刊 10 周年时候的文章认为，它之"研究和探讨当代少数民族文学创作的理论"，"不仅可以推动少数民族文学创作的实践，而且（有）益于少数民族创作理论的建树，有益于在社会主义的东方文坛上，营建起辉煌灿烂的民族文学大厦"①。这段话，是对《民族文学》企图的一种揭示。

---

① 邢莉：《写给高擎火炬的人——祝〈民族文学〉创刊十周年》，《民族文学》1991 年第 1 期。

第二节 20 世纪 90 年代的《民族文学》与中国当代少数民族文学

一 《民族文学》在 90 年代的变与不变

《民族文学》因应时代的需要而生，也必在急剧变化的时代中发生变化。当然，这种变化是有一定限度的，它的某些基本的特质并没有变。它与中国当代少数民族文学的关系也在这变与不变的状况中呈现出来。

80 年代中后期，当中国当代文学在寻根文学和先锋文学的命名中追寻文学的自主与自觉，力图在文学自身的发展逻辑中谋求文学的进一步深入的时候，作为它的重要组成部分的当代民族文学也在以自己的方式加入这一流向中。这就是对结合了时代性和文学性的民族性、民族魂、民族特质或民族意识的深层次寻求。这里自然有《民族文学》的作用。就此而言，1986年 4 月《民族文学》杂志社主办的"首届少数民族文学创作理论讨论会"以及会后发表的署名两刊评论员的文章《民族特质·时代观念·艺术追求——对少数民族文学创作理论的几点理解》（1986 年第 8 期）几乎是一个标志性事件，标志着人们对于当代民族文学本体的自觉思考和寻求以及所达到的高度，也标志着《民族文学》在这方面作了有意的努力，充分发挥了其作为传播媒介的作用。从此，民族特质、时代观念、艺术追求就成为人们考量当代民族文学的三个基本支撑点和主要标准。从其发表的作品来看，从扎西达娃的《系在皮绳扣上的魂》（1985 年第 9 期）、赵大年的《活鱼》（1985 年第 11 期）、张承志的《辉煌的波马》（1986 年第 9 期）、阿来的《猎鹿人的故事》（1986 年第 10 期）、覃智扬的《乌江上的月亮》（1987 年第 1 期)、吉狄马加的《一个彝人的梦想（组诗）》（1987 年第 3 期和 1988 年第 1 期)、班果的《东方：主题颂辞以及变奏》（1987 年第 9 期)、田瑛的《独木桥》（1989 年第 11 期）等作品中可以充分体会到少数民族作家追寻本民族特质的自觉。他们的触觉往往深入本民族自身的历史，再结合当前的生活现实，来反映民族的生存现状，抒写独特的生命之歌。同时，在对民族特质的寻求中，当代少数民族文学也孕育着某种多元化发展的趋向。因为每个民族都有属于自身的特质，多个民族各自追寻独属于自身的个性，必然形成文学的多重选择。1988 年第 10 期一篇名为《多重选择的世界》的谈话录也敏锐地指出了当代民族文学发展的这一趋向。

　　进入 90 年代，当代民族文学中追寻自身特质的流向在《民族文学》谨慎持重的办刊风格中一直持续了下来，伍略的《老人》（1991 年第 1 期)、凌渡的《乡忆》（1991 年第 1 期)、阿来的《蘑菇》（1991 年第 5 期)、黄承基（壮族）的《十万大山（组诗）》（1991 年第 7 期)、甫澜涛的《麻山通婚考》（1991 年第 9 期)、海涛的《魔林》（1993 年第 2 期)、孛·额勒斯的《圆形神话》（1993 年第 4 期)，等等，无一不体现出对本民族自身特质的自觉追求。并且，这样的自觉追求愈益深入到各民族文化的内部，深入到历史的深处，从历史的深层积淀中去把握民族性、民族意识等内涵，探索民族深层的文化心理，企图更新、重构民族文化。如此种种，不由得要使人们对 90 年代的少数民族文学刮目相看：汉族主流文学在政治剧变以及商品经济大潮等的冲击下，处于众所周知的疲软状态，少数民族文学却在稳健持重中取得了进展。对此一篇文章写道："也许是我国的少数民族大多聚居在边远地区，受商品经济大潮和通俗文学的冲击，远没有中部和沿海地区那样强烈和迅猛，文学在民族地区仍不失为一种事业；也许是我国少数民族文学就整体而言，从新时期以来始终尚未形成震撼全国文坛的大爆炸、大高潮，其内部潜力还远未释放挥发，在当今整个文学创作出现疲软的境况下，少数民族文学创作却仍在平缓中发展。从《民族文学》这个窗口望去，民族作家队伍流失较少，知名作家不断锐意进取，勤耕不辍；文学新人左突右冲，层出不穷。"① 这里提供的理由不一定充足，但是其对文学形势的判断是我们大致可以接受的。90 年代前期的《民族文学》就这样在谨慎持重中稳步发展着，而它所发表的各民族作家的作品，也顺着 80 年代的路子一直致力于民族性的挖掘。这种挖掘愈益深入到各民族传统文化的深处，以致到 1995年《民族文学》的编辑们意识到，"民族文学必须抓住民族的特点，但过去光注重了传统的方面，而忽略了现在。从今年起他们将重点抓一下民族特点的现代性，多反映少数民族地区的现代化内容"②。

《民族文学》在追寻民族性的同时，也没有淡忘时代性，它是和国家的社会政治现实紧密地结合在一起的。这首先体现在它对中国共产党的领导和党的大政方针特别是党的民族政策的强调和拥护上。这种强调和拥护是站在《民族文学》得以产生和发展的角度而言的。翻阅《民族文学》，可以看到如下的总结："党的十一届三中全会为我国开辟了一个新的历史时期，也为我国少数民族文学创作的发展创造了前所未有的机会。在全国人民开始在改革开放的大道上奔驰向前的热气腾腾的年代里，《民族文学》在中宣部、中国作协和国家民委的关怀和直接领导下于

---

① 向柏松：《创作丰收又一年》，《民族文学》1993 年第 7 期。

② 见报道《培养跨世纪人才是个诱人的目标 中国作协六家刊物今年各有新招》，《文艺报》1995 年第 5 期（2 月 11 日）。

1981 年元月诞生了。她是时代的产儿，是我国少数民族文学创作起飞的象征，是党的文艺方针和民族政策的具体体现。这是我国历史上前所未有的文坛喜事。"① "回顾《民族文学》发展至今所取得的成绩，是与认真贯彻党的民族政策和文艺方针息息相关。"② 这方面的内容一般会在它的各种总结或纪念文章中凸显，以"本刊记者"或"本刊编辑部"的名义发表，如上面所引的 1991 年第 1 期发表署名"本刊编辑部"的《飞翔吧！〈民族文学〉——纪念〈民族文学〉创刊十周年》，1998 年第 2 期发表署名"本刊记者"的《世纪之交的里程碑与新起点——〈民族文学〉创刊二百期回眸》等。同时，它也凸显各级领导对刊物的关怀，刊登领导的讲话或文章，如 1997 年第 6 期报道国务委员司马义·艾买提看望编辑人员，同时也刊登他的《繁荣创作，发展少数民族的文学事业——在〈民族文学〉座谈会上的讲话》；1999 年第 1 期刊登铁木尔·达瓦买提和翟泰丰分别在全国第三届少数民族文学创作会议上的讲话《努力繁荣发展迈向二十一世纪的中国少数民族文学事业》和《迎接少数民族文学大发展大繁荣的新世纪》。这方面的内容也会在广告中凸显。80 年代自不必说，一直到 1993 年，它的广告都标举"坚持党的四项基本原则，立足于改革"③。另外，它的不少专辑专号，尤其是纪念性的专辑专号，背后都联结着政治意义。典型的例子如为纪念中国五大民族自治区成立而分别推出的专号，这些事件进入《民族文学》这样的文学传播媒介，而且以专号的形式隆重推

---

① 本刊编辑部：《飞翔吧！〈民族文学〉——纪念〈民族文学〉创刊十周年》，《民族文学》1991 年第 1 期。

② 本刊记者：《世纪之交的里程碑与新起点——〈民族文学〉创刊二百期回眸》，《民族文学》1998 年第 2 期。

③ 此广告多期刊登，如《民族文学》1993 年第 8 期。

出，显然是因为政治上的关联。

不过，《民族文学》的时代性主要还是通过它所发表的作品对于时代现实的贴近表现出来。它在创刊十周年时总结道："十年来，我刊所发作品的绝大多数都是反映我国少数民族人民现实生活的，特别是反映改革开放是如何冲击着、改变着各族人民的生产方式、生活方式、思想观念和文化传统。这些作品以饱满的热情和鲜明的爱憎塑造了各式各样的人物形象，表现了各族人民在新的历史时期中所生发的矛盾与纠葛，欢乐与痛苦，喜悦与忧虑，理想与渴望，从而讴歌了美好，鞭挞了丑恶。读者从这些作品中既看到了各族人民多姿多彩的现实生活画面，又听到了扣人心弦的历史回声，闪耀着时代的光焰。"这样的总结揭示出它所发表的作品的时代性，而时代性又是和民族性紧密结合的，"我刊所发的作品大多显现着浓郁的民族特色，跳荡着独特的民族情调"。事实上，时代性和民族性的结合，从来就是《民族文学》的一种主动追求："从创刊伊始，我们就倡导时代精神与民族特点的结合，后来又提出少数民族文学创作的'时代性、民族性、艺术性'的主张，并在刊物上努力体现这一主张。"① 这里，艺术性也即文学性是其作为文学的题中应有之义，而时代性和民族性恰如它的两只翅膀，使当代民族文学得以存在，得以飞腾在中国当代文学的空中。

90 年代由于国家实行市场经济体制带来的冲击，中国的文学期刊普遍采取了程度不一的改版措施。《民族文学》由于其特殊地位，对改版所持态度是谨慎稳重的。和不少在改版潮中宗旨和任务都发生变化的文学期刊相比，它的"贯彻落实党的民族

---

① 本刊编辑部：《飞翔吧！〈民族文学〉——纪念〈民族文学〉创刊十周年》，《民族文学》1991 年第 1 期。

政策和'百花齐放、百家争鸣'的方针"的宗旨和"团结各民族的作家和广大文学工作者","大力发展和繁荣我国各少数民族的文学创作,积极培养和扩大我国各少数民族的文学队伍"的任务始终未变,它为此而采取的一些措施如以各种专栏、专辑、专号的方式发表少数民族文学作品,举办各种笔会和研讨会等也一如既往地持续下来。不过《民族文学》也以自己的方式加入到汹涌而来的世纪末中国文学期刊的改版潮中。和别的许多刊物基本上改头换面的变化相比,它的变化体现在另外一些方面。如 1994 年下半年,为谋求企业的支持,它也聘请了一些公司的领导担任刊物的顾问,首任顾问是艾合买提·铁木尔(新疆皇家商贸公司总经理)、刘志银(北京恒利实力总公司董事长、总经理)、蒙志军(广西崇左糖厂厂长)和肖锋(广州东亚音像制作有限公司)①。再如 1996 年鼓励和提倡作家"积极投身生活的怀抱","跟上时代的步伐,奏响面向新世纪的时代主旋律"②,为此还组织作家深入第一线生活,隆重推出纪实文学专号。明显的变化是从 1997 年开始的。它首先从封面美化与版式设计着手力求树立起自己的新形象。满族作家赵晏彪注意到它在这方面的努力:"当我收到 1997 年第一、二期《民族文学》,撕开信封的那一瞬间,那心情是异常的激动。那既热烈又庄重、既大气又不俗的封面,一反过去的印象。那色彩可谓现代,既不是纯黄,也不是深红,而是一种有着夕阳余辉的那种橘黄(第二期),有着一种火烧云般的紫红(第一期)。封面色彩使用的是一种暖色调,给人以积极向上的力量,同时又体现出设计者的独特用意,它将各少数民族文字含在其中,既是一种图案,也是一

①　这份顾问名单初见于《民族文学》1994 年第 11 期。
②　《编者的话》,《民族文学》1996 年第 10 期。

种装饰，更是一种展示——它与一般刊物不一样——它是唯一国家级少数民族大型文学期刊。就封面而言，热烈的颜色使你有一种要急于翻阅的欲望，而封底却是纯白当中镶嵌一幅油画，明快而简洁，清新而淡雅。尤其这封面与封底反差很大，使读者感到在视觉上有一种变化。""目录这一页，经过精心设计与安排，条目清晰，排版新颖，让人耳目一新。再看内文版式设计，活泼而又别致，标题字体的变化再配置以图文并茂，以及一些刊花和插图与文章相互呼应，使这份纯文学刊物增色不少。"① 形象的变化一定程度上标志着内容的变化。1997 年一开始，就在刊物的形象发生大的变化的时候，它的《新年寄语》作出这样的承诺："一九九七年，对民族文学将是崭新的一年。本刊将力求革新，推出新人，最广泛地联系和团结各民族作家，源源不断地把精品力作奉献给读者。"② 进入 90 年代后期的《民族文学》，在国家提倡精品战略的大背景下，也把出精品作为刊物的重要目标。第 2 期继续凸显这一目标："文艺精品是一个国家，一个时代文艺发展水平的标志，代表文艺繁荣的方向。《民族文学》将全面树立精品意识，实施精品战略，力求把最好的精神食粮贡献给人民。"如果说第 1 期精品战略的目标还提得不明确的话，第 2 期可以说把这一战略进一步明确地提出来了。在实施精品战略的同时，刊物也采取措施加强和读者的联系。90 年代后期《民族文学》的编者一般都会在《卷首语》中露面，向读者报告刊物的动向，向读者推荐重点作品。从 1997 年第 2 期起还设立不定期的"读者屋"，"专为普通读者提供一个可以对本刊自由评

---

① 赵晏彪：《新年换新颜——读〈民族文学〉1997 年第一、二期有感》，《民族文学》1997 年第 4 期。

② 《新年寄语》，《民族文学》1997 年第 1 期。

说的天地"，"并将与读者建立长期密切的联系，以求共同促进社会主义精神文明建设事业"。90 年代后期《民族文学》明显的变化还包括，它在标举 80 年代以来的时代性和民族性的基础上，又着力凸显权威性和大众性。这样，它在 90 年代后期着力凸显的是时代性、民族性、权威性、大众性。① 在它所凸显的四"性"中，前两者是它一直以来就强调的，后面两种却是新出现的。在"权威性"的突出中，它显然意识到自己在发展中国当代少数民族文学方面的中心地位，这种地位当然隐含它作为中国唯一一家全国性少数民族文学刊物的独一无二的性质，也隐含它在全国所有刊登少数民族文学作品的文学刊物（包括少数民族文字文学刊物）中的至高无上的性质，隐含着它发表的作品属于精品之列的性质。而在"大众性"的突出中，它显然希望自己更加贴近读者大众，争取到更多的读者，赢得广大读者的喜爱。

《民族文学》的种种变化，似乎都在为中国当代少数民族文学迈向新的世纪，争取更大的繁荣做着准备；到了 1999 年，它为此而采取的努力似乎更为突出。第 1 期，它在显著位置发表铁木尔·达瓦买提和翟泰丰分别在全国第三届少数民族文学创作会议上的讲话《努力繁荣发展迈向二十一世纪的中国少数民族文学事业》和《迎接少数民族文学大发展大繁荣的新世纪》，以及署名"本刊记者"的《繁荣发展少数民族文学创作要办十件实事》。除此之外，它更连续八期刊登"'99 建国五十年征文"，后来评出一系列获奖征文。这一方面是庆祝建国五十年，另一方面当然也有繁荣发展新世纪少数民族文学创作的意图。

---

① 可见 1998 年后各期封面。

二 几个问题的清理或探讨

以上我通过对《民族文学》在 20 世纪 90 年代历时性发展的分析，力图揭示它在呈现当代少数民族文学过程中的变与不变。这样的工作偏向宏观，难免粗疏，接下来我再提出几个问题加以清理或探讨，以期更进一步地观照《民族文学》对中国当代少数民族文学的呈现。

先看 90 年代《民族文学》的栏目设置。它的经常性的栏目是"小说"、"诗歌"、"散文"、"报告文学"（1997 年后增设"纪实文学"栏，和"报告文学"交替出现）、"翻译作品"（1997 年后改称"翻译"）、"理论"（1998 年后改称"评论"）、"美术"，还有经常而不定期的栏目"汉族作家写边疆"、"民族风情录"、"散文诗"、"大学生诗页"、"编者、作者、读者"或"读者屋"、"编者的话"、"选载"等。所有这些栏目都承继着80 年代，在 80 年代的基础上发展而来，在此时基本上稳定下来。一些零星的变化看来是为了更为准确地概括栏目中的新内容，这却是值得注意的，如在"报告文学"之外增设"纪实文学"，显然是为了容纳更多"报告文学"的概念不能囊括的内容，那些和现实贴得更近而又不太适合在"报告文学"范畴里表现的内容可能更适合放在这里。也有的栏目 80 年代没有，那就更应该引起注意。它 90 年代后期的广告说："《民族文学》由中国作家协会主办，是我国唯一的全国性少数民族文学月刊，每期刊载小说、诗歌、散文、报告文学、评论、翻译作品，汉文出版，国内外发行。"① 从中可看出《民族文学》刊登作品体裁的情况。1993 年刊登的广告对此说的却是它"每期刊载小说、诗

---

① 此广告多期刊登，如《民族文学》1996 年第 9 期。

歌、散文、报告文学以及少数民族文学理论和评论文章"①。从中可以看出,"翻译作品"或"翻译"还没有作为一种体裁进入它着力呈现的范围,尽管从创刊伊始就在刊登翻译作品,后来又刊登启事欢迎翻译作品,还规定每期都要刊登翻译作品。"翻译作品"和小说、诗歌、散文等并列推出是 90 年代中后期以来的事情,"翻译作品"受到重视极大程度上表明用本民族语言创作受到重视;这反映出当代少数民族文学向各个少数民族自身文化传统的深入,因为一般而言,一种民族的文化只有在这种民族的语言中才能得到较为充分的展现。

　　再看其专辑、专栏之类。和 80 年代一样,90 年代的专辑、专号也很多,甚至更多。1991 年 1 月有"少数民族诗人 23 家",5 月有"庆祝西藏和平解放四十周年专辑",7 月有"庆祝中国共产党成立七十周年专辑",9 月有"河池笔会专辑"。1992 年 2 月有"大学生诗页"、"湖北恩施市作品专辑",5 月有"湖南泸溪作品专辑",9 月有"翻译专号",11 月有"全国少数民族作家赴内蒙古西部深入生活采访团专辑"。1993 年 12 月有"纪念毛泽东诞辰 100 周年专辑"。1994 年 9 月有"散文诗歌专辑",10 月有"庆祝中华人民共和国建国四十五周年专栏",11 月有"新疆独山子炼油厂专辑"。1995 年 8 月是"世界反法西斯战争胜利 50 周年,中国抗日战争胜利 50 周年专号",9 月是"庆祝西藏自治区成立 30 周年专号",10 月是"庆祝新疆维吾尔自治区成立四十周年专号",11 月是"少数民族作家赴西藏采访团专辑"。1996 年 5 月是"中篇小说专号",6 月是"儿童文学专号",7 月有"延边朝鲜族自治州作家协会成立四十周年专辑",8 月有"庆祝贵州黔东南苗族、侗

---

　　①　此广告多期刊登,如《民族文学》1993 年第 8 期。

族自治州成立 40 周年专辑”和“庆祝贵州黔南布依族、苗族
自治州成立 40 周年专辑”，10 月是“广西壮族自治区发展乡镇
企业纪实文学专号”，12 月是“翻译作品专号”。1997 年 4 月
有“人口十万以下少数民族笔会”专辑，5 月是“内蒙古自治
区成立五十周年专号”，6 月有“庆祝泸溪县文联成立十周年专
辑”，7 月是“香港回归诗歌散文专号”，11 月有“庆祝红河哈
尼族彝族自治州成立四十周年专辑”，12 月是“少数民族地区
扶贫纪实文学专号”。1998 年 3 月有“庆祝文山壮族自治州成
立四十周年专辑”，4 月有“庆祝楚雄彝族自治州成立四十周年
专辑”，7 月有“庆祝内蒙古鄂温克自治旗成立四十周年专
辑”，8 月有“庆祝内蒙古莫力达瓦达斡尔族自治旗成立四十周
年专辑”，9 月是“庆祝宁夏回族自治区成立四十周年专号”，
10 月是“云南少数民族文学笔会”专辑，12 月是“庆祝广西
壮族自治区成立四十周年专号”。1999 年 1—8 月大量刊登
“'99建国五十年征文”，2 月有“纪念老舍先生百年诞辰专
辑”，10 月是庆祝建国 50 周年“诗歌散文专号”。分析这些专
辑、专号，可以看出几个特点：一是一些一般具有极强的政治
意义的庆祝、纪念类专辑、专号增多，如“庆祝西藏和平解放
四十周年专辑”、“庆祝中国共产党成立七十周年专辑”、“世界
反法西斯战争胜利 50 周年，中国抗日战争胜利 50 周年专号”
之类。这些专辑、专号的出台，往往是由更大的单位主持的结
果。如“世界反法西斯战争胜利 50 周年，中国抗日战争胜利
50 周年专号”就是中国作家协会开展的活动的产物。1996 年 3
月 1 日，《文艺报》刊登《中国作家协会所属报刊抗战文学作
品征文获奖篇目》，根据这份目录，其中每一个门类都有少数
民族作家的作品而且大都发表在《民族文学》上，如中篇小说
有回族作者马自天的《老磨》（《民族文学》1995 年第 8 期），

短篇小说有布依族作者吴昉的《悠悠樟江水》(《民族文学》
1995 年第 8 期)，散文有蒙古族作者萧乾的《一个中国战地记
者的欧洲足迹》(《环球企业家》1995 年第 4 期)，诗歌有回族
作者木斧的《那一年——记 1945》(《诗刊》1995 年第 8 期)、
蒙古族作者查干的组诗《樱花树，我对你说》(《民族文学》
1995 年第 8 期)、回族作者高深的组诗《抗日亡魂向我默默地
走过来》(《民族文学》1995 年第 8 期)。二是中国的五个省级
自治区出了新一轮专号。除此之外，一些自治州、县或旗以专
辑的形式进入了《民族文学》，如"湖北恩施市作品专辑"、
"湖南泸溪作品专辑"之类。这类专辑不少也带有庆祝、纪念
意义，如"延边朝鲜族自治州作家协会成立四十周年专辑"、
"庆祝贵州黔东南苗族、侗族自治州成立 40 周年专辑"、"庆祝
贵州黔南布依族、苗族自治州成立 40 周年专辑"之类。这种
向更小的地区的蔓延，表明《民族文学》工作面的扩展，也一
定程度地表明它对少数民族聚居地区的更为细致的渗透，极有
可能使《民族文学》的专辑除民族特色外，带上更为浓厚的地
区特色。三是笔会专辑、深入生活采访团专辑等《民族文学》
组织的作家集体活动的产物，如"云南少数民族文学笔会"、
"全国少数民族作家赴内蒙古西部深入生活采访团专辑"、"少
数民族作家赴西藏采访团专辑"之类，也占了一定比例。《民
族文学》的笔会和采访团活动一直受到《文艺报》的关注，不
吝惜对其进行多次的报道，如 1991 年 9 月 21 日第 37 期报道
《一批少数民族作家到新疆采风》，这是《民族文学》杂志社组
织的 8 月 7 日至 19 日的"独山子笔会"和"吐鲁番笔会"；
1992 年 8 月 22 日第 33 期刊登报道《十余位少数民族作家赴内
蒙采访》，这次活动是由《民族文学》杂志社和中国少数民族
作家学会组织的；1995 年 7 月 21 日第 28 期刊登报道《少数民

族作家采访团赴西藏参观采访》，采访团由《民族文学》副主编特·赛音巴雅尔为团长。持续的关注证明以《民族文学》为主体开展的这些活动的重要。

最后对《民族文学》在中国当代少数民族文学发展过程中的作用做一个估价。《民族文学》90 年代后期发布的广告称："《民族文学》是少数民族作家创作的园地，扶植培养少数民族文学新人的摇篮，是广大文学爱好者的良师益友，也是国内外读者、学者了解和研究我国少数民族文学创作趋势与发展轨迹的最佳窗口。"① 80 年代的广告也大同小异，强调它"发表各少数民族的优秀作品，展示各少数民族文学的最新成就"。"广开文路，团结全国少数民族作家，努力扶持文学新人，重视青年作品。"②《民族文学》的广告显示了它对自己的定位，从中其实可看出它在中国当代少数民族文学发展过程中的作用：发表少数民族作家的作品，培养少数民族文学新人，团结全国各少数民族作家，作为中国当代少数民族文学最重要的传播媒介，反映了中国当代少数民族文学的发展趋势，也留下了流变的轨迹。把它的作用拓展开来，可以有更宽更远的发现。借助刊物自身的说法，且看 1998 年创刊 200 期时的总结："这里已成为各民族作家名副其实的家园，一批又一批文学新秀从这里步入文坛，五十五个少数民族的作者在这里发表了作品，许多少数民族从而结束了没有书面文学传统的历史，获得了真正从精神文化上平等发展的契机，这也是我们这个伟大时代赋予的历史性机遇。各民族作家用他们饱蘸艺术心智创作的一朵朵灿烂的文学奇葩，装点了《民族文学》这个百花齐放的花苑，使它充满

---

① 此广告多期刊登，如《民族文学》1996 年第 9 期。

② 此广告多期刊登，如《民族文学》1986 年第 6 期。

无穷的魅力，从而进一步丰富了我国多民族的社会主义文学，也为广博的中华民族文化增光添彩。"① 再看对《民族文学》所走过的路和所起作用的一种高屋建瓴式的政治性总结："实践证明，《民族文学》不仅仅是一个纯文学刊物，也是一个重要的文化阵地和窗口，受到国内外广泛关注，发挥着重要的导向作用。20 年来，《民族文学》始终坚持正确的办刊宗旨，坚持'二为'方向和'双百'方针，在为繁荣发展我国少数民族文学事业辛勤耕耘的同时，自觉遵守和执行党的民族宗教政策，努力推进民族团结进步事业，为促进民族地区改革发展稳定、维护祖国统一服务，受到各民族读者的好评和有关方面的充分肯定。《民族文学》已成为与我国各民族人民特别是少数民族人民的精神文化生活密切相关的重要期刊，成为向世界展示我国少数民族文学创作成就与发展轨迹的重要窗口。"② 在我看来，当它被宣告"已成为各民族作家名副其实的家园"，作为"重要的文化阵地和窗口"，"已成为与我国各民族人民特别是少数民族人民的精神文化生活密切相关的重要期刊"的时候，实际上显示了它以文学形式凝聚各民族文化的作用，标志着它作为跨文化传播场域的形成与存在。在这片场域里，各民族文学和文化都得到展现，同时也得到交流和融合。当我们衡量《民族文学》的作用时，这是应该首先看到的。其次，"五十五个少数民族的作者在这里发表了作品，许多少数民族从而结束了没有书面文学传统的历史"，这样的总结表明《民族文学》对中国少数民族文学的现代转型

---

① 本刊记者：《世纪之交的里程碑与新起点——〈民族文学〉创刊二百期回眸》，《民族文学》1998 年第 2 期。

② 金炳华：《总结经验，开拓进取，为繁荣发展我国少数民族文学事业作出新贡献——在庆祝〈民族文学〉创刊 20 周年纪念会上的讲话》，《民族文学》2001 年第 2 期。

所发挥的实际作用。当"许多少数民族"在"多民族的社会主义文学"的话语氛围中"结束没有书面文学传统的历史"的时候，他们已经完成了从古代到现代的转化，加入到中国当代少数民族文学的行列中。最后，还应该看到《民族文学》发挥其作用的另一条独特途径：当《民族文学》作为汉语文学期刊挟带着汉语文化的优势影响少数民族文学的时候，各个少数民族的文化虽然会受到程度不一的挤压和抑制，但不会溃败或消失，而是和汉语文化交织、融合起来；在交织、融合的过程中，各个少数民族文化会以自己的方式进入少数民族作家的创作中，进入《民族文学》这片园地，展现出特有的风姿，"从而进一步丰富了我国多民族的社会主义文学，也为广博的中华民族文化增光添彩"。

《民族文学》是我国唯一的全国性少数民族文学期刊，它在传播当代少数民族文学方面的权威性自不必言；但是这应当是相对而言的，和全国主流文学期刊相比，《民族文学》的地位有些尴尬。1995年早春，《文艺报》曾刊登报道《培养跨世纪人才是个诱人的目标　中国作协六家刊物今年各有新招》。其中也有关于《民族文学》的"新招"：鉴于有些少数民族作家被《民族文学》推出后反而不把好稿给《民族文学》发表的情况，主编金哲表示："我国是个民族众多的国家，需要一个这样的刊物，为各民族的文学发展去发现和培养新人，《民族文学》干的就是这个!"[1] 被《民族文学》推出的作家不把好稿给《民族文学》，可能有多种原因，可能是作家面对中国多种文学期刊的一种偶然选择，也有可能是《民族文学》培养少数民族文学新人的策略带有某种照顾性质，而写出"好稿"的作家觉得可以不必受到

---

[1]　《文艺报》1995年第5期（2月11日）。

照顾。不管出于什么原因，这里都有意无意地透露出一种信息，即《民族文学》在大刊、名刊林立的当代中国，仍具有某种程度的边缘性。编委扎拉嘎胡明确意识到这种边缘性，他在《民族文学》创刊 20 年的时候写道："二十岁的《民族文学》虽然是我们心目中的偶像，但在大中国的文学园林中，还是处在少亮点不醒目的区域内。这固然与我们边地作家长期习惯于被动生存状态有关，但更多的是因为具有影响力的大评论家对我们这个区域的文坛事宜总是不屑一顾。内地文坛上的热闹非凡与边地文学的空冷寂寥形成鲜明对比。这种现象也直接影响了我们中间的《民族文学》的诱惑力。"① 扎拉嘎胡对《民族文学》一方面作为"偶像"的中心地位，另一方面又"少亮点不醒目"的边缘地位是有着清醒认识的，对造成《民族文学》"少亮点不醒目"的分析也有一定道理。我认为，造成《民族文学》边缘地位的原因是多方面的，其中当然有扎拉嘎胡总结的方面，也与少数民族文学在中国当代文学格局中所处的边缘地位有关，在文学这门学科长期以来所建立的庞大的知识体系面前，少数民族文学难以争取到更多的话语空间，而只作为一个比较小的门类列于其中，长期排在港澳台文学、儿童文学等之后，这就自然难免"少亮点不醒目"，作为它的最重要的载体的《民族文学》的吸引力也难免受到影响。由于更多地生长于边地的缘故，当代少数民族文学的边缘地位是避免不了的，某种程度上，少数民族文学作为边地文学的"空冷寂寥"倒是必然的，《民族文学》的吸引力受到影响也是必然的。其实，处于边缘也并不是一件坏事，处于边缘并不意味着不能追求探索，在边缘处的追索或许更能抵达深远。

---

① 扎拉嘎胡：《祈盼着崛起——写在〈民族文学〉二十岁生日》，《民族文学》2001 年第 1 期。

当代少数民族文学长期以来处于边缘地位，但是借助以《民族文学》为首的媒介展现出许多独特的美丽，这或许正是由于它的边缘带来的；就此而言，我倒宁愿《民族文学》真的安于边缘，以带给我们更多独特的美丽。

结　语

　　总结以上各章的论述，或许可以得出这样一种结论：中国当代少数民族文学被建构的过程中固然有各种因素和力量的作用，它的独特性却为多方所承认；因而从它被建构起来的时候起，它就有了自己的发展路向和生存境遇。它的生成和演变，和中国当代文学具有大体上的同步性、同质性和同构性，可视为中国当代文学一个不可分割的部分。但同时，它也被赋予某种独属于少数民族的特性，因而，在它的话语建构中，也就有了独特的生存空间和表现形态。中国当代少数民族文学本身内在地包含了少数民族性、当代性和文学性的诉求，汉语文学期刊对于这种诉求无疑起到了推波助澜的作用，它对中国当代少数民族文学的发生和后来的演变有着不可小视的巨大影响，一定程度上甚至可以说帮助打造了少数民族当代文学的少数民族性、当代性和文学性诉求；中国当代少数民族文学不仅是在汉语文学期刊中生存而且是被期刊参与建构的中国当代文学乃至文化的一部分。

　　这里有一点要特别强调指出的是，关于中国当代少数民族文学的当代性，我们不能不认识到的是，中国共产党的领导对于这种当代性产生了不容忽视的影响。内蒙古自治区主要领导人之一布赫在一次文艺创作会议上讲道："我们的文艺队伍之所以成长得这么快，有这么大的成绩，最根本的原因，是由于有党的领导。""四十年的历史经验告诉我们，由于有党的领导，由于我们坚决执行了党的各项政策，特别是民族区域自治政策，我们的各项事业包括文学艺术事业都有了突飞猛进的发展，今后也必须在党的领导下，文学艺术才能得到更大的发展。"① 这是一种普遍的对于少数民族当代文学或少数民族新文学的本性的认识。中国共产党在中国大地上进行的建立和建设现代民族国家的实践，深深地嵌入了中国各族人民包括少数民族人民的生活，也嵌入了少数民族当代文学。不管现在和以后对这种现代实践如何评价，谁也不能否认的是，中国当代少数民族文学之能成立，不管是作为概念还是实体，是和这种现代实践密不可分的。要讨论中国当代少数民族文学的当代性，这是不可忽视的方面。

还有一点需要说明的是，我在论述汉语文学期刊对中国当代少数民族文学的作用时，有意忽略了中国当代少数民族文学对汉语文学期刊的反作用。中国当代少数民族文学的产生和发展是多种因素作用的结果，它是中国当代文化巨大链环中的一环，受到包括汉语文学期刊在内的一些因素的影响而扭结为一环。但是它当然不是孤立的，它会成为别的结果的原因，会反作用于影响它的各种因素而带来另外的结果。本书由于落脚点在中国当代少数民族文学的产生和发展上，所以一直把重点放在造成它的产生和发展的重要外部力量——汉语文学期刊上。这样一种分析，是一种聚合式的分析，是对聚合在少数民族文学上的力量的分析；也多半是一种单向分析，即汉语文学期刊对于少数民族文学的作用的单向分析。虽然这里有意忽略了当代少数民族文学本身具备的辐射和发散作用，忽略了它对于汉语文学期刊的反作用，但并不

---

① 布赫：《总结经验，增强团结，进一步繁荣文艺创作——在自治区第二届文艺创作索龙嘎和萨日纳奖发奖大会上的讲话》，《草原》1987 年第 12 期。

证明这样的作用不存在或者不重要而可以忽略。这里最不能忽略的事实是，当汉语文学期刊在对当代少数民族文学发挥建构作用的时候，少数民族文学其实也在以自己的独特性丰富着甚至塑造着汉语文学期刊。一些文学期刊因为长期发表少数民族文学而使自己打上了少数民族文学的烙印，成为传播少数民族文学的著名期刊品牌。第三章里分析过的发布联合广告的九家省级文学期刊正是因为长期发表少数民族文学作品而联合起来，成为传播中国当代少数民族文学的重要媒介。显然地，少数民族文学丰富了这九家文学期刊的内容，它们的独特性也因此而得以塑造。

参考文献

一　报刊（按文献首字的拼音顺序排列）

《边疆文学》杂志（含其前身《边疆文艺》和《大西南文学》）。

《草原》杂志（含其前身《内蒙文艺》、《内蒙古文艺》和《革命文艺》）。

《东北文学》（包括其前身《东北文艺》）。

《飞天》（包括其前身《甘肃文艺》）。

《广西文学》杂志（包括其前身《广西文艺》、《漓江》）。

《民族团结》杂志。

《民族文学》杂志。

《民族文学研究》杂志。

《民族研究》杂志。

《民族作家》杂志。

《青海湖》杂志。

《人民日报》。

《人民文学》杂志。

《山花》杂志（包括其前身《新黔文艺》和《贵州文艺》）。

《朔方》杂志（包括其前身《宁夏文艺》）。

《四川文学》（包括其前身《四川文艺》）。

《延河》杂志。

《文艺报》。

《西藏文学》杂志。

《中国西部文学》杂志（包括其前身《新疆文艺》、《天山》）。

二 著作（按责任者姓氏的拼音顺序排列）

［美］本尼迪克特·安德森：《想象的共同体——民族主义的起源和散布》，吴叡人译，上海世纪出版集团2003年版。

［英］奥利弗·博伊德—巴雷特、克里斯·纽博尔德：《媒介研究的进路》，汪凯、刘晓红译，新华出版社2004年版。

［法］布尔迪厄：《文化资本与社会炼金术——布尔迪厄访谈录》，包亚明译，上海人民出版社1997年版。

陈霖：《文学空间的裂变与转型——大众传播与20世纪90年代中国大陆文学》，安徽大学出版社2004年版。

陈平原：《中国小说叙事模式的转变》，上海人民出版社1988年版。

陈平原、山口守编：《大众传媒与现代文学》，新世界出版社2003年版。

陈平原：《文学的周边》，新世界出版社2004年版。

陈思和主编：《中国当代文学史教程》，复旦大学出版社2003年版。

陈晓明：《表意的焦虑——历史祛魅与当代文学变革》，中央编译出版社2002年版。

程光炜主编：《大众传媒与中国现当代文学》，人民文学出版社2005年版。

［法］福柯：《知识考古学》，谢强、马月译，三联书店

2003 年版。

　　关纪新:《老舍评传》,重庆出版社 1998 年版。

　　关纪新、朝戈金:《多重选择的世界——当代少数民族作家文学的理论描述》,中央民族大学出版社 1995 年版。

　　郭建斌:《独乡电视:现代传媒与少数民族乡村日常生活》,山东人民出版社 2006 年版。

　　郭庆光:《传播学教程》,中国人民大学出版社 1999 年版。

　　〔德〕J. 哈贝马斯:《后民族结构》,曹卫东译,上海人民出版社 2002 年版。

　　洪子诚:《中国当代文学史》,北京大学出版社 1999 年版。

　　洪子诚:《问题与方法:中国当代文学史研究讲稿》,三联书店 2004 年版。

　　黄发有:《媒体制造》,山东文艺出版社 2005 年版。

　　姜涛:《"新诗集"与中国新诗的发生》,北京大学出版社 2005 年版。

　　蒋晓丽:《中国近代大众传媒与中国近代文学》,四川出版集团巴蜀书社 2005 年版。

　　李鸿然:《中国当代少数民族文学史论》(上、下),云南教育出版社 2004 年版。

　　〔法〕克洛德·列维—斯特劳斯:《种族与历史·种族与文化》,于秀英译,中国人民大学出版社 2006 年版。

　　罗钢、刘象愚主编:《文化研究读本》,中国社会科学出版社 2000 年版。

　　玛拉沁夫主编:《中国新文艺大系 1976—1982 少数民族文学集》,中国文联出版公司 1985 年版。

　　玛拉沁夫、吉狄马加主编:《中国少数民族文学经典文库》(多卷本),云南人民出版社 1999 年版。

马永强：《文化传播与现代中国文学》，安徽大学出版社 2003 年版。

［加］马歇尔·麦克卢汉：《理解媒介——论人的延伸》，何道宽译，商务印书馆 2000 年版。

孟繁华、程光炜：《中国当代文学发展史》，人民文学出版社 2004 年版。

［美］伦纳德·孟格尔：《期刊经营》，河北教育出版社 2004 年版。

特·赛音巴雅尔主编：《中国少数民族当代文学史》，北京十月文艺出版社 1999 年版。

邵培仁：《传播学》，高等教育出版社 2005 年版。

邵燕君：《倾斜的文学场——当代文学生产机制的市场化转型》，江苏人民出版社 2003 年版。

汪晖、陈燕谷主编：《文化与公共性》，三联书店 1998 年版。

王明珂：《华夏边缘：历史记忆与族群认同》，社会科学文献出版社 2006 年版。

王岳川主编：《媒介哲学》，河南大学出版社 2004 年版。

吴重阳：《中国当代民族文学概观》，中央民族学院出版社 1986 年版。

吴重阳、陶立璠编：《中国少数民族现代作家传略》，青海人民出版社 1980 年版。

吴重阳、陶立璠编：《中国少数民族现代作家传略》（续集），青海人民出版社 1982 年版。

吴重阳、吴畏编：《中国少数民族现代作家传略》（第三集），青海人民出版社 1992 年版。

晓雪、李乔主编：《中国新文艺大系 1949—1966 少数民族文学集》，中国文联出版公司 1991 年版。

徐其超、罗布江村主编：《族群记忆与多元创造———新时期四川少数民族文学》，四川民族出版社 2001 年版。

杨匡汉、孟繁华主编：《共和国文学 50 年》，中国社会科学出版社 1999 年版。

赵嘉文、马戎主编：《民族发展与社会变迁》，民族出版社 2001 年版。

赵一凡、张中载、李德恩主编：《西方文论关键词》，外语教学与研究出版社 2006 年版。

中南民族学院《中国当代少数民族文学史稿》编写组编：《中国当代少数民族文学史稿》，长江文艺出版社 1986 年版。

周海波、杨庆东：《传媒与现代文学之间》，中国社会科学出版社 2004 年版。

后　记

　　本书根据我在四川大学攻读博士学位的毕业论文《论汉语文学期刊影响下的中国当代少数民族文学》修改而成。书稿付梓出版之际，心中涌起万千感慨。

　　难以忘记的是自己对她付出的热情和认真。我虽出身汉族，但由于居住在多民族聚居地区，少数民族文学这一范畴挟带着的庞大的知识谱系早已铆入我的头脑。身为中国现当代文学特别是当代文学的学习者和研究者，当我发现，作为中国当代文学一部分的当代少数民族文学没有得到应有的关注，立足于她的产生和发展，从文学期刊的角度对其进行考察研究的，更是少之又少，自己的选题是很有价值的，我的学术热情被激发起来。我做了大量的搜集资料的工作。我成了图书馆过刊室的常客，常常十指灰黑，鼻孔也满布灰尘地走出来，要到盥洗室清理好久。我也是复印部的常客。学校给每个博士生拨付了一定的款项在图书馆复印资料，复印部的肖老师等见我在复印资料上花的钱太多，远远超过学校拨付的数目，甚至建议我采取变通的方法，在其他复印较少的同学那里借用一些份额以便节约经费。论文进入具体的写作阶段，生活节奏更加繁忙紧凑。往往白天消化和继续搜集资料，晚上挑灯夜战，写到凌晨两三点是常事，有不少日子还是听着外面早起的人跑步的声音躺上床的。那是一些充实的日子，虽然辛苦，虽然冷清，却乐在其中。

　　当然，最主要的情绪是满溢胸腔的感谢。感谢导师蒋晓丽教授的悉心指导。我的博士论文选了一个有可能涉及当今中国敏感领域的话题，蒋老师替我担心，仍宽容地让我做下去。在具体的写作中，又帮我严格把关，减少了我论文中的不少错失。蒋老师的帮助、信任和鼓励，使我能在规定时间内完成论文的撰写，顺利通过论文的评审和答辩。感谢我的硕士生导师周晓风教授。2004 年，他恰好也到川大攻读博士学位。而且居然和我分在一个寝室。三年里，我有更多的时机亲眼目睹了他在繁重的行政和教学工作中，在成都和重庆两地来回的奔波中刻苦治学，而又游刃有余地处理一应事务；亲身感受了他的谦和厚道，而又潇洒脱俗的风采；亲耳聆听了他对诸多社会问题或现象的体察和分析；更亲身领受了他对我的从学习、生活乃至个人感情的无微不至的关怀和帮助。感谢著名藏族作家阿来，到成都读博能结识他是我的荣幸。在他百忙之中和他单独面谈数次获得的教益，使我最后敲定将关于中国当代少数民族文学的研究作为博士论文的选题。

　　还要感谢曹顺庆、冯宪光、王晓路、毛迅、李怡等教授的授业解惑。其中，我和李老师接触交往的机会多些。李老师是中国最年轻的博导之一，他众多关于中国现当代文学的著述使我们这些和他年纪相差并不大的学生叹服，他的如江水一样滔滔奔涌的讲课又总能撞击起大家心灵的火花。这样一位卓然成家的人，上课之余却随和得像朋友，随便一个微笑或动作就可以拉近我们之间的距离。借此机会，也感谢他在我论文开题时和临定稿前的颇具建设性的建议。冯老师和毛老师在我论文开题时也都提出了同样具有建设性的建议，在此一并谢过。此外，重庆师大的郝明工教授也对我的论文提出过富有启发性的建议。中国社会科学院的博士生彭玉斌、北京师范大学的博士生徐欢、贵州师范大学的硕士生王敏、西藏民族学院的硕士生罗高兴等不厌烦扰，帮我收集过资料。对所有这些人，我要致以衷心的感谢。

我的同门李家伦、花家明、杨琴、王积龙、隋少杰、侯宏虹，同专业同学王劲松、王平、黄曙光、朱美禄、颜同林、熊辉、张志云以及其他同级同学如薛恒钢、翁礼明、朱利民、关熔珍、刘人锋、赵晓东、胡希东、胡晓军、李建军，高年级的师兄师姐如李自芬、郑靖茹、李红秀、陈明彬，低年级的师弟师妹张杰、周慧敏、周和军、付品晶等，给予我温暖的友谊，让我三年的学习生活充满阳光，在此一并致以感谢。

还要感谢我的家人和其他亲朋好友给予我的关心、支持和理解。这些东西，在不经意间，会被我们忽略掉，却是漫漫人生旅途上不可缺少的助力。这些人的名字要列举出来，就太多了。但是好友刘良灿甘露夫妇、陈赟黎洁珊夫妇、刘力、刘春、徐生文等名字是我一定要在这里提到的，没有他们的友谊和帮助，我三年的读博生活将会黯淡许多。

也感谢我在贵州财经学院文化传播分院的所有同事特别是游来林教授、蔡丽玲教授、副院长顾雪松、书记孟宪婷等，他们的支持、帮助和关心，是我重要的外援。

论文在评审和答辩中经过刘中树、刘勇、朱寿桐、张颐武、赵小琪、冯宪光、刘纳、唐小林、徐新建、黎风等专家的手。感谢他们。无论奖励还是批评，都非常感谢。

感谢潘远璐女士两年来的关心和支持。

感谢中国社会科学出版社的刘志兵编辑，尚未谋面，他的敬业和诚恳已使我感到交上了好朋友。本书之能顺利出版，与他做的大量的工作分不开。

本书肯定存在不少问题。尽管尽可能作了修改，力图提高完善，仍有许多不足之处。拿到这本书的读者，一定是有缘分的人，请多多批评指教。

陈祖君

2009 年 3 月